Winterteezeit

Wir mögen Geschichten, die sich nah
am realen Leben orientieren.
Unsere Romane haben deshalb
als Grundlage immer ein wahres Ereignis.
Die turbulenten Geschehnisse und die Personen
entstammen unserer Fantasie.
Es macht uns unbändigen Spaß, den Figuren
eine Existenz mit all ihren Facetten einzuhauchen.

Und wenn das Buch an Seiten zulegt,
wird es spannend, denn jede von uns
entwickelt zu einem dieser fiktiven Menschen
eine besondere Zuneigung ...

Viel Spaß!

Sylvia und Sigrid

♥ 1 ♥

Judith schlug das Herz bis in den Hals. Warum nur hatte der Konzernchef der Drogeriemarktkette sie in die Hauptverwaltung nach Hamburg beordert? Was war bloß schiefgelaufen? Hatte sie sich tatsächlich einen groben Schnitzer erlaubt, dessen sie sich nicht bewusst war?

Schon seit drei Tagen geisterten alle ungewöhnlichen Geschehnisse, die sich in den letzten Wochen im Geschäft zugetragen hatten, in ihrem Kopf herum und ließen sie nicht einschlafen. Aber da war doch nichts ... nichts, was groß anders gewesen wäre, verglichen mit den vergangenen vier Jahren. War sie etwa nur zu unsensibel, um das zu bemerken? Hatte sich eine ihrer Mitarbeiterinnen oder eine enttäuschte Kundin beschwert? Und wenn, warum nicht offen bei ihr?

Durch die nüchtern gestalteten Bürofenster mit den typischen Lamellenvorhängen zeigte sich der novembergraue Himmel von seiner trüben Seite. Dunkle Wolken bauschten sich auf, angetrieben von einem heftig pustenden, kalten Herbstwind.

Die Winterzeit schickte ihre Vorboten in den düsteren November und man schätzte wieder heiße Schokolade, Tee und Kaffee, kehrte man abends aus dem Geschäft nach Hause oder am Wochenende von einem Spaziergang zurück. Sie hätte jetzt gut einen warmen Schluck Kakao zur Beruhigung gebrauchen können, durch die kühle Sahnehaube genossen. Judith hatte nahezu den Duft in der Nase und den schokoladigen Geschmack auf der Zunge, als sie erste leise Stimmen auf dem Flur vernahm. Sie spitzte die Ohren.

Kam Herr Dr. Schiller nun hier in den Besucherraum?

Ihr Herzschlag verdoppelte sich. Hoffentlich kippe ich nicht um, dachte sie, die nicht greifbare Angst herunterschluckend.

Die Tür öffnete sich und der Geschäftsführer trat ein.

Er ist schon eine beeindruckende Erscheinung, empfand Judith mit Respekt. Herr Dr. Schiller war ein großer, kräftiger Mann mittleren Alters und die Tatkraft leuchtete aus seinen wachsamen Augen. Sein sichtbar teurer Anzug und das blütenweiße Hemd in Kombination mit der Seidenkrawatte und passendem Einstecktuch untermauerte diesen Eindruck.

Er war bekannt als fairer Chef, allerdings war es auch besser für jeden der gut vierzigtausend Mitarbeiter, sein Bestes zu geben und seinen Anweisungen Folge zu leisten.

Mit drei schnellen Schritten war er bei Judith.

»Moin, Frau Jacobi, gehen wir in mein Büro.«

Judith wollte ein respektvolles »Moin« herausbringen, leider ähnelte es dann doch mehr einem kläglichen Piepsen.

»Na, wer wird denn da so aufgeregt sein?« Ein amüsierter Blick traf sie.

Oh Gott, jetzt hat er das auch noch gemerkt! Sie registrierte mit Schrecken, wie ihr die Röte ins Gesicht schoss.

Er hielt ihr die Tür auf, ließ sie als Erste auf den Flur treten, um dann die Führung zu übernehmen.

Die Etage der Konzernspitze präsentierte sich eindrucksvoll. Hochwertige Drucke und Leinwandbilder schmückten den Gang bis zum Büro von Herrn Dr. Schiller. Im Vorzimmer saß seine Sekretärin, die Judith aufmunternd zuzwinkerte. Den angebotenen Kaffee lehnte sie ab.

Herr Dr. Schiller öffnete seine Bürotür, Judith trat ein und er schloss die Tür hinter ihnen. »Nehmen Sie Platz, Frau Jacobi.« Er deutete auf zwei schwarze Lederstühle vor seinem großen Schreibtisch, der mit allerlei Papierstapeln belegt war.

Judith sank fast ehrfürchtig in einen der mächtigen Stühle. Mit einem schnellen Blick hatte sie die exklusive Einrichtung gescannt, auch die Bilder an der Wand zeugten von teurem Geschmack. Es wirkte allerdings nicht kalt und unpersönlich, sondern durchaus einladend.

Noch bevor der Geschäftsführer sie ansprechen konnte, schellte sein Telefon. Mit einem knappen »Ja« meldete er sich, um dann ein »Jetzt nicht« anzufügen, aufzulegen – und Judith durchdringend anzusehen.

»Frau Jacobi, ich freue mich, Sie persönlich kennenzulernen. Sie leiten eine unserer Drogeriefilialen nun schon vier Jahre erfolgreich.«

Judith fiel automatisch ein Stein vom Herzen. Sein Tonfall war ruhig und sympathisch, da schien nichts allzu Negatives mehr zu kommen. Nur was wollte der Boss dann von ihr?

Das bekam sie sofort zu hören.

Herr Dr. Schiller faltete seine Hände und setzte die Ellenbogen auf den Schreibtisch auf. »Trotzdem werden wir die Filialleitung einer anderen Person übertragen.«

Judith musste aschfahl geworden sein, denn er beruhigte sie auf der Stelle. »Das hat natürlich einen triftigen Grund. In unserer umsatzstärksten Drogeriefiliale hier in Hamburg fällt Frau Küster aus. Sie war der gute Geist und die Seele des Geschäftes, die erfahrenste unserer Filialleiterinnen. Ihr Mann ist urplötzlich schwer erkrankt, sie wird uns verlassen und das bedauerlicherweise, allerdings durchaus verständlich, von heute auf morgen.«

»Das tut mir sehr leid«, stammelte Judith.

»Ihr Erbe ist nicht leicht auszufüllen, aber Ihr Ruf, Frau Jacobi, schallt Ihnen sozusagen voraus und da haben wir an Sie gedacht.«

»Äh ... ja ...«, Judith überlegte krampfhaft, wie sie antworten sollte, denn neue Aufregungen in ihrem Leben brauchte sie keinesfalls – und toughe Herausforderungen erst einmal auch nicht. Ihr fiel jedoch nichts Gescheites ein, ihr Kopf fühlte sich seltsam leer an.

»Ich verstehe«, fuhr Herr Dr. Schiller fort, »dass Sie sich ein bisschen überfallen fühlen, aber ich möchte Ihnen Folgendes vorschlagen ...«

Judith hörte den Ausführungen des Konzernchefs zu und es kam ihr zunehmend vor wie ein irrealer Traum.

Fand sie das nun gut oder nicht? Und wieso wusste sie das jetzt nicht?

Mit einem ziemlichen Brummschädel verließ sie das Gebäude. Sie hatte sich zwei Stunden Bedenkzeit erbeten, obwohl ihr Herr Dr. Schiller freigestellt hatte, eine Nacht über das Angebot zu schlafen. Aber das wollte sie nicht. Es würde die Sache nur herauszögern. Sie mochte die Entscheidungen nach kurzer intensiver Überlegung lieber, damit war sie bisher immer am besten klargekommen.

»Ich stelle Ihnen meinen Fahrer zur Verfügung. Er wird Sie in ein nettes Café bringen, wo Sie auf unsere Kosten etwas Stärkendes zu sich nehmen können. Die Rechnung geben Sie anschließend mir, das Geld wird Ihnen erstattet. Mein Chauffeur holt Sie dann, mit einer hoffentlich positiven Antwort im Gepäck, wieder ab.« Herr Dr. Schiller lächelte sie gewinnend an, sah jedoch auch gleich geschäftsmäßig auf seine exklusive Armbanduhr.

»Jetzt ist es halb zwölf, sagen wir, um zwei sehen wir uns erneut hier?«

Judith nickte.

Während sie sein Büro verließ, hörte sie ihn bereits mit seinem Chauffeur telefonieren.

Halb benommen sog sie tief die frische Novemberluft ein, die sich nun mit einem unangenehmen Sprühregen mischte. Obwohl es nur ein paar Schritte bis zu der schwarzen Limousine war, die auf sie wartete, zog sie ihren Schal schützend näher um den Hals.

Der Wetterbericht hatte die ersten frostigen Nächte des Jahres angekündigt, bei diesem durchdringend kalten Schmuddelwetter durchaus vorstellbar.

Selbst die Schneeprognosen für Norddeutschland in diesem Winter schienen gut.

Der Chauffeur sah sie kommen, stieg aus und öffnete ihr die Tür.

»Oh ...«, Judith freute sich, »ich darf hinten rein.«

»Ja, natürlich. Gäste sitzen im Fond des Wagens.«

Wieder einmal musste sie ihr Weltbild zurechtrücken. Unter einem Chauffeur hatte sie sich einen gepflegten älteren Herrn mit grauen Haaren vorgestellt. Jemand, der schon mindestens vierzig Jahre Autoerfahrung mit sich brachte. Dieser große, junge, athletische Mann hier war geschätzt ein Mittdreißiger. Hätte man ihr verklickern wollen, es sei der Juniorchef, sie hätte es auch geglaubt. Schick sah er aus in dem dunklen Anzug mit der passenden Krawatte.

»Moin, Frau Jacobi, nehmen Sie bitte Platz.«

»Sie kennen meinen Namen?«, fragte Judith nun völlig verwundert.

»Ich kenne jeden unserer Gäste, den ich fahre.«

Die Tür schlug zu, der attraktive Mann umrundete den Wagen und stieg ein. Judith packte die Neugier. »Und wie heißen Sie?«

Er drehte sich zu ihr um und lächelte. »Ich bin Tony Schneeberger.«

Wow! Was für ein Kerl – und so schöne haselnussbraune Augen!

Während der Fahrt in die Hamburger City stellte sie viele Fragen. So erfuhr sie, dass Tony Schneeberger seit sechs Jahren nicht nur Chauffeur von Herrn Dr. Schiller war, sondern auch sein Bodyguard, wenn man das so nennen konnte. Er begleitete ihn des Öfteren zu Terminen oder Verhandlungen.

Leider war die Fahrtstrecke zu kurz, um noch mehr zu hören.

Herr Schneeberger hielt genau vor der Eingangstür des Cafés.

»Und was machen Sie jetzt?«, fragte Judith. Der Gedanke, er könne hier im Wagen auf sie warten, irritierte sie.

»Ich fahre die Limousine betanken und waschen und bin Viertel vor zwei wieder hier, damit Sie pünktlich beim Boss sind.«

Oha, da herrschte ja die perfekte Kommunikation zwischen den Hierarchie-Ebenen!

»Dankeschön«, brachte Judith noch heraus. Einige Passanten beobachteten die Szene interessiert, als der Chauffeur ihr die Tür öffnete und sie ausstieg. Einerseits war ihr das fast peinlich, auf der anderen Seite genoss sie die Blicke auch – wann hat man schon Gelegenheit, so einen beachtenswerten VIP-Auftritt zu spielen!

Die relativ kurze Fahrt hatte ihr durchaus Vergnügen bereitet. Sie war in den superbequemen Autositzen nahezu behaglich versunken, während die Limousine gefühlt geräuschlos durch die Straßen glitt. Sie saß im Fond, ein Chauffeur kümmerte sich um die Route – wow! Das hätte sie von dem heutigen Tag nicht erwartet. Und so einiges anderes auch nicht.

Das Café war gut besucht, trotzdem ergatterte sie einen Platz am Fenster mit Blick auf die herbstliche Alster.

Die Tische präsentierten sich bereits winterlich dekoriert. Das gefiel ihr.

Mit Elan näherte sich eine junge Bedienung. »Was darf ich Ihnen bringen?«

»Ich hätte gerne etwas Wärmendes, hm ... eine heiße Suppe vielleicht.«

»Möchten Sie die Karte? Ich kann Ihnen jedoch auch die Tagessuppe empfehlen. Lauch-Käse mit Hackfleischeinlage, die Spezialität unseres Kochs. Die isst er selbst mit Wonne, deshalb ist sie mit viel Liebe und noch mehr Leidenschaft zubereitet.« Die hübsche Frau zwinkerte vergnügt.

»Das hört sich sehr gut an. Die nehme ich.« Judith betrachtete den Tisch. »Ihre Deko sieht total klasse aus, so ansprechend winterlich bei diesem Schietwetter.«

»Ja, so zum Ende November hin packt es unser Team dann. Weihnachtliches muss unbedingt her. Die Weihnachtszeit ist für mich persönlich übrigens die schönste Zeit des Jahres«, lächelte sie.

»Echt? Für mich auch! Bringen Sie mir bitte zusätzlich einen Latte Macchiato?«

»Gern.«

Gedankenversunken betrachtete Judith die längliche, weißgekalkte Vintage-Holzschale, die ein Windlicht mit Wintermotiven, schneebedeckten Minitannen, Tannenzapfen und kleine weiße Kugeln enthielt. Eine moderne, unaufgeregte, aber sehr ansprechende Dekoration, die sogleich in adventliche Stimmung versetzte. Advent! Der stand auch in Kürze vor der Tür.
Wo war das Jahr denn bitte hin?

Plötzlich fühlte sie sich wohl. Wäre das Angebot von Herrn Dr. Schiller ihr Einstieg in eine völlig neue Zukunft? Warum nicht das alte Leben hinter sich lassen. Sie war allein, brauchte keine Rücksichten nehmen, sollte sie es wagen? Darüber nachgedacht hatte sie schließlich schon mehrfach, wenn die Erinnerungen sie überschwemmten und zu ersticken drohten, aber den ersten Schritt selbst initiieren fiel nicht nur schwer, ihr hatte bisher zudem jeglicher Antrieb gefehlt. Und die dunkle Jahreszeit lud nun ebenfalls nicht gerade zu energiegeladenen Entscheidungen ein.

Noch einmal ging sie in Gedanken akribisch die mehr als unerwartete Firmenofferte durch.

♥ 2 ♥

Kaffee und Süppchen brachte man ihr mit einem Lächeln, serviert in schlicht-modernen, aber sehr schicken Porzellanschüsseln, nicht in den sonst üblichen Terrinen, die es fast überall gab. Schnell nahm sie einen ersten Löffel. Die heiße, würzige Suppe wärmte ihre Seele. Wäre sie zu Hause, hätte sie nun genüsslich aufgestöhnt. Der Koch und viel Liebe – das passte hier.

Entschied sie sich für das Angebot ihres Unternehmens, müsste sie innerhalb einer Woche umziehen, und zwar hierher, mitten nach Hamburg, die Großstadt, die sie gern mochte, allerdings nur als Besucherin. In dieser quirligen City leben? Über das Dasein in einer Millionenstadt hatte sie noch nie ernsthaft nachgedacht.

Und nun wollte sie sich binnen zwei Stunden entscheiden. Den Zeitrahmen hatte sie sich schließlich selbst gesetzt. Nun verrannen die Minuten wie staubtrockener Sand durch ihre Finger.

Zugegeben, allein die finanzielle Seite war verlockend. Sie würde erheblich mehr verdienen als bisher. Wohnraum im teuren Hamburg wäre für das erste halbe Jahr kein Thema, es stand ihr ab sofort eine Wohnung mietfrei zur Verfügung, die Miete ihrer alten würde bis zur Auflösung übernommen. Nach sechs Monaten sah man weiter. Sie brauchte im Prinzip nur Ja sagen, ein paar Habseligkeiten packen und sie wäre nächste Woche Chefin der größten Drogeriefiliale des Konzerns.

Ehrlich, davon träumte doch jede junge Filialleiterin! In der Konzernzentrale in einen neuen, attraktiven Job hochbelobigt zu werden.

Wie es ihre Art war, tastete Judith sich von allen Seiten an den Kern heran.

Aus ihrer Tasche holte sie einen Zettel und einen Stift. Einen Kreis malend, schrieb sie *Job Hamburg* hinein und zeichnete nun Pfeile mit der Spitze zur Mitte hin, sie einzeln beschriftend: *Finanziell extrem lohnend, berufliche Herausforderung, Karriereleiter erklimmen, Geschenk auf dem Silbertablett, ersehnter Neuanfang, den man allein nur schwer schafft.*

Nun führte sie Pfeile aus dem Zentrum heraus. Aber es waren tatsächlich nur zwei: *Weg aus Neumünster* und *Adieu, Kleinstadtleben, Großstadtleben erwünscht?* Sie schob ein weiteres Pfeilchen hinterher. *Freunde verlassen.* Dann stutzte sie. Sie hatte gar keine wirklichen Freunde in Neumünster mehr, und das seit fast zwei Jahren. So bekam der Pfeil eine Spitze Richtung Mittelkreis. *Neue Freunde finden.*

Kurz überlegte sie, ob ihr noch etwas einfiel. Nein.

Das Ergebnis war mehr als deutlich.

Judith nahm den letzten Löffel der Suppe. Am liebsten hätte sie sich nun ein Stückchen Kuchen als helfende Nervennahrung bestellt, aber sie beherrschte sich. Sie hatte eh im vergangenen Jahr gut zugenommen und gerade jetzt rund um die Weihnachtszeit konnte sie den leckeren Versuchungen sowieso kaum oder ehrlicherweise gar nicht widerstehen. Lebkuchen, Zimtsterne, Mandelspekulatius, Christstollen, Baumkuchen, Vanillekipferl, Walnussplätzchen – und erst Marzipan ... oh mmh!

Judith orderte stattdessen einen Espresso und betrachtete ihren Zettel. Sie hatte nicht bemerkt, dass die freundliche Bedienung bereits mit dem starken Kaffee an ihrem Tisch stand.

»Aha«, lächelte diese, »sie müssen eine Entscheidung fällen.«

Etwas erstaunt war Judith schon, aber warum leugnen. »Ja, nehme ich den Job hier in Hamburg an oder nicht?«

»Wie ist denn Ihr emotionales Grundgefühl? Ich meine jetzt nicht den Verstand, sondern das innerliche Herzensgefühl, also das nicht-rationale Entscheidungspotential. Positiv oder eher negativ?«

»Tendenziell positiv, allerdings mit dem Wissen, es wird eine harte Herausforderung.«

Die Bedienung grinste. »Wir sind jung genug für die ganz großen Challenges des Lebens. Wenn nicht wir sie annehmen, wer sonst?«

Judith sah sie erstaunt an, um dann zu grinsen. »Stimmt. Einfach mal was wagen, wie?«

»Tut man es nicht, verpasst man möglicherweise Wichtiges. Und geht es schief, hat man etwas gelernt. Setzen Sie es unter die Prämisse Frauenpower mit Herz und Hirn.«

In der Tür erschien ein ihr bekanntes Gesicht. Es war Tony Schneeberger. Oh Mensch, der sah echt verdammt gut aus! Er hatte allein vom Aussehen her alles, was sie an einem Mann mochte.

Entsetzt sah Judith auf ihre Armbanduhr. Viertel vor zwei! Ach du Schreck! Die Zeit war nur so dahingeflogen!

»Ich möchte zahlen!« Hektisch kramte sie in ihrer Tasche und legte auf die Rechnung ein dickes Trinkgeld. »Für die Entscheidungshilfe.« Sie kniff der jungen Frau ein Auge.

Die warf einen Blick auf den attraktiven Chauffeur. Auweia, nahm sie an, da hab ich wohl irgendeiner Prominententussi einen Rat gegeben. Gerade bei denen wusste man schließlich nie, wie es ankam. Hoffentlich wirkte sich das nicht negativ aufs Geschäft aus, dabei hatte sie doch einen ganz netten und normalen Eindruck gemacht ...

»Das war wirklich ein hübsches Café. Ich hatte das Glück, einen Tisch am Fenster zu erwischen«, startete sie das Gespräch mit ihrem Fahrer.

»Hab ich gesehen. War der Kuchen gut?«

»Ich hatte Lust auf etwas Warmes und habe daher eine Suppe gegessen. Die war exzellent.«

»Na dann ... ich bin noch nie dort gewesen.«

»Und warum haben Sie mich dorthin gebracht?«

»Weil der Chef das so bestimmt hat.«

»Ah ...«

Der Rest der Fahrt verlief wortlos und als er ihr die Tür des Fonds wieder öffnete, war ein gegenseitiges »Tschüss« die einzige Kommunikation. Schade, dass er in einer merkwürdigen Art unnahbar geblieben war.

Die Ereignisse wiederholten sich. Judith saß erneut mit Herzklopfen im Besucherzimmer. Diesmal musste sie allerdings nicht lange warten. Keine zwei Minuten nach ihrer Ankunft holte sie die Sekretärin ab und brachte sie zum Büro von Herrn Dr. Schiller.

Der empfing sie wieder mit kräftigem Handschlag und der Geste, sie möge doch Platz nehmen.

Langsam ließ sich Judith auf den Lederstuhl sinken.

»Nun, Frau Jacobi, haben Sie eine Entscheidung getroffen? Sie können immer noch eine Nacht darüber schlafen, sollten Sie unsicher sein.« Herr Dr. Schiller hatte sie fest im Blick.

Judith schluckte, um daraufhin mit möglichst stabiler Stimme ihren Entschluss zu verkünden. »Nein, ich habe mich entschieden. Ich nehme Ihr Angebot an.«

»Sehr schön. Dann darf ich Sie beglückwünschen.« Der Konzernchef erhob sich und reichte ihr seine Hand über den Tisch hinweg. »Ich habe, rein vorsorglich, für den Fall Ihrer Zustimmung bereits den Vertragsentwurf fertigen lassen.«

Er griff zum Telefon. »Frau Reichelt, bitte bringen Sie uns die Unterlagen herein.«

Na sieh an, erkannte Judith erstaunt, er hatte gar nicht mit einer Absage gerechnet! Aber ehe sie weiter darüber nachdenken konnte, stand auch schon die Sekretärin mit einer Unterschriftenmappe im Büro neben ihrem Chef.

Innerhalb der nächsten Viertelstunde war der Vertrag durchgearbeitet. Es war tatsächlich so, wie er ihr mündlich zugesichert hatte. Sie bekam eine für die ersten sechs Monate kostenfreie Wohnung in der Nähe der Filiale gestellt. Die Voraussetzung für die

Übernahme der Miete ihrer Wohnung in Neumünster war allerdings deren sofortige Kündigung. Alle anderen Details glichen dem üblichen Vertrag.

Judith konnte nicht verhindern, dass ihre Finger bei der Unterschrift ein bisschen zitterten. Trotzdem habe ich mich gut im Griff, empfand sie.

Herr Dr. Schiller bat sie um die Rechnung für den Verzehr im Café. »Meine Sekretärin kümmert sich darum.«

Aber das lehnte Judith entschlossen ab. »Nein. Ich habe meine Entscheidung dort gefällt und das vollkommen frei und unabhängig. Deshalb ist es wichtig, dass ich die Rechnung auch selbst begleiche. Das ist schon in Ordnung so.«

Sie traf ein anerkennender Blick des Konzernchefs. »Wie Sie wollen. Wie sind Sie hergekommen, mit dem eigenen Wagen?«, wechselte er das Thema.

»Nein. Per Bahn. Das geht schneller und ist unkomplizierter.«

Und dann war der Termin wie der Blitz vorbei. »Mein Chauffeur wird Sie nun in Ihre neue Wohnung fahren, dort können Sie schauen, was Ihnen gefällt, was raus soll und welche Ihrer persönlichen Möbel Einzug halten werden. Aber das klärt er mit Ihnen. Auch das weitere Procedere bezüglich Ihres Umzuges können Sie gemeinsam mit ihm besprechen.«

Herr Dr. Schiller reichte ihr nochmals die Hand und schwupp, war sie draußen.

Seine Sekretärin versorgte sie lächelnd mit einem fremden Haus- und Wohnungsschlüssel und wünschte ihr in ihrer neuen Tätigkeit viel Glück und alles Gute.

Fast schwindelig vor Aufregung und vollgepumpt mit Adrenalin fand sie sich erneut im Fond der Limousine wieder. Sie hatte soeben mit einer Unterschrift ihr Leben umgekrempelt! Weihnachten in Hamburg. Hörte sich gut an, aber auch nach Einsamkeit. Auf der anderen Seite – selbst in Neumünster wäre sie allein. Ihre Großeltern hatte sie nie kennengelernt, sie waren in kurzem Abstand hintereinander verstorben, wenige Monate nach ihrer Geburt, und ihre Eltern wohnten seit zehn Jahren in Baden-Württemberg. Sie hatte nur noch sporadisch Kontakt zu ihnen. Auf die ständigen Streitereien konnte sie nämlich gut verzichten. Und die zu den Weihnachtsfesten waren immer besonders übel gewesen.

»Es ist eine schöne Wohnung«, hörte sie den Chauffeur sagen, das brachte sie wieder auf weitaus erfreulichere Gedanken.

»Ich bin ganz gespannt. Woher kennen Sie die Räumlichkeiten?«

»Diese im Speziellen nicht, aber hier wohnen des Öfteren Gäste des Unternehmens oder auch Kollegen.«

»Ich habe ein Auto. Kann ich irgendwo parken?« Das war die größte Sorge Judiths. Wohin mit ihrem kleinen Wagen?

»Kein Problem. Es gibt eine Tiefgarage und dort sind Plätze für jede Wohnung reserviert. Wir sind gleich da.«

Neugierig sah Judith aus dem Fenster. Vor ihr erschien ein moderner Gebäudekomplex.

»Das ist es.« Tony Schneeberger fuhr langsam an dem Haus vorbei, um im Wendehammer zu drehen. »Es ist recht ruhig hier.«

Vor dem Eingang des Hauses hielt er an und stellte den Motor ab.

»Hier ist aber beschränktes Halteverbot«, warf Judith ein.

»Tatsächlich? Ich darf das«, grinste der Chauffeur frech.

Zwei Minuten später drehte sie mit zittrigen Fingern den Schlüssel im Wohnungsschloss herum, neugierig und aufgeregt, was sie erwartete. Sie beugte sich etwas vor, so als traue sie sich nicht, einzutreten.

»Da dürfen Sie aber ruhig reingehen«, schmunzelte Tony Schneeberger hinter ihr.

♥ 3 ♥

Der Eingangsbereich öffnete sich zu einem großen Wohnraum mit Küche und Balkon. Das Schlafzimmer war recht klein gehalten, als Ausgleich dafür gab es aber einen angrenzenden zusätzlichen Raum, der als Ankleide vorgesehen war. Was für ein Luxus, empfand Judith. Ein modernes Bad mit einem Handtuchtrockner komplettierte den positiven Eindruck.

Die Einrichtung der Zimmer traf Judiths Geschmack zu neunzig Prozent. Modern und trotzdem gemütlich. Und die sollte ihr gehören, jedenfalls erst einmal, damit sie sich vollauf dem anlaufenden Weihnachtsgeschäft widmen konnte. Toll! Judiths Augen strahlten.

»Was soll aus der Wohnung entfernt werden?«, hörte sie die klare und nüchterne Frage des Chauffeurs.

»Nichts. Es bleibt so. Mir gefällt es.«

Judith hatte soeben beschlossen, sich von ihren alten Möbeln in Neumünster zu verabschieden. Der

Neuanfang sollte es sein. Schnitt und gut, auch wenn es wehtat.

Sie sah auf ihre Armbanduhr. »Ist der Bahnhof weit entfernt? In anderthalb Stunden geht mein Zug. Soll ich mir ein Taxi rufen?«

»Ich fahre Sie.«

Auf dem Weg dorthin fragte sie den Chauffeur noch ein bisschen nach den Freizeitmöglichkeiten aus und sie erhielt bereitwillig Antwort. Er informierte sie ruhig und sachlich, wie ein Fremdenführer.

Tony Schneeberger notierte sich ihre jetzige Anschrift in Neumünster. Sollte sie Mobiliar von dort mitnehmen, kümmerte sich die Firma um den Umzug, er selbst würde es entsprechend koordinieren. »Da muss ich so schnell wie möglich Bescheid wissen.«

Zwecks notwendiger Absprachen erfolgte so der Austausch der Handynummern.

Zwanzig Minuten vor Abfahrt des Zuges setzte der Chauffeur Judith am Bahnhof ab. Sie bedankte sich nochmals herzlich und blickte der Limousine kurz hinterher.

Wie dieser Tony wohl in Freizeitkluft aussah?

Sie kaufte eine Zeitschrift, die sie unterwegs lesen wollte.

Eigentlich hätte sie wissen müssen, dass ihre Gedanken nur noch um die absolut überraschende Wende in ihrem Leben kreisten, sie konnte sich auf keinen einzigen Artikel konzentrieren. Die Buchstaben verschwammen.

Nach einer Dreiviertelstunde war sie zurück in Neumünster – und sie sah diese Stadt nun mit anderen Augen. Gefallen hatte es ihr hier immer, aber da waren die Zeiten eben viel glücklicher gewesen.

Heute Abend blieb ihre Küche kalt. Sie würde bei Ali um die Ecke eine türkische Pizza holen, danach stand ihr der Sinn.

Ali begrüßte sie gewohnt nett. »Hallo Judith, wie immer?«

»Klar, mit allem. Es ist übrigens das letzte Mal, dass ich bei dir mein Essen abholen kann, Ali.« Und dann berichtete sie ihm von ihrer beruflichen Chance.

»Das ist ja schade, aber ich verstehe dich. Du bist noch jung, das musst du machen. Ich freue mich für dich.«

Letztendlich aß sie ihre Pizza bei ihm und er schenkte ihr zum Abschluss sogar das typisch türkische magische Auge, was Judith sehr rührte. »Dankeschön, ich werde es in Ehren halten, lieber Ali. Und grüße mir deine Gülcan!«

In diesem Augenblick kam die soeben Genannte in den Imbiss. Judith berichtete nochmals und wurde zum Abschied von beiden herzlich umarmt. »Wenn du zu Besuch nach Neumünster kommst, schau bei uns vorbei, vergiss uns nicht«, sagte Gülcan und lächelte sie freundlich an.

»Ich verspreche es.«

Gut gesättigt und mit wohltuender Herzensgüte von Ali und Gülcan ummantelt, schaltete sie in ihrer Wohnung das Licht an. Wer hätte das gedacht, dass sich ihr Leben in wenigen Stunden so drastisch verändern würde! Einerseits griff Angst nach ihr, aber wirklich nur ein klein bisschen, auf der anderen Seite war sie stolz auf sich, diesen bedeutenden Schritt gewagt zu haben und bereitwillig alles hinter sich zu lassen. Nur war das richtig so oder wieder einer ihrer berühmten Schnellschüsse, die es später zu korrigieren galt? Man müsste, wenn auch nur kurz, in die Zukunft spinxen können ...

Wie würden die Kollegen morgen im Geschäft wohl reagieren, wenn sie die überraschende Neuigkeit und von deren sofortiger Umsetzung erfuhren?

Judith sah sich mit kritischen Augen in ihrer Wohnung um. Was sollte sie mitnehmen? Von ihren Zimmerpflanzen wollte sie sich keinesfalls trennen, einige hatte sie sogar selbst gezogen. Und auf ihre besonderen Gläser und das Porzellan mochte sie ebenfalls nicht verzichten. In der Ecke im Schlafzimmer gab es zwei Kisten mit Weihnachtsdeko – auch die mussten zwingend mit. Viele schöne Stücke hatte sie über die Jahre mit Liebe gesammelt. Und die Tischleuchte fand garantiert ein Plätzchen in der neuen Wohnung.

Sie öffnete ihren Kleiderschrank und sah hinein. Oha! Das allein war schon eine Wagenladung bis unter die Pfannen.

Von ihrer Überzeugung, alle ihre wichtigen Habseligkeiten würden in ihr Auto passen, musste sie sich demnach verabschieden. Ein kleiner Transporter allerdings reichte aus. Sie nahm sich vor, zeitig am kommenden Morgen Herrn Schneeberger anzurufen, um das mit ihm zu besprechen. Ob er so kurzfristig für dieses Wochenende ihren Mini-Umzug überhaupt organisieren könnte? Sie hegte starke Zweifel. Gerade an den Wochenenden zogen viele Menschen um, da waren entsprechende Autos meist länger im Voraus vermietet.

Die nächsten beiden Stunden schaute sie durch ihre Sachen und entschied, was sie mitnehmen wollte. Bei dieser Gelegenheit sortierte sie ihren Kleiderschrank aus. Das war eh schon lange fällig.

Ach ja, und ein Nachsendeantrag bei der Post musste gestellt werden. Sie fuhr ihren Laptop hoch und erledigte dies kurzerhand online. Praktisches Internet. Freu!

Auch ihre Vermieterin galt es schnellstens zu informieren. Morgen früh!

Als Judith sich ins Bett legte, glaubte sie zunächst, nicht einschlafen zu können, so sehr hatten sie die letzten Stunden gebeutelt, zwar nicht körperlich, aber geistig war sie stark angestrengt. Allerdings täuschte sie sich. Sie schlief tief und fest, bis das Handy sie, wie jeden Wochentag, an ihre Arbeit erinnerte.

Manchmal überfielen sie beim Erwachen die Ereignisse des Vortrages und sie schienen sich wie ein dicker Berg vor ihr aufzutürmen, so auch heute. Sie war noch nicht ganz wach und fühlte sich von ihrer gestrigen Entscheidung fast wie überfordert – hoffentlich erwies sich die als richtig!

Aber mit dem ersten heißen Morgenkaffee kam das gute Gefühl von gestern zurück – bis sie in der Filiale eingetroffen war.

Im Aufenthaltsraum fehlte die Milch für den Kaffee. Oh Mensch! Kaffee ohne Milch ging für sie gar nicht.

»Wer die letzte Milch verbraucht, kauft neue. Wer bitteschön hat hier geschlampt?«, maulte sie.

Ihre rechte Hand Grit verzog das Gesicht. »Tut mir leid, das war ich. Ich wollte gestern noch einkaufen, aber der Parkplatz am Supermarkt war so voll, da bin ich dann doch nicht reingegangen.«

»Du hättest wenigstens ein Tetrapack von Zuhause mitbringen können.«

Grits Wangen verfärbten sich dunkelrot. »Sorry. Du, wir haben dieses Jahr hier im Geschäft einen Knaller. Einen brandneuen Wintertee. Der ist ja so was von lecker! Ich habe gestern eine Packung für mich gekauft und mir einen hier aufgeschüttet. Er duftet großartig und schmeckt nach allem, was Winter ausmacht, Zimt, Vanille, Orange, Apfel, Spekulatius – einfach toll. Ich koche dir schnell ein Tässchen, ja?«

Tee war morgens nicht wirklich Judiths Ding, aber immerhin noch besser als pechschwarzer Kaffee. Bitterer Geschmack in der Früh verdarb ihr den Tag.

Keine Minute später zog ein weihnachtlicher Duft durch den Aufenthaltsraum.

»Du hast recht, Grit, er duftet prächtig.«

»Nimm ein paar Krümel Kandis dazu, das intensiviert das Aroma.« Grit reichte ihr eine kleine Schale mit braunen Kandisstückchen.

»Du weißt, wie man vom Thema ablenkt«, aber diesen Hieb ins Kontor ihrer Mitarbeiterin unterlegte sie schon mit einem Grinsen. Sie pustete, der Tee war zum Probieren zu heiß und musste sowieso noch einige Minuten ziehen.

»Erzähl«, Grit war unverkennbar neugierig, »was wollte man in der Hauptverwaltung von dir?«

Judith holte tief Luft. Die Verkündigung fiel ihr schwerer als gedacht. »Ich werde euch verlassen. Ihr bekommt eine andere Chefin.« Judith war ernst geworden.

»Oh nein! Sag, dass du mich veräppeln willst.« Grit schlug vor Entsetzen eine Hand vor den Mund.

»Ich nehme dich nicht auf den Arm. Herr Dr. Schiller hat mich gelobt, mir allerdings im gleichen Atemzug gesagt, dass die Leitung dieser Filiale neu besetzt wird.«

»Aber ...«

»Ich erkläre es dir.« Und Judith erstattete relativ ausführlich Bericht. Dass sie für die Wohnung ein halbes Jahr lang keine Mietzahlung leisten musste, verschwieg sie jedoch. Und auf die weitere Nachfrage, wie viel sie zusätzlich verdienen würde, relativierte sie ihre Gehaltserhöhung.

»Es ist schon ein bisschen mehr, weil die Filiale eben entsprechend größer ist, aber auch nicht die Welt.«

»Und wen schicken die uns?« Grits Stimme wurde weinerlich. »Nachher kriegen wir so eine verschnupfte Oberzicke.«

»Ach was!«

»Du sagst das so. Ist es eine Frau oder ein Mann?«

»Ich habe keine Ahnung«, sagte Judith ehrlich und erschrak ein bisschen. Sie hatte sich vor lauter Aufregung gar nicht erkundigt, wer die Stelle bekommen würde. Nachfragen für die Kollegen hätte sie ja können.

»Vielleicht erfahre ich hierzu noch etwas, dann sag ich dir Bescheid.«

Verkäuferin Petra stand in der Tür. »Weshalb sagst du Bescheid?«

»Ach Petra«, stöhnte Grit auf, »Judith verlässt uns.«

»Wie? Du gehst? Das ist ein Scherz, oder?« Ihr Gesicht spiegelte pures Entsetzen.

»Leider nein«, gab Grit die Antwort für Judith. »Stell dir mal vor ...«, und sie berichtete von den gestrigen Ereignissen aus ihrer Sicht.

Als Judith die anschließenden Fragen Petras zu sehr ins Private abdrifteten, lenkte sie mit einem Schluck Tee ab. Ihre Augen wurden groß. »Oh! Der ist ja der Hammer!«

»Krass, nicht?«, wechselte Grit auch wieder zum Thema Tee. »So einen Guten hatten wir noch nie. Ich jedenfalls decke mich davon mit einem Wintervorrat ein.«

»Wie viele Packungen haben wir erhalten?«

Sie schauten in den Computer. »Hm«, überlegte Judith, »echt ein bisschen wenig. Ich order nach.«

»Gestern sind übrigens weitere Winterlieferungen gekommen. Die Kerzen in den Gläsern mit Winterbeeren- und Zimtduft, die gefüllten Lebkuchenherzen sowie die kleinen Sternchen-Aufkleber.«

Und Petra ergänzte: »Das Winterorangen-Duschgel und das mit Spekulatiusduft ist ebenfalls bereits im Regal verstaut und verkaufsbereit.«

Judith verdrehte die Augen. »Wer will denn nach Spekulatius riechen? Ich bin gespannt, wie es sich verkauft.«

Plötzlich klopfte es an den Türrahmen. Eine ältere Dame schaute vorsichtig zu ihnen herein. »Sagen Sie, was duftet hier so gut? Kann man das kaufen, egal, was es ist?«

Und schon war Grit in ihrem Verkaufselement. »Sie haben unseren brandneuen Wintertee geschnuppert. Er ist soeben eingetroffen. Wir testen ja immer gern für unsere Kunden vor, damit wir sie kompetent beraten können. Kommen Sie mit, ich zeige Ihnen die Packung.« Flugs war sie aus dem

Aufenthaltsraum raus. Schlaues Gritchen!
Auch die beiden Nachmittagskräfte zeigten sich über die Tatsache einer neuen Filialleitung nicht gerade begeistert. Judith beruhigte sie, sie bekämen mit Sicherheit eine nette Leitung.
Sie versprühte Optimismus, den sie gar nicht empfand. Aber gut, bloß keine Aufruhr in ihrer letzten Woche hier! Das könnten ihre Nerven überhaupt nicht gebrauchen und schließlich war es nicht mehr ihr Problem.

In ihrer Mittagpause lief sie rüber in den Supermarkt. Sie wollte Kuchen zum Abschied für ihre Mädels backen. Sie entschied sich für zwei Backmischungen, einen Marmorkuchen und Muffins mit einem leckeren Topping.

Da der Aufenthaltsraum bei ihrer Rückkehr leer war, rief sie ihre Vermieterin an. Sie kannte Frau Oberg mittlerweile recht gut. Sie war nicht nur Kundin in der Drogerie, ab und zu schaute sie auf einen Kaffee vorbei, wenn sie im Haus zu tun hatte und Judith ihren freien Tag genoss.

Frau Oberg war geschockt von Judiths jähem Auszug, verstand allerdings die Gründe durchaus. »Wäre ich so jung wie Sie, würde ich genauso entscheiden.«

Judith freute sich über diesen Zuspruch, den sie auch schon von Ali und Gülcan erhalten hatte. Also war es nicht verkehrt, was sie tat. Hach nee, da war sie wieder, die leichte Unsicherheit oder vielmehr die Angst vor der nicht ungewissen, aber unberechenbaren Zukunft.

Mit klopfendem Herzen schlug Judith ihr vor, die Wohnung eventuell möbliert zu vermieten, da sie die Sachen nicht mitnehmen wolle. »Wäre das eine Option für Sie? Es gibt doch viele Mieter, die sich dafür interessieren.«

Und zu ihrem Erstaunen stimmte Frau Oberg nach kurzer Überlegung zu und bot ihr eine, na ja, einigermaßen annehmbare Summe. »Ich denke, möbliert kann ich prima vermieten und Ihre Möbel sind wirklich schön.«

Allerdings würde sie die Kündigungsfrist nicht verkürzen, aber das war Judith gleichgültig, denn die Kosten übernahm ihre Firma. Das war heute schon das zweite Problem, das nicht mehr ihrs war. Ein schönes Gefühl, wenn sich Problematiken oder Erschwernisse einfach in Luft auflösten.

»Sollte ich schneller vermieten können, gebe ich Ihnen selbstverständlich Bescheid.« Ehrlich, wie Judith Frau Oberg kennengelernt hatte, hatte sie daran keinerlei Zweifel.

Na, wenn das kein erfolgreiches Telefonat gewesen war! Wieder einen Schritt näher Richtung Hamburg.

Da sie immer noch allein im Aufenthaltsraum saß, wählte sie Tony Schneeberger an und gestand ihm, sie hätte wohl den Mund zu voll genommen, als sie behauptet hatte, ihre Habe passe in ihr Auto.

Er lachte. »War mir klar.«

»Wieso?«

»Na Mädel halt. Haben Sie schweres Mobiliar zu schleppen?«

»Nein, ich kann die Wohnung mit Möbeln abgeben.«

»Schön, somit reicht im Prinzip eine Person für den Umzug, richtig?«

»Klar.«

»Gut. Samstag ist ihr Umzugstag, so war es mit Herrn Dr. Schiller abgesprochen, oder haben Sie sich zwischenzeitlich anders entschieden?«

»Nein, der Tag bleibt. So kann ich mich Sonntag einrichten und Montag in der neuen Filiale anfangen.«

»Okay, dann Samstag um neun. Bis dahin.« Aufgelegt.

Judith starrte irritiert ihr Handy an. Beendete der Kerl einfach so das Gespräch! Tz ...

Aber er hatte *bis dahin* gesagt. Das hieß doch, er kam selbst! Wow! Der absolut perfekte Umzug mit einem Bodyguard-Typen. Nicht schlecht! Und er hatte so ein warmes Timbre in seiner Stimme. Das ging ihr unmittelbar unter die Haut.

Und so fieberte sie nun dem Samstagmorgen entgegen.

♥ 4 ♥

Es war Viertel vor neun, Judith hatte die unverzichtbaren Sachen, die unbedingt mit ins neue Heim sollten, in der Diele und im angrenzenden Wohnzimmer gestapelt. Schnell lief sie nochmals durch die Wohnung, schaute über die Ablagen und in die Schränke, ob nichts, was ihr lieb und teuer war, versehentlich zurückblieb. Nein, alles Wichtige war gepackt – und sollte wider Erwarten etwas fehlen, sie könnte es problemlos nachholen. Noch war hier ja nicht vermietet.

Sie hatte sich heute besonders sorgfältig geschminkt und wartete nun auf Tony Schneeberger. Warum tue ich das, überlegte sie. Erklären konnte sie es sich eigentlich nicht. Aber der Gedanke an ihn sorgte für gute Laune.

Der gewohnte Klingelton meldete sich. Yeah! Sie warf einen letzten Blick in den Spiegel nahe der Wohnungstür und drückte auf.

Ihr Lächeln erstarb allerdings, als ein Fremder in Arbeitsmontur erschien. Der hatte sich wohl hoffentlich verklingelt!

»Firma Pusch und Söhne. Sie ziehen um? Hamburg?«

»Ja.« Sämtlicher Enthusiasmus Judiths war verschwunden.

»Was soll mit?« Der Arbeiter warf einen Blick vorbei an Judith, die mitten in der Tür stand und sie auch nicht freigab.

»Können wir?« Seine Augen drückten aus, was er für sich behielt: Beweg dich, Tussi! Zeit ist Geld.

Wenig später waren ihre Habseligkeiten im Transporter verstaut, der sich auf den Weg Richtung Hamburg machte.

Judith selbst ließ sich mit einem Seufzer in ihren Autositz fallen. Geschafft! Das Kapitel Neumünster war mit dem Einwurf des Schlüssels in den Briefkasten beendet.

Gestern Abend war die Vermieterin auf einen Sprung vorbeigekommen, um sie zu verabschieden, eine Flasche Martini im Gepäck. Das war jedoch nicht der Grund allein gewesen, kapierte Judith, nachdem sich Frau Oberg interessiert umblickte. Sie kannte zwar die gepflegten Möbel, hatte sie aber noch nie aus dem Blickwinkel des Käufers betrachtet. Sie schien mit ihrer Entscheidung, das Mobiliar übernommen zu haben, zufrieden, denn sie blätterte ihr lächelnd die vereinbarte Summe hin.

Die Autobahn war erreicht und sie überholte *ihren* Transporter. Schließlich musste sie zuerst vor Ort sein. Während der Fahrt hörte sie einen Sender, der für die nächste Stunde Weihnachtsmusik angekündigt hatte. *Pre-Christmas* hatte man die Sendung passend genannt. Die kamen auf Ideen! Es war doch erst November und die Adventszeit hatte noch nicht begonnen. Sie wechselte den Sender nicht. Im Gegenteil, sie hatte richtig Spaß daran. Das allererste Mal Christmas Songs im Jahr hören – einfach toll.

Während sie verschiedene Lieder lauthals mitsang, dachte sie an den gestrigen Tag zurück, an den Abschied von den Kolleginnen, der zum Abschluss mit Tränen von Grit endete, die versprach, den Kontakt zu halten.

Judith spendierte den Marmorkuchen und die Muffins, jede griff begeistert zu.

Sie erhielt von ihren Mitarbeiterinnen einen auf die Adventszeit ausgerichteten Korb. Eine Tasse mit einem Rentiermotiv fand sich darin, Spitz- und Lebkuchen, Champagnermandeln und Zimtsterne, Dominosteine und anderes weihnachtliches Gebäck, wie ein Baumkuchen mit Zartbitterüberzug, den sie so liebte. Sogar eine Weihnachtswurst war dabei, eine Flasche Eierpunsch, ein Fläschchen Glühwein und zwei Packungen des wundervollen Wintertees. Ein großer dreifarbiger Weihnachtsstern komplettierte das Geschenk.

Als es dann auf den Feierabend zuging, drehten Grit und Petra so lange die Gespräche, bis ihre Ex-Chefin sie zu einem letzten Pizzaessen einlud. Genau das hatte Judith vermeiden wollen, denn diese Zeit hatte sie eigentlich nicht über, wollte sie doch alles für den kommenden Tag transportfertig haben. Aber wie das so war, Grit fuhr zu Hochform auf, der Abend wurde total lustig und angenehm und sie kam erst kurz vor Mitternacht daheim an.

Bis halb drei schuftete sie, um sechs stand sie

wieder auf – mit dicken Augen und hundemüde. Trotzdem hatte sie sich gestylt. Vergeblich. Tony Schneeberger war gar nicht gekommen. Warum eigentlich war ihr der Chauffeur vom Konzernchef so wichtig? Vielleicht lag es daran, dass sie die pragmatische Art an einem Mann einfach mochte.

Sie selbst stufte sich als hochemotional ein, deshalb passte wohl ein sachbetonter Mensch als Ausgleich besonders gut zu ihr beziehungsweise sie umgab sich gerne mit ihnen.

John war auch so gewesen. So gut wie nie aus der Ruhe zu bringen, sie hatte nur ein einziges Mal erlebt, dass er lauter wurde, aber da hatte man seine Eltern verbal angegriffen. In dieser Hinsicht verstand er keinerlei Spaß. Ach John, wo bist du jetzt nur?

Einiges, was ihr zu wichtig war, transportierte sie nun allein. Dazu gehörte auch der teure Kaffeeautomat, den sie sich erst vor drei Monaten geleistet hatte sowie die zarten Gläser und schönes Porzellan. Mache *ich* davon etwas kaputt, kann ich mich höchstselbst in den Hintern beißen, war ihre Devise. Zerbrach allerdings jemand anders ihre Kostbarkeiten, würde sie denjenigen killen!

Der prächtige Weihnachtsstern ihrer Mitarbeiterinnen stand nun auf dem Beifahrersitz neben ihr, festgeklemmt zwischen ihrer Handtasche und dem Beutel mit den Kaffeebohnen. Die hatten das Auto mit ihrem Duft während der Fahrt für sich eingenommen.

Kurz vor ihrer neuen Wohnung musste sie an einer Kreuzung stark bremsen und der Korb mit dem sorgfältig gepackten Glas rutschte nach vorn und ihr

Herz in die Hose. Aber sie hatte kein Klirren vernommen. Puh! Doch auf diesen Adrenalinstoß hätte sie locker verzichten können.

Dann hatte sie ihr Ziel erreicht. Sie parkte, wie Tony Schneeberger, auf dem Kurzzeitplatz. Einen Moment blieb sie sitzen und sah auf das Haus. Dort, in der dritten von vier Etagen, lag ihr zukünftiges Reich: Drei Zimmer, Küche, Bad, neunzig Quadratmeter. Fast das Doppelte ihrer alten Wohnung.

Viermal war sie bereits das Treppenhaus rauf und runtergelaufen. Die Arme wurden ihr lang und die Hände taten weh, als sie die schwere Kaffeemaschine bis an ihren neuen Standort in die Küche schleppte. Sie schüttelte beide Arme aus, um sie von dem Schmerz zu befreien. Beim erneuten Weg zum Auto kam der Transporter um die Ecke. Sie signalisierte ihm, dass sie ihren Wagen wegfahren würde. Schön, dass sie einen Tiefgaragenparkplatz ihr eigen nennen konnte.

Der Fahrer stellte ihre Kartons einfach im Eingangsbereich der Wohnung ab. Das war auch gut so, sie wollte ihn gar nicht in ihrem Reich haben, da er streng nach Knoblauch roch, auf den er wohl beim gestrigen Abendessen reichlich zurückgegriffen hatte. Erleichtert nahm sie zur Kenntnis, dass er die letzte Kiste anschleppte. Sie gab ihm einen Zwanzig-Euro-Schein und sah ihn das erste Mal lächeln.

Weg war er – und sie hatte ihr neues Heim endlich für sich allein.

Als allererste Tat kochte sie Kaffee und wanderte mit der Tasse, die sie mit beiden Händen umschloss, durch ihre Räume. Schön wirkten sie, so hell durch die bodentiefen Fenster, die aber durch Doppelrollos geschickt vor neugierigen Blicken geschützt werden konnten. Der Balkon war nicht groß, reichte jedoch durchaus für sie und lag, im Gegensatz zu einigen anderen Wohnungen, nach hinten zu einem Grünbereich hin, jedenfalls, wenn die Jahreszeit wieder wechselte. Nun erschienen die Bäume bizarr, kahl und nackt, bereit, heftigen Winterstürmen zu trotzen und auf ihren Ästen Schneelasten zu tragen, bis der Frühling sie erlöste und sie erneut zarte Grüntöne hervorbringen durften. Die wenigen Tannen, die dort standen, hatten einen Vorteil. Sie waren das ganze Jahr in sattes Grün gekleidet.

Sie räumte zuerst das Ankleidezimmer ein. Welch ein Luxus! Ihre Kleidung, Handtaschen, Schmuck, alles hatte Platz. Was für ein Unterschied zu ihrem einfachen Kleiderschrank bisher. Oje, sie befürchtete, sich schnell an diesen Komfort zu gewöhnen. Was war nach den sechs Monaten? Könnte sie die Wohnung übernehmen – oder vielmehr, würde diese Perle überhaupt in ihr Budget passen?

Da ihr die Frage heute nicht beantwortet wurde, widmete sie sich der Küche.

Am Nachmittag war sie fertig. Jetzt durfte es ein Gläschen Sekt sein! Mit Freude öffnete sie den Kühlschrank und holte die Flasche heraus, die sie am Mittag kühlgestellt hatte. Irgendwie blieb sie unglücklich am Rand des Kühlschrankes hängen und die Flasche rutschte ihr aus der Hand.

Verzweifelt versuchte sie, den Flaschenhals noch zu erwischen, aber vergeblich. Das Glas zerschellte mit einem dumpfen Knall auf dem Fliesenboden in tausend grüne Scherben. Der Sekt spritzte in Fontänen durch den Küchenbereich, lief an den Schränken hinunter, um sich schaumig in Lachen auf dem Boden zu sammeln.

Völlig verdattert sah Judith auf das Chaos.

Dann kam Leben in sie. »Scheiße, Scheiße, Scheiße!«

Gar nicht so einfach, den klebrigen Film von den Küchenfronten zu beseitigen. Es roch wie in einer Sektbar. Dafür erstrahlte die Küche in frischem Glanz. Ihr Sportprogramm für heute war doppelt absolviert.

Aber Sekt wollte sie trotzdem. Ein Stück die Straße weiter hatte sie einen Discounter entdeckt. Den galt es nun zu entern.

Sie zog ihre warme Jacke über und die Boots an, schnappte sich ihren Einkaufskorb, der noch im Dielenbereich stand und griff den Schlüsselbund. Dann schlüpfte sie aus der Tür, sauste die Treppen hinunter und lief schnellen Schrittes den Bürgersteig entlang. Judith sog die frische Luft ein. Es roch nach eisiger Kälte, Frost war für diese Nacht angesagt. Ob sich das bewahrheitete?

Ihr Einkaufskorb war gut gefüllt – sie hatte natürlich wieder mehr gekauft als geplant, aber das beruhigte und machte schließlich auch glücklich, bis sie bemerkte, dass sie ja zu Fuß unterwegs war.

Mit langen Armen, trotzdem irgendwie zufrieden schleppte sie den Korb die Straße entlang und dann die Treppen hoch, stellte ihn vor der Wohnungstür ab und holte ihren Schlüsselbund hervor.

Ein panischer Schreck durchzuckte sie. Die neuen Schlüssel hatte sie noch nicht angehängt! Und sie wusste auch genau, wo sie lagen. Auf dem kleinen Ablagebord in der Diele.

Sie stand vor der verschlossenen Tür!

♥ 5 ♥

Die bewegungslose Judith starrte auf ihren Schlüssel. Ihr wurde schlecht, als sie sich über das Ausmaß des Desasters bewusst wurde. Was nun?

Indem hörte sie schnelle Schritte von oben das Treppenhaus herunterkommen.

Sie schien besonders traurig und Not leidend geschaut zu haben, denn der junge Mann blieb nach dem obligatorischen »Moin« – er war schon fast an ihr vorbei – irritiert stehen. »Kann ich helfen?«

»Ich bin heute Mittag eingezogen, fix einkaufen gewesen – und der Schlüssel liegt drinnen.« Judith brach in Tränen aus. »Entschuldigung, aber ich bin gerade fassungslos über meine eigene Dummheit.« Sie schlug sich die Hand vor den Mund.

»Tja ...«, der Mann kratzte sich am Kinn, »das ist jetzt übel.« Man sah, dass er mit einer weinenden Frau wenig anfangen konnte und ihm diese Situation unangenehm war.

»Sag ich doch«, schniefte Judith und grabbelte in ihrer Jackentasche nach einem Tempo. »Ich glaube, ich schaue besser nach einem Schlüsseldienst mit adäquatem Wochenendzuschlag.« Sie verzog das Gesicht und fischte in der Jacke nach ihrem Handy.

»Wie schön, wenn du schon wieder scherzen kannst«, grinste er. »Ich bin übrigens Marwin und wohne genau über dir.«

»Ich bin Schaf Judith.«

»Also, Schaf Judith, ich hätte da eine Idee.« Der Mann griff zur Hosentasche, zog ein Smartphone heraus und wählte.

»Hallo Stefan, bist du Zuhause? Kannst du mit Generalschlüssel vorbeikommen? Hier braucht ein nettes, verzweifeltes Schäfchen deine Hilfe.« Er schilderte kurz die Situation. Judith hörte eine männliche Stimme, konnte aber nicht verstehen, was sie sagte.

»Ist schnuppe«, kommentierte Marwin, »wir warten bei mir.« Er drückte das Gespräch weg.

»Komm einfach mit hoch. Eine Dreiviertelstunde dauert es. Stefan, der sich hier um alles kümmert, ist noch unterwegs.«

Wie geprügelt schlich sie mit ihrem Korb hinter Marwin ein Geschoss höher. Zu einem Fremden in die Wohnung? Aber es schrillten keine Alarmglocken bei ihr und fast eine Stunde im kalten Treppenhaus warten war auch nicht gerade eine tolle Alternative. Trotzdem fragte sie: »Du arbeitest ebenfalls ...«

Sie konnte nicht aussprechen, denn er lachte. »Jeder, der hier wohnt, arbeitet im Unternehmen.«

»Ah ...«

»Drei Wohnungen werden für Gäste genutzt, die anderen sind fest an Mitarbeiter vermietet. Meine ist eine von denen.«

Er machte eine einladende Geste und Judith trat ein. Ui, die Räumlichkeiten waren grundlegend anders. »Sie ist größer als meine, nicht?«

»Hundertdreißig Quadratmeter. Geh geradeaus durch in den Wohnbereich. Kaffee?«

»Ja gern, aber jetzt hänge ich dir auf der Schlippe, du wolltest weg.«

»Kein Ding. Mein Nudelvorrat ist aufgebraucht und ich habe einen höllischen Pick drauf. Ich saus halt später los.«

Judith sprintete in die Diele, wo sie ihren Korb abgesetzt hatte. Mit einer Packung Spaghetti kehrte sie zurück. »Hier! Im Austausch für eine Tasse Kaffee.«

Marwin lachte. »Eins zu null für dich. Wollen wir heute Abend gemeinsam essen? Ich bin übrigens der Tomatensoßenheld von Hamburg.«

Da sie nicht unmittelbar antwortete, fragte er nach. »Was ist? Deal oder nicht?«

»Deal.«

»Prima, dann erwarte ich dich um sieben.«

»Sofern ich vorher meine Wohnung betreten kann.«

»Stefan ist verlässlich. Wenn er sagt, eine Dreiviertelstunde, heißt das auch eine Dreiviertelstunde. Wir sind hier in Hamburg und nicht in Köln. Da habe ich einschlägige Erlebnisse. Verkündet dir dort jemand, ich komme gleich, kann das sofort, in zwei Stunden oder noch später heißen. Und jetzt erzähl mal von dir. Wo fängst du an?«

Judith berichtete von der Übernahme der Filiale, was Marwin ordentlich Respekt abnötigte.

»Ich hätte gedacht, sie wird wieder mit einer erfahrenen Person besetzt.«

Judith sah ihn etwas sparsam an, worauf er direkt mit den Armen wedelte. »Oh nee, so habe ich das nicht gemeint, ich habe es nur darauf bezogen, dass bisher ein älteres Semester diesen Laden geleitet hat. Dann ist es eine echte Auszeichnung für dich.«

»Ich freue mich darauf, bin aber ganz schön aufgeregt. Und was machst du im Unternehmen?«

»Ich arbeite im Einkauf.«

»Das macht auch total Spaß, nicht?«

»Klar. Und unser Sortiment ist ja mittlerweile sehr breit gefächert, wir sprechen von ungefähr dreizehntausend Artikeln. Und zur Weihnachtszeit kommen noch welche dazu.«

»Wo du gerade Weihnachtszeit sagst, wir haben in diesem Jahr ein Produkt, was sicherlich besonders beworben werden sollte. Ich habe es selbst probiert. Es ist ein Wintertee. Der Duft ist so was von weihnachtlich gut und der Geschmack auch. Und rein zufällig«, sie grinste, »habe ich den unten in der Wohnung. Möchtest du testen, oder bist du kein Teefan?«

»Und ob! Ich liebe Tee. Ist für mich das Synonym für Gemütlichkeit, Ruhe und Entspannung.«

»Sehe ich genauso. Allerdings trinke ich Tee am liebsten abends. Morgens benötige ich unbedingt Kaffee«, gab Judith zu.

»Geht mir ähnlich.«

Judith betrachtete ihn. Wie alt mochte er sein? Mitte dreißig oder jünger? Seine dunkelblonde Wuschelfrisur machte das Erraten schwerer, sie wirkte jugendlich. Er schien ihre Überlegungen bemerkt zu haben, denn er fragte amüsiert: »Kann ich dir noch eine Frage beantworten?«

Oh Schreck, aber Judith bekam die Kurve. »Sorry,

wenn ich nachdenke, gucke ich wohl öfter ein bisschen blöd. Ich dachte nur, ich bringe den Tee heute Abend zum Probieren mit. Nach den Spaghetti.«

»Prima Idee.«

Sie fachsimpelten noch ein wenig über einige Produkte, die seit Jahren bestens liefen, dann klingelte es auch schon und Judith lernte Stefan, den guten Geist des Mietshauses, kennen.

»Moin, wo ist unser frisches Schäfchen?«, grinste er.

Judith hob beschämt ihren Zeigefinger. »Ich bin das Schusseltier.« Sie reichte ihm die Hand. »Judith Jacobi.«

»Stefan Reimer. Ich kümmere mich hier um alle Hausangelegenheiten, selbst um die hoffnungslosen Fälle. So, du hast den Schlüssel *in* der Wohnung gelassen.«

Sie schilderte noch einmal ihr Missgeschick.

»Ein schlimmes Schicksal. Und so teuer!«, griente Stefan. »Dann komm, wir versuchen unser Glück.«

Zu dritt wechselten sie die Etage und schwupp, war die Wohnungstür auf.

Die Erleichterung überschwemmte Judith vollkommen. »Kommt mit rein. Ich habe einen hervorragenden Tee zu bieten.«

Wie gut, dass sie ihre Küche bereits eingeräumt hatte! So war das Teekochen mit wenigen Handgriffen erledigt und sie saßen gemütlich in ihrer Couchecke.

»Wow! Der Tee ist wirklich Hammer«, lobte Marwin.

»Der Duft ist klasse. Wo hast du den denn her? Den würde ich meiner Frau zum Probieren kaufen, die ist ein absoluter Tee-Freak.« Stefan schnupperte nochmals an der Tasse. »Da ist Zimt mit drin. Da steht sie drauf.«

Judith stand auf und lief in die Küche. Sie holte ein paar Beutelchen und reichte sie Stefan. »Nimm die deiner Frau mit. Ansonsten gibt es den Tee bei uns im Geschäft, hoffe ich zumindest. Ich bin ja erst ab Montag dort vor Ort. Wenn er ihr schmeckt, kann ich ihn dir aber auch mitbringen.«

»Danke.«

Eine halbe Stunde später war sie wieder allein.

Sie räumte ihre Einkäufe in die Schränke und sorgte danach im Badezimmer für Ordnung. Diese Wohnung bot ihr eine Badewanne! Eigentlich hatte sie einen gemütlichen Abend geplant mit anschließendem Wannenbad, aber das wurde durch die Einladung zum Spaghetti-Essen jetzt nichts. Allerdings wäre sie mit Sicherheit auch nicht so spät zurück. Ein Bad ist in jeden Fall drin, entschied sie.

Ach du Schreck, Badeschaum hatte sie natürlich nicht, bisher bestand ja nur die Möglichkeit zu duschen. Den wollte sie sich am Montag gleich mitbringen, sie saß schließlich an der Quelle.

Sie machte sich frisch und steckte ihre Haare hoch.

Danach sah sie durch ihre Küchenhabseligkeiten. Irgendetwas musste sie ja sozusagen als Gastgeschenk mitnehmen. Sie entschied sich für eine Flasche Frizzante.

Mit ein bisschen Nervosität und dem Mitbringsel im Gepäck klingelte sie bei Marwin Weiß. So jedenfalls stand es auf dem Klingelschild.

♥ 6 ♥

Die Tür öffnete sich und Marwin lächelte ihr entgegen. »Hui, du siehst gut aus! Nicht mehr nach Schäfchen. Komm rein.«

»Was für ein Willkommen.« Judith zog eine Augenbraue hoch, aber grinste dann. Von ihr aus durfte er ruhig spotten, er hatte ihr schließlich geholfen, ihr Malheur ohne unverschämt teuren Schlüsseldienst zu beseitigen.

Der Esstisch war schon gedeckt. Zwei Platzsets mit Tellern, Besteck und Gläsern. Das war's. Null Deko. Innerlich schmunzelte sie. Typisch Mann.

Sie überreichte Marwin die Flasche Frizzante und er freute sich sichtlich. »Danke, nette Idee! Dann schmeiße ich jetzt die Spaghetti ins Wasser.«

Er wechselte zur Küchenzeile und Judith ging gar nicht scheu hinterher, einen Blick in den Topf mit der Tomatensoße werfend. Sie fächelte sich den Duft der dampfenden Soße zu. »Mmh, riecht sehr gut. Mit Knobi?«

»Ohne geht für mich gar nicht. Am Wochenende

darf es davon auch schon mal ein bisschen mehr sein. Und Zwiebeln sind reichlich drin. Ich hoffe, du magst Zwiebeln.«

»In allen Variationen. Ob als Röstzwiebeln, gekocht, gedünstet, frisch im Salat.«

»Prima. Du bist im Essen unkompliziert, oder?«

»So ziemlich. Was ich nicht so gerne mag, ist Brokkoli.«

»Bei mir sind es die Auberginen. Willst du mich loswerden, brauchst du die nur zu servieren.«

»Kapiert, wenn ich mich revanchiere, fehlen die gefüllten Auberginen.«

»Ich bitte drum. Magst du die Soße probieren?« Marwin schenkte währenddessen zwei Gläser Rotwein ein. Gefragt hatte er nicht, aber Judith sagte auch nichts Gegenteiliges.

»Gern.«

»Einen Löffel findest du rechts von dir in der obersten Schublade.«

Judith entschied sich anstelle eines Teelöffels für einen Suppenlöffel. »Ich nehme den, da passt mehr drauf«, kommentierte sie kokett.

»Du kannst auch die Suppenkelle haben. Hauptsache, du lässt noch etwas im Topf für die Spaghetti, sonst fangen die an zu heulen, wenn die nackt und frierend auf den Tellern liegen müssen.«

Judith kicherte und tunkte den Löffel in die Soße. »Oooh«, stöhnte sie auf, »großartig!«

Marwin reichte ihr ein Glas Rotwein. »Ist ein Trockener, ich hoffe, das trifft deinen Geschmack.«

»Ich bin da gar nicht so wählerisch, nur zu süß ist nicht mein Ding.«

»Prima. Dann sag ich Prost.« Marwin hielt ihr das Glas entgegen und sie stießen an. »Willkommen im schönen Hamburg.«

»Danke.«

Beide nahmen einen Schluck und er wollte mehr wissen. »Wo kommst du denn eigentlich her und vor allen Dingen wie? Hast du dich auf eine interne Ausschreibung beworben? Ich habe allerdings gar keine gesehen oder es einfach nicht mitbekommen.«

»Nee, das war anders. Ich bin aus Neumünster, habe seit einigen Jahren dort die Filiale geleitet. Und vor einigen Tagen hat man mich in die Konzernzentrale nach Hamburg beordert ...«

Sie erzählte ihm von dem Angebot, ließ aber alles weg, was angeberisch klingen könnte. »Ich glaube, sie suchten eine jüngere Person und da ich weder Kind noch Kegel habe, ist deshalb die Wahl auf mich gefallen. Ich war am einfachsten umzuverfrachten, so ich denn wollte. Und ja, ich fand eine neue Herausforderung spannend, allerdings ging es mir etwas zu schnell, wenn ich ehrlich bin. Ich verstehe natürlich, dass die größte Filiale des Unternehmens im Weihnachtsgeschäft eine Leitung benötigt. Und ich habe mich ja freiwillig dazu entschieden.«

»Es ist doch immer schwer, den gewohnten Kreis samt Freunden zu verlassen.«

»Das stimmt.« Sie verschwieg aber, dass sie damit keinerlei Probleme gehabt hatte. »Nur muss man auch berücksichtigen, dass man so eine Chance, die wichtigste aller Filialen zu leiten, nicht wieder bekommt, davon bin ich überzeugt. Und Neumünster ist nicht aus der Welt.«

Marwin nickte. »War bei mir genauso. Leider ist nur eine Freundschaft erhalten geblieben, alle anderen haben sich auseinandergelebt. Im Nachhinein ist es nicht schlimm, ich habe hier neue Freunde gefunden.«

»Hamburg ist für viele die Stadt der Träume, nur nicht für jeden erfüllbar, weil der Wohnraum einfach zu teuer ist oder man keine adäquate Stelle bekommt.«

»Ja, Hamburg ist wirklich toll, und die Wintermonate mag ich besonders. Raues Wetter liegt mir irgendwie.«

»Verstehe ich. Obwohl ich den Winter wegen Weihnachten liebe. Schöne Deko, leckere Lebkuchen, Glühwein, Punsch, das alles ist so gemütlich. Die Weihnachtsmärkte mit den herrlichen Lichtern, der Duft nach Waffeln, Bratwurst oder wahlweise gebrannten Mandeln ...«

»Hör auf!«, lachte Marwin, »du machst einem richtig Lust darauf. Du solltest ein Werbevideo dafür drehen. Es soll übrigens heute Nacht knackig kalt werden.«

»Hab ich auch gehört. Ich habe mir vorgenommen, morgen den Weg zur Filiale abzufahren. Damit ich am Montag nicht gleich zu spät bin.«

»Am Sonntag wirst du gut durchkommen. Montag früh kann das schon ganz anders aussehen. Wir sind hier nirgendwo wirklich staufrei.«

Judith hatte wohl ein bisschen schockiert geschaut. Marwin schmunzelte. »Mach dir keine Sorgen, die Filiale erreichst du von hier ohne Stau. Du fährst einfach aus dem Wohngebiet raus und durch das nächste, zweimal links abbiegen und da bist du.«

»Ah ... ja! Ich habe mir das natürlich bereits auf Google Maps angesehen.«

»Aber ehe wir jetzt von Arbeit sprechen, kommt

erst das Vergnügen. Spaghetti mit der weltbesten Marwinsoße.«

Auf dem Fensterbrett stand ein kleiner Topf mit einer Basilikumpflanze. Die stellte Marwin ganz unkompliziert mit auf den Tisch.

»Hast du Parmesan?«, fragte Judith.

»Na logo. Sorry, den hab ich total vergessen.« Er spurtete zum Kühlschrank und holte ein Stück hervor. Aus einer Schublade griff er eine Reibe und legte die beiden Dinge auf einen Teller. »Kann sich jeder nach Gusto drüber reiben, oder?«

»Natürlich.«

Zum Ende des Essens waren die Spaghetti allesamt weggefuttert.

»Ich bin pappsatt.« Judith hielt sich eine Hand auf den Bauch. »Ein besseres Willkommensessen hätte ich am ersten Abend in Hamburg nicht bekommen können.«

»Dankeschön. Das freut mich.«

»Und Stefan ist hier der Hausmeister? Macht er nichts anderes?«

»Jetzt nicht mehr. Du hast bemerkt, dass er leicht hinkt?«

Judith bejahte.

»Er hatte einen schlimmen Arbeitsunfall in unserem Lager, bei dem sein Bein und auch sein Rücken gequetscht wurde. Er war ein halbes Jahr im Krankenhaus mit ungünstiger Prognose, hat sich aber in einer Reha mit aller Kraft wieder zurück ins Leben gekämpft. Dann wurde ihm von Herrn Dr. Schiller der Job als Hausmeister hier angeboten. Ehrlich gesagt, er hat diesen Job für ihn geschaffen. Und jetzt ist er nicht mehr von hier wegzudenken. Er ist immer zur Stelle und mit schlechter Laune habe ich ihn noch nie erlebt.«

Judith verschränkte die Arme vor der Brust und rieb sie sich, als ob sie frieren würde. Sie hatte Gänsehaut überall. »Das ist ja ganz schrecklich.«

Marwin wunderte sich, als er Judiths Gänsehaut bemerkte. Diese junge Frau hat aber viel Empathie, empfand er. Womöglich hatte der Chef sie deshalb ausgesucht.

»Ich hätte noch ein Dessert, wenn du möchtest. Nichts Besonderes, nur einen selbstgekochten Vanillepudding.«

»Den nehme ich glatt.«

»Mit Himbeer- oder Schokosoße?«

»Schoko. Ich bin ein Schokoholic.«

»Ist allerdings nur eine gekaufte Soße.«

»Macht doch nichts. Die sind sehr lecker. Hab ich auch schon gehabt und würde ich jederzeit wieder kaufen. Die halten länger als die selbst Angerührten. Und ehrlich gesagt, bei mir muss es oft schnell gehen. Für Besuch koche ich gerne selbst, aber für mich alleine, da greife ich lieber auf Convenience zurück.«

»Das sehe ich genauso.«

Gemeinsam gönnten sie sich den Nachtisch, dann stand Judith auf. »Ich bin weg. Danke für den schönen Abend.«

»Gern. Du bist müde, nicht?«

»Ja, aber eher aufgrund der Aufregung.«

Marwin grinste. »Wegen mir oder dem Job?«

»Alles war die letzten Tage nervenaufreibend«, wich Judith aus. »Nur ein einziges Mal hat sich mein Leben vorher von einer Sekunde auf die andere grundlegend geändert.« Sie machte nur eine winzige Pause. »Ich habe auch eine Premiere erlebt. Ich bin in einer Limousine der Luxusklasse samt Chauffeur kutschiert worden.«

Marwin lachte auf. »Sieh an, dann hast du schon unsere Kampfsocke Tony kennengelernt.«

»Kampfsocke?«

»Den Namen hat er weg, da er ein Meister einer asiatischen Kampfsportart ist, frag mich jetzt aber nicht welcher, er trägt jedenfalls den schwarzen Gürtel. Das schätzt natürlich der Schiller sehr. Außerdem steht Tony auf alle Arten von ausgefallenen Socken. Nun naht die Weihnachtszeit und ich wette, er hat wieder Schneemänner, Nikoläuse oder Tannenbäume auf seinen Socken.«

»Wer sucht ihm die denn aus? Seine Frau?« Auf diese Antwort war Judith wie ein Flitzebogen gespannt.

♥ 7 ♥

»Er lebt allein.« Mehr allerdings sagte Marwin nicht und wirkte plötzlich verschlossen.

Das war jedoch genau die Auskunft, die sie haben wollte, so war sie zufrieden und hakte nicht weiter nach, sondern fragte nur noch: »Bist du mit ihm befreundet? Er war nett, aber auch sehr zurückhaltend. Ich hoffe, ich habe da nichts falsch gemacht.«

»Ich kenne ihn seit zehn Jahren. Bei ihm kannst du nichts verkehrt machen, er ist immer die Ruhe selbst.«

»Dann bin ich beruhigt. Allerdings werde ich ihn wohl nicht mehr wiedersehen. Bis demnächst.«

»Tschüss. Komm gut heim«, scherzte er und brachte sie zur Tür. »Ich wünsche dir einen tollen Start.«

»Danke.«

Zurück in ihrer Wohnung ließ sich Judith noch ein Wannenbad ein. Sie brauchte die Entspannung und Ruhe. Als Badezusatz musste eben ein Duschbad herhalten. Und der machte sich zweckentfremdet erstaunlich gut.

Sie lag in der heißen Wanne, hatte die Augen geschlossen und konnte es nicht fassen, dass sie nun hier in Hamburg lebte. Hätte ihr das am letzten Montag jemand gesagt, sie hätte denjenigen für bekloppt erklärt.

Den ersten Fauxpas hatte sie hinter sich, hoffentlich taperte sie nicht gleich in das nächste Fettnäpfchen entlang des Weges. Aber wäre ihr das nicht passiert, hätte sie Marwin nicht kennengelernt. Und dieses Treffen und der Austausch über die Firma hatten ihr gutgetan.

Nach dem Bad wickelte sie sich einfach in ihren Morgenmantel und schaute noch einmal neugierig aus dem Fenster. Tatsächlich, die Wettervorhersage hatte recht. Es glitzerte auf der Straße, der erste Frost hatte bereits Einzug gehalten.

Allein bei diesem Anblick fröstelte sie und freute sich gleichzeitig, denn ihre neue Wohnung war kuschelig warm. Sie ließ die Rollläden herunter, auch etwas, was sie bei ihrer alten vermisst hatte. Einfach die Außenwelt ausblenden. Dort hatte sie zwar Vorhänge, aber irgendwie fühlten sich Rollläden doch wie ein besonderer Schutz an.

Sie kochte Wasser und schüttete einen Wintertee auf. Als der weihnachtliche Duft durch die Küche zog, war sie seit langer Zeit wieder richtig happy.

Ja, Hamburg war ein kompletter Neuanfang und sollte ihr Glück werden ...

Am Sonntagmorgen blieb Judith länger im Bett liegen. Erst die Kaffeelust trieb sie hinaus, sie huschte aber mit der heißen Tasse erneut zurück in die noch warmen Federn. Morgen begann der Ernst des Lebens, so ließe es sich an diesem Tag nochmals ausgiebig rumgammeln.

Sie nickte sogar wieder ein. Als sie erwachte, war es bereits halb elf und ihr Kaffee eiskalt.

Über Nacht hatte wirklich der Winter seine frostigen Vorboten geschickt. Die Straße und der Bürgersteig zeigten einen weißen Schimmer. Hoffentlich gab es in diesem Jahr ordentlich Schnee! Die letzten beide Jahre waren damit ja eher mickrig bestückt gewesen. Sie bekam Lust auf frische, kalte Luft in ihren Lungen. So zog sie sich an, holte ihre gefütterten Winterboots heraus, zog ihre warme Jacke samt Kapuze über und lief beherzt los.

Eine Stunde lang erkundete sie ihre nähere Umgebung und kehrte danach, leicht durchgefroren, in ihre Wohnung zurück. Was sie gesehen hatte, gefiel ihr. Sie wohnte schön.

Jetzt musste es nur noch mit dem Job klappen!

Den Rest des Tages packte sie die letzten Sachen in die Schränke und brachte dann ihre Ablage auf Vordermann. Eine lästige Arbeit, aber in den nächsten Wochen bliebe dafür mit großer Wahrscheinlichkeit keine Zeit und so konnte Weihnachten unbelastet kommen.

Abends wärmte sie nur eine Dosensuppe auf. Später legte sie sich die Kleidung für den ersten Arbeitstag zurecht, damit sie am Morgen nicht suchen musste.

Auf dem Weg zu ihrer neuen Arbeitsstelle hatte sie verschiedene Szenarien im Kopf, formulierte im Geiste Sätze, wie sie ihre Mitarbeiter begrüßen würde – letztendlich entschied sie allerdings, je nach Situation zu handeln. Das wirkte höchstwahrscheinlich weniger verkrampft.

An diesem Morgen starrten sie sechs Augenpaare an, diejenigen, die Dienst hatten.

Judith stellte sich vor: »Ich bin Judith Jacobi, zweiunddreißig Jahre alt, die Nachfolgerin von Frau Küster. Bisher habe ich die Filiale in Neumünster geleitet ...«, dann fügte sie noch ein paar nette Sätze hinzu, indem sie jedem der drei Mitarbeiter freundlich in die Augen sah und endete mit: »Und nun stellen Sie sich bitte vor.«

Judith hatte schon eine Einteilung der Personen vorgenommen. Der Mann machte einen ordentlichen Eindruck auf sie, genauso die jüngere Verkäuferin. Dagegen diejenige in ihrem Alter ... hm. Unter dem Pulli schauten Tattoos hervor, sie trug ein Nasenpiercing in Form eines kleinen Diamanten und auch die Ohren waren an mehreren Stellen gepierct. Das war so gar nicht ihr Ding.

Gar nicht scheu begann der Mann, was ihm tadelnde Blicke seiner Kolleginnen einbrachte. Er schien es nicht zu bemerken.

»Ich bin Fiete Erps«, sein Alter nannte er nicht, »und schon fast ein Jahr in dieser Filiale.«

Nun ergriff die tätowierte, platinblond gefärbte Mitarbeiterin das Wort. »Mein Name ist Mandy Veigel, ich bin vierunddreißig und habe hier gelernt, bin somit bereits viele Jahre im Unternehmen.«

Fiete Erps verdrehte dazu die Augen. Das bemerkte Judith und fand es befremdlich.

Nun äußerte sich auch das junge Mädel. »Ich heiße Natalie Artmann, bin zweiundzwanzig und seit Februar dabei.«

»Bei uns in der Filiale war es üblich, sich zu duzen«, teilte Judith ihren Mitarbeitern mit. »Wie sieht es hier aus?«

»Wir duzen uns untereinander, nur Frau Küster wollte das für sich nicht. So wurde sie als Einzige gesiezt.«

»Ich handhabe das anders. Ich bin die Judith.«

Damit war das Eis gebrochen und alle drei bemühten sich, sie gut zu informieren und einzuführen. Später kamen die Teilzeitkräfte dazu und letztendlich schwirrten die Namen ein bisschen irreführend durch die Luft für sie. Die Mitarbeiter vom Morgen hatte sie behalten, aber bei den anderen musste sie noch üben. So linste sie immer erst möglichst unauffällig auf das Schild an ihrem Kittel, um sie dann mit richtigem Namen anzusprechen.

Judith bemühte sich auch um intensiven Kundenkontakt, denn sie erfuhr, diese Filiale wurde von vielen Stammkunden besucht, nicht nur von städtischer Laufkundschaft.

Fiete war den Morgen über sehr emsig gewesen und Judith schnappte auf, wie Mandy ihrer Kollegin Natalie zuflüsterte: »Mal sehen, wie lange unser Schaumschläger das durchhält.«

Oha, da waren sich hier wohl welche nicht grün. Hoffentlich gab das keine Probleme! Die kannte Judith nämlich aus Neumünster nicht. Dort hatte es zwischendurch durchaus Meinungsverschiedenheiten gegeben, aber weder Neid noch Hass untereinander. Und jeder machte seine Arbeit ordentlich und gewissenhaft.

Doch die Aufmerksamkeit der beiden wurde anderweitig abgelenkt. Judith sah, dass Natalie glänzende Augen bekam und in Richtung Eingang schaute. Sie folgte dem Blick ihrer Mitarbeiterin und sah einen äußerst attraktiven Mann um die vierzig. Das dunkle Haar trug er streng zurückgekämmt. Sein Teint war ein schönes Sonnenbraun. Südländer möglicherweise? Der schwarze Wollmantel war unverkennbar ein richtig teures Teil, genauso wie der locker um den Hals gewundene Schal, Judith wettete auf Kaschmir. Die Anzughose, die unter dem Mantel hervorlugte, atmete ebenfalls Exklusivität wie die dazu passenden, hochglänzenden Lederschuhe.

Er ahnte nicht, dass drei Frauen jeden Schritt von ihm beobachteten. Zuerst stand er bei den Körperpflegeartikeln und entschied sich für ein herbes Herrenduschgel sowie ein Deo. Er wanderte weiter nach hinten zu den Waschmitteln.

Judith zog ihre Schlüsse. Sieh an, er wusch selbst? Single? Interessant. Und der gefiel Natalie? Kein Wunder.

Unauffällig folgte sie ihm, um zu sehen, was er sonst noch benötigte. Sie tarnte es geschickt, als prüfe sie die Bestände der Regale von einzelnen Produkten.

Nun ging er jedoch stracks Richtung Kasse, wurde aber von den Weihnachtsprodukten aufgehalten. Er legte eine Packung Zimtsterne in seinen Korb und sah sich dann unschlüssig um. Nun war Judith in seiner Nähe und er sprach sie an. »Sagen Sie, ich hätte gerne einen typischen Weihnachtstee. Nur steht hier keiner.«

Judith trat zu ihm. »Wir haben in diesem Jahr einen ganz wunderbaren Wintertee. Aromatisch duftend und sehr lecker.« Sie schaute durch, entdeckte ihn aber auch nicht. »Nanu? Wo ist er denn? Einen Augenblick bitte.«

Sie sah Fiete bei der Kindernahrung stehen und nahm Kurs auf ihn. »Fiete, haben wir den Wintertee noch nicht da?«

Er sah sie ausdruckslos an. »Tee? Wintertee? Was für Tee?«

Da schoss Mandy ums Regal. »Der mit Zimt- und Orangenaroma?«

»Genau der.«

»Der ist für morgen avisiert.«

»Danke, Mandy.«

Judith sah aus dem Augenwinkel, wie Fiete hinten im Aufenthaltsraum verschwand. Warum das? Der Laden war voll! Aber sie hatte nun keine Zeit, dem nachzugehen. Schon war sie auf dem Weg zu dem interessanten Mann.

»Es tut mir leid, unser Wintertee kommt erst mit der morgigen Lieferung.«

»Schade, ich bin diese Woche nicht mehr hier. Anfang nächster Woche wäre mir möglich. Hoffentlich ist er dann nicht ausverkauft.«

»Das soll kein Problem sein«, lächelte Judith. »Wenn Sie möchten, lege ich ihn für Sie zurück.«

Jetzt sah der Mann sie interessiert an. »Sind Sie neu hier?«

♥ 8 ♥

»Ja. Heute ist mein erster Arbeitstag als Filialleiterin.« Judith sagte es mit ein bisschen Stolz in der Stimme, obwohl sie gar nicht angeben wollte.

»Ach, Frau Küster ist nicht mehr hier?«

»Sie hat aus privaten Gründen aufgehört.«

»Ah, das wusste ich natürlich nicht.« Er lächelte Judith gewinnend an. »Ja, gerne, wenn Sie mir bitte zwei Packungen zurücklegen würden, Frau ...«

»Jacobi. Judith Jacobi.«

»Auf den Namen von Deckert bitte. Dankeschön und bis nächste Woche.« Damit machte er sich auf den Weg zur Kasse.

Natalie und Mandy kamen heran.

»Boah«, meinte Natalie, allerdings leise, »der ist doch wohl ein Sahneschnittchen, was? Das mit dem Tee hätte ich ihm auch gern verklickert.«

Mandy kicherte. »Natalie findet ihn klasse. Ihr tropft jedes Mal der Zahn, wenn er durch die Tür tritt.«

Judith musste lachen. Die beiden sprachen sehr

offen, sie hatten sich ja schnell an sie gewöhnt. »Sobald die Teesendung morgen eintrifft, denkt bitte dran, zwei Packungen zurückzulegen. Auf den Namen von Deckert. Und zwei für mich.«

Eine Kundin fragte nach einer bestimmten Wimperntusche. »Die ist doch im Angebot, oder? Ich finde sie nicht.«

Mandy begleitete sie zum Kosmetikregal. In diesem Augenblick sah Judith, wie Fiete wieder aus dem Aufenthaltsraum kam. Es schien fast, als sähe er sich unsicher um. Merkwürdig. Aber gut, sie war neu hier, schon bald würde sich ihr hier alles besser erschließen. Die Kollegen hatten schließlich ihr eingefahrenes Procedere.

Zum Feierabend allerdings war Fiete dann ganz arbeitsam. Er zog die Angebotsständer von draußen herein. Mandy beobachtete es, mit Augen zu Schlitzen verengt.

In den wenigen Stunden hatte sie Mandy als recht burschikos und ihre Meinung sagend kennengelernt. Hoffentlich musste sie da nicht in absehbarer Zeit eingreifen ...

Der erste Arbeitstag war geschafft!

Judith zog sich daheim die Schuhe aus. Alles hatte gut geklappt, sie war von den Mitarbeitern akzeptiert worden. Jetzt benötigte sie einen Tee, in aller Ruhe getrunken. Sie setzte Wasser auf und wärmte ihre Teekanne vor.

Sie hatte sich gerade ein Bockwürstchen erhitzt, den Senf schon auf dem Teller, den heißen Tee auf dem Tisch, als ihr Handy klingelte.

Es war ihre Ex-Mitarbeiterin Grit. »Heiho, Judith, ich wollte hören, wie dein erster Tag war«, rief sie enthusiastisch ins Telefon.

Nanu, dachte Judith, da scheint es ja mit meiner Nachfolgerin auch geklappt zu haben, aber sie antwortete zuerst. »Ja, du, es war gut. Man braucht natürlich einige Zeit, um alle Mitarbeiterinnen kennenzulernen. Zwei hatten heute frei und eine ist krank, daher brauche ich noch ein wenig, um komplett angekommen zu sein.«

»Das wird schon.«

»Wir haben sogar einen Mann an Bord.«

»Das ist doch klasse! Der Kerl fürs Grobe sozusagen«, kicherte Grit. »Der hat Muckis, der soll Ware packen.«

»Schauen wir, wie er mit mir klarkommt.«

»Mit dir kann man ja nur super klarkommen.«

Judith musste grinsen, wurde aber jetzt neugierig. »Und wie ist es mit meiner Nachfolge?«

»Deshalb rufe ich auch an«, quietschte Grit aufgekratzt ins Telefon. »Stell dir vor, sie haben mich gefragt, ob ich es machen möchte. Und ob ich das will! Hach, du kannst dir gar nicht vorstellen, wie happy ich bin. Filialleiterin! Wenn das nicht der Oberhammer ist!«

»Das ist toll! Ich freue mich für dich.« Das tat Judith ehrlich, denn Grit war zwar eine kleine Klatschtante, konnte aber arbeiten wie ein Brauereipferd. Sie hatte es verdient.

Nebenbei biss Judith mit Appetit in ihr warmes Würstchen.

Sie plauderten noch ein bisschen, dann verabschiedeten sie sich und Grit versprach, in Hamburg bei Judith vorbeizukommen. »Und natürlich in deiner Filiale. Die muss ich sehen! Ist sie wirklich so viel größer?«

»Oh ja!«
»Darauf bin ich gespannt.«

Judith stand auf und ließ die Rollläden herunter. Dabei sah sie automatisch auf den Hauseingang. Soeben kam Marwin nach Hause. Gut sah er aus!

Sollte sie ihm von ihrem ersten Tag berichten? Lieber nicht. Wenn er Interesse hätte, würde er sich schon melden. Sie genoss einen weiteren Tee und die Ruhe.

Die Abendstunden vergingen, Marwin meldete sich nicht bei ihr. Na ja, was erwartete sie auch? Und ehrlich, er war nett, genauso wie der Kunde heute, aber eine neue Beziehung – wollte sie die? Sie vermisste John. Eine Träne bahnte sich ihren Weg und lief über ihre Wange. Nein, so schnell könnte ihn kein anderer Mann ersetzen. Sie war und blieb Single. Also, Judith, halt Abstand von Männern!

Am kommenden Tag wurden Waren angeliefert. Mandy packte kräftig mit an, scherzte auch derb mit den Fahrern. Wahrscheinlich konnte man sie an sensible Kundengespräche nicht heranlassen. Das sollte eher der Mann im Haus, Fiete Erps, machen. Er kam wirklich sympathisch rüber.

Wo nur war eben dieser überhaupt? Mandy plagte sich allein ab.

»Moin Mandy, alles gut?« Judith lächelte ihre Mitarbeiterin an.

»Moin. Geht so«, brummte Mandy, ohne ihr Lächeln zu erwidern.

Judith lief zurück ins Geschäft und sah Fiete im Gespräch mit einer Kundin. Da diese einen freundlichen Gesichtsausdruck hatte, fühlte sie sich bestätigt. Er konnte das.

Eine andere Sache jedoch störte sie. Bei ihrer Ankunft heute früh stand das Fenster im Aufenthaltsraum sperrangelweit auf. Warum nicht morgens einmal gut durchlüften, aber irgendwie hatte es schwach nach Zigarettenrauch gerochen. Das war verboten. Wer rauchte, musste in der Pause raus!

Später fand sie auf ihrem Platz vier Packungen Wintertee. Mandy hatte sie ihr pflichtbewusst hingestellt. Sie packte zwei davon in eine Tüte und beschriftete sie mit *von Deckert*. Die andere Ware war bereits im Geschäft als Hingucker im Weihnachtsbereich drapiert, gleich neben den hübschen Teetassen mit den Weihnachtsmotiven. Gewiss hatten sich hier Fiete und Natalie ins Zeug geschmissen.

Etwas wollte sie unbedingt in einer ruhigeren Minute noch tun. Die Arbeitspläne durchschauen, wer wann frei hatte und wie sie da, gerade jetzt zur boomenden Zeit, die Halbtagskräfte einteilte. Sie wusste von ihrer letzten Filiale, dass dies ein sensibles Thema war, denn je näher es auf das Weihnachtsfest zuging, umso mehr kämpften die Mitarbeiter um freie Zeit. Und die war vor den Festtagen eben rar, weil alle sie einklagten.

Ich bin da zu einem Weihnachts-Kaffeetrinken eingeladen, ich möchte bitte bitte den Tag frei haben – Ich muss mit meiner Mutter einkaufen gehen – Meine Tochter spielt bei der Weihnachtsaufführung mit – Unser Sohn hat Weihnachtsfeier vom Fußballverein – Mein Vater möchte so gern zu einer Senioren-Weihnachtsfeier, er fährt kein Auto mehr, ich muss ihn fahren, das kann ich ihm nicht nehmen – Wann soll ich denn sonst meine Weihnachtsge-

schenke besorgen?

Irgendeiner musste immer nachgeben und verzichten, was jedes Jahr aufs Neue für viel Stress gesorgt hatte. Judith hatte vor Weihnachten so manchen Spagat machen müssen. Da war der *nicht verschiebbare Arzttermin* noch harmlos gegen.

Wie entwickelte sich das Thema wohl in dieser Filiale? Hier sah sie die tätowierte Mandy als Problem und zusätzlich eine ziemlich mürrische Halbtagskraft namens Susanne. Mit ihr hatte sie ein ernstes Gespräch geführt. Der Grund dafür war eine ältere Dame gewesen, die nach einem bestimmten Waschmittel gefragt hatte. Susanne hatte nur den Arm ausgestreckt und mit dem Zeigefinger in Richtung der Regale im Bereich Haushalt gewedelt. »Da vorne.«

Das ging ja gar nicht! Judith war dazugekommen, hatte die Seniorin begleitet und ihr die neue Positionierung des Waschmittels gezeigt. Die hatte sich überschwänglich bedankt und noch hinzugesetzt. »Wissen Sie, ich bin nämlich ein bisschen hilflos, wenn umgeräumt wurde, da ich sehr schlecht sehe.«

Das Schlimme an der Sache war, Susanne zeigte sich nicht mal einsichtig. »Ich war am Einräumen«, war ihre lapidare Antwort gewesen.

»Der Kunde ist König, das gilt auch hier. Haben wir uns verstanden?« Judith musste sich beherrschen und nahm sich vor, Susanne zukünftig im Auge zu behalten.

Die nächsten Tage gestalteten sich arbeitsreich, aber normal. Sie lebte sich schnell ein und das erste Wochenende war da. Sie hatte in dieser Woche natürlich auf ihre freien Stunden verzichtet, zuerst sollte alles rund laufen.

Trotzdem war sie ein bisschen kaputt, als sich am Samstagabend die Türen schlossen. Während sich Mandy und Natalie noch im Aufenthaltsraum aufhielten, kam ihr Fiete bereits mit wehenden Fahnen entgegen. »Schönes Wochenende!« Und war – so schnell konnte Judith gar nicht gucken – aus der Filiale entschwunden.

»Wie fix unser Fiete doch sein kann«, kommentierte Mandy bissig, »wenn es um den Feierabend geht.«

»Vermutlich hat er was Wichtiges vor«, nahm Judith ihn in Schutz. »Er hat diese Woche gute Arbeit geleistet. Das Weihnachtssortiment hat er wirklich als Augenweide präsentiert.«

Mandy blieb der Mund offenstehen.

Auch Natalie stutzte, aber dann brach es aus ihr heraus. »Nee, so war das nicht. Das hat Mandy vollkommen allein gemacht! Ich hab ja die Tiernahrung aufgefüllt. Und kurz mit den Mitarbeitern vom Tierheim gesprochen, die gekommen waren, um die Kisten zu leeren.«

Vorne neben dem Eingang standen zwei Drahtkörbe. Dort konnten Kunden Produkte für die Tiere des nahegelegenen Tierheims spenden.

»Oh Entschuldigung, Mandy, ich hatte angenommen, Fiete wäre es gewesen, weil ich dich im Lager gesehen hatte.«

»Fiete! Pah!« Das war Mandys einzige Reaktion. Dann verließ sie die Filiale.

Auf dem Heimweg brütete Judith intensiv über das Verhältnis von Fiete zu den Mädels nach. Wenn nur Mandy mit Fiete nicht klarkam, wäre das eine Sache unter zweien. Aber Natalie schien auch nicht gut auf ihn zu sprechen zu sein. Irgendwas stimmte da nicht. Die Ursache musste sie herausfinden, und das so schnell wie möglich.

Nur jetzt hieß es erst einmal, das Wochenende genießen, bevor es Montag mit voller Fahrt und neuer Energie wieder losging.

Zuhause angekommen, hing ein Papier an ihrer Tür.

Lust auf Grüne-Bohnen-Eintopf?
Dann komm hoch.
Marwin

♥ 9 ♥

Lächelnd nahm sie den Zettel von ihrer Tür, öffnete sie nur, um ihre Handtasche hineinzuschieben und ging nach oben.

Marwin grinste sie an. »Hab dich gerade kommen sehen, da habe ich mir gedacht, so ein heißes Süppchen bei diesen Temperaturen käme gut bei dir an.«

»Tut es. Wann ist sie denn fertig?«

»Jetzt.«

Judith sah an sich herunter. »Ich war noch nicht mal in meiner Wohnung. Ich habe einen kompletten Arbeitstag hinter mir.«

»Macht nichts. Ich ebenfalls. Setz dich einfach. Möchtest du ein Glas Wein?«

»Ehrlich gesagt, lieber ein Wasser.«

»Und danach?« Marwin sah sie an und schwenkte eine Flasche Roséwein. Du kannst aber auch einen Glühwein bekommen.«

»Oh ja, Glühwein! Den trinke ich für mein Leben gern bei diesen kalten Temperaturen. Das finde ich total weihnachtlich.«

»Vor der Suppe oder lieber nachher?«

»Nachher. Sonst bin ich schon beschwipst, bevor ich überhaupt einen Löffel Suppe im Mund habe und lalle hier rum oder du musst mich die Treppe runtertragen.«

»Schaffen würde ich das.« Marwin stellte ihr ein Glas Mineralwasser hin und Judith trank ein paar Schlucke fast gierig. »Das brauchte ich jetzt.«

»Wie war denn deine Woche?«

»Eigentlich ganz gut. Man muss die Mitarbeiter ja erst richtig kennenlernen. Ich denke, zwei mittelschwere Problemfällchen werde ich dabei haben, aber irgendwas ist ja immer.«

Judith hatte es sich derweil auf einem Bistrostuhl vor Marwins Kochinsel gemütlich gemacht. »Mmh, die Suppe duftet gut. Welche Marke ist das?«

»Wie? Welche Marke?«

»Na, welche Firma?«

»Firma Marwin. Die ist natürlich selbstgemacht. Ich habe sie gestern schon vorbereitet. Ich liebe alles, was man in einem Topf oder einer Auflaufform zubereiten kann.« Er rührte gewissenhaft um. »Es gibt frisches Dinkelbrot dazu.«

Judith lief das Wasser im Mund zusammen. »Wie nett, dass du mit mir teilst.«

»Allein essen ist immer doof.«

»Ich habe mich dran gewöhnt und manchmal will ich das auch gar nicht anders«, gestand Judith ehrlich.

»Kenne ich. Aber heute war mir nach Gesellschaft. Schön, dass du hier bist.«

Marwin griff hinter sich und holte zwei Schalen hervor, füllte die Suppe ein und trug sie zum Tisch. Freudig sprang Judith vom Hocker und setzte sich zum köstlich duftenden Gericht.

»Danke für die Einladung. Ich revanchiere mich.«

»Das hoffe ich doch«, grinste er frech.

Judith löffelte die Suppe mit Genuss. »Total gut«, lobte sie Marwins Kochkünste. »Ich habe schon länger nicht mehr so wirklich ausgiebig gekocht. Früher habe ich das gern getan.«

»Und was hat dich davon abgebracht?«

Aber ehe sie die Frage beantworten konnte, klingelte Marwins Handy. »Entschuldige bitte, das ist ein Anruf, auf den ich gewartet habe.«

»Gar kein Problem.«

»Iss ruhig weiter. Bin gleich wieder da.« Marwin verließ den Raum und sie hörte ihn auflachen. Zwei Minuten später kam er zurück. Er lächelte in sich hinein, setzte sich erneut zu ihr und griff seinen Löffel.

»Du«, fiel Judith gerade ein, »wo eigentlich muss ich mich anmelden? Die ganze Woche wollte ich meine Kolleginnen fragen, aber irgendwie ist das immer untergegangen.«

»Oh, ziemlich einfach.« Er erklärte ihr das Amtsgebäude.

»Da werde ich in den nächsten Tagen aufschlagen müssen. Ehe ich es vergesse, hast du was gehört, ob Stefans Frau der Tee geschmeckt hat?«

»Hat er. Sie will bei euch vorbeikommen und gleich en gros einkaufen, hat sie gemeint.«

»Braucht sie gar nicht, ich habe zwei Packungen für sie unten.«

»Ja und ich?« Marwin sah sie mit großen Augen an.

»Du hast doch gar nichts gesagt!« Schon überflutete sie das schlechte Gewissen. Sie hätte ihn ja wenigstens fragen können, so nett, wie er zu ihr gewesen war. Sie würde ihm ihren Tee überlassen. So rettete sie sich. »Kein Problem. Ich habe auch Tee für dich.«

»Nein, war echt ein Scherz, ich komme ins Geschäft.«

»Ich hab ihn unten in meiner Wohnung. Siehst du Stefan in Kürze?«

»Tatsächlich morgen.«

»Dann hole ich ihn eben hoch. Bin sofort wieder da.« Gut gelaunt flitzte sie die Treppen hinunter in ihr Reich. Dort griff sie drei von den vier Teepackungen und spurtete zu Marwin zurück.

»Bitteschön. Eine für dich, zwei für Stefans Frau. Unbekannterweise viele liebe Grüße.«

»Was bekommst du?«

»Nichts natürlich. Das wäre ja ein Ding. Ich bin hier zum Essen und nehme dir im Gegenzug Geld für Tee ab? Geht's noch?«

»Das ist ja was anderes.«

»Ist es nicht. Sonst berechne mir bitte die Schale Suppe plus Nachschlag.«

»Dann danke.«

Sie bekam den versprochenen Glühwein und sie unterhielten sich eine weitere knappe halbe Stunde. Judith bemerkte die Hitze, die der Gewürzwein in ihr auslöste und sie hatte Sorge, er könnte ihr zu Kopf steigen. So bedankte sie sich und wünschte Marwin gute Nacht.

Kaum zurück in ihrer Wohnung, schmiss sie sich mit einem Mode- und Dekokatalog, der gestern bei ihr eingetrudelt war, auf die Couch. Sie hatte zwar jede Menge Winterdeko, aber die hübschen Porzellantannen und einige andere Kleinigkeiten wollte sie unbedingt haben. So fuhr sie noch ihren Laptop hoch, packte die unwiderstehlichen Dinge in ihren Warenkorb und schickte online die allererste Bestellung von ihrer neuen Adresse aus ab.

Nebenbei hörte sie Nachrichten. Es sollte in den nächsten Tagen tatsächlich schneien. Jedes Jahr freute sie sich über die Ankündigung von Schnee. Es gab ja hier nicht die Massen, aber ein bisschen Weiß auf den Bäumen und Häusern wäre schon klasse. Und es passte wunderbar, denn der erste Advent stand kurz bevor.

Sie nahm sich vor, den morgigen Sonntag zu nutzen, um ihre Weihnachtsdekorationen auszupacken und zu platzieren. Gerade jetzt war das Gefühl so intensiv, die Vorfreude groß. Das musste sie unbedingt ausnutzen. Im Radio gab es Weihnachtsmusik, in den Geschäften winterliche Dekorationen, die schönsten des Jahres, empfand sie. In den Straßen blinkte die Beleuchtung und erhellte freundlich die Winternächte.

Und erst die Weihnachtsmärkte!

Gab es in dieser Adventszeit überhaupt jemand, der mit ihr über den Weihnachtsmarkt schlendern würde? Im letzten Jahr war sie mit Grit unterwegs gewesen, und das gleich mehrfach. Grit war der Weihnachtsmarktjunkie schlechthin. Jede Fressbude steuerte sie unbeirrt an und Judith hatte sich immer wieder erstaunt gefragt, wo sie das alles hinschob. Und bei Glühwein, Punsch und Co sagte sie ebenfalls nicht nein.

»Warum verzichten? Weihnachten ist nur einmal im Jahr und bei so leckeren Dingen muss man einfach zuschlagen«, war Grits Credo. Ohne eine Tüte gebrannte Mandeln verließ sie den Markt nicht und meist war der letzte Glühweinstand auch noch eine Pause wert.

»Judith, Schätzchen, wir sind doch nicht mit dem Auto hier. Jetzt können wir was trinken, dann sollten wir das ausnutzen!« Aber diese Bude bestreikte Judith grundsätzlich. Nutzte ja nichts, wenn ihr hinterher zu Hause schlecht war, während Grit sich daheim zufrieden einen Absacker genehmigte. Das tat sie nämlich, so jedenfalls hatte sie erzählt.

Wieder kehrten ihre Gedanken in die Gegenwart zurück. Weihnachten und Silvester war sie allein. Da musste sie eben durch. Es war im vergangenen Jahr nicht anders gewesen und sie hatte das auch überlebt. Es gab nur zwei Optionen. Entweder leiden oder es sich selbst schön machen. Sie entschied sich für Letzteres.

Ein bisschen ernüchtert und schlagartig wie ausgebrannt, stellte sie sich trotzdem schnell unter die heiße Dusche und hüpfte dann ins Bett. Sie hatte gerade das Licht gelöscht, als ihr Handy eine Nachricht verkündete. Nanu? Wer meldete sich denn um diese Zeit noch bei ihr? Also Licht wieder an, nochmal aufgestanden und in den Flur getappt, wo sie das Gerät geparkt hatte, damit sie wenigstens am Wochenende im Schlaf von eventuell schädlichen Strahlen verschont blieb.

Sie blinzelte. Die Message kam von Marwin, dem sie vorhin ihre Nummer gegeben hatte.

Wie wäre es morgen mit Schlittschuhlaufen?

♥ 10 ♥

Einen Moment starrte sie überrascht auf die Nachricht, dann tippte sie zurück.

Kann ich bestimmt nicht mehr. Ich bin als Kind das letzte Mal auf dem Eis gewesen.

Macht doch nichts. Zur Not halte ich dich am Kragen fest. Dahinter klebte ein lachendes Smiley.

Na gut. Ich komme mit.

Warum nicht, dachte sich Judith. Und Marwin war schließlich ein sympathischer, gutaussehender Typ.

Schön. Ich stehe um eins vor deiner Tür.

Geht klar, ich bin dann fertig. Gute Nacht.

Sie bekam noch einen Gute-Nacht-Gruß zurück. Langsam tapste sie wieder ins Bett und schlief augenblicklich ein.

Nach neun am folgenden Morgen erwachte sie. Herrlich, keine Verpflichtung an diesem Tag, Sie zog die Rollläden hoch. Brrr, heftiger Wind draußen und knackig kalt war es auch geworden. Das schrie nach heißem Kaffee im Bett und ein bisschen im Internet surfen.

Wie appetitlich der Kaffeeduft durch die Küche zog! Schnell füllte sie eine große Tasse und schlüpfte zufrieden zurück unter die kuscheligen Federn. Da fiel es ihr wieder ein. Schlittschuhlaufen mit Marwin. Sie waren um eins verabredet!

Freude machte sich in ihr breit – und ein wenig Aufregung. Wie würde der Nachmittag mit Marwin werden?

Judith trank ihren Kaffee Schluck für Schluck aus und verabschiedete sich vom Gedanken ans Internet. Stattdessen glitt sie ganz unter ihre Decke, drehte sich zur Fensterseite und sah nach draußen, wo der Wind an den nackten Zweigen der Bäume zerrte, während sie die wohlige Wärme ihres Bettes noch für eine Weile genoss.

Kurz vor eins war Judith ausgehfertig, obwohl sie überlegte, ob sie die wattierte schwarze oder lieber doch die beigefarbene Jacke wählen sollte.

Es klopfte an ihre Tür und sie zog sie auf. »Moin, Marwin, welche Jacke?« Sie hielt ihm beide hin.

»Moin. Ich würde sagen Beige.«

Sie griff das warme Kleidungsstück, ihren kleinen Rucksack und folgte ihm durchs Treppenhaus raus zu seinem Wagen. »Oder soll ich mit meinem Autochen hinterherfahren?«

»Quatsch. Wir wohnen ja nicht am jeweils anderen Ende der Stadt.«

Sie versuchte, sich den Weg zur Eishalle einzuprägen.

Zu ihrer Überraschung steuerte Marwin auf eine Gruppe junger Leute zu. »Du lernst jetzt einige Freunde von mir kennen, mit denen ich öfter etwas unternehme.«

Oh, doch kein Nachmittag zu zweit, erkannte Judith. Was hatte sie sich auch eingebildet? Judith kommt nach Hamburg und alle ihre Gefühlsprobleme sind gelöst?

Schon wurde sie vorgestellt. »Das ist Judith, sie ist neu zugezogen und sucht ein bisschen Anschluss.«

Na toll, das hörte sich an, als würde sie wie Sauerbier angeboten. Allerdings war dieses Gefühl schnell verschwunden, denn alle begrüßten sie herzlich mit Handschlag und stellten sich ebenfalls vor. Aber acht Namen fremden Personen zuzuordnen, war im Normalfall kaum zu stemmen und jetzt aufgrund der leichten Aufregung ein unmögliches Unterfangen. Sie merkte sich nur Pia, Lutz und Frank.

Pia war gleich an ihrer Seite. »Hamburg ist total klasse, besonders unser Stadtteil. Es wird dir gefallen. Wie lange bist du denn schon hier?«

Judith erzählte ein bisschen von sich. Bereitwillig berichtete auch Pia. Sie arbeitete, genau wie Lutz, als Musical-Darsteller bereits seit zwei Jahren in Hamburg. Beide hatten heute ihren freien Tag und genossen deshalb das Zusammensein mit Freunden. Sie liefen unzweifelhaft am galantesten über die Eisfläche. Judith betrachtete immer wieder ihre durchtrainierten Körper. Pia war die Grazie in Person, sie kam sich dagegen wie ein Schaukelpferd auf dem Eis vor.

Nach ein bisschen Eingewöhnung erinnerte sich ihr Gehirn doch daran, schon mal Schlittschuh gelaufen zu sein, jedenfalls ging es zunehmend besser.

Später wechselten sie von der Eishalle in ein Café, wo es heißen Kakao und Kuchen gab. Judith war mittendrin und fühlte sich richtig gut. So schnell hatte sie Anschluss gefunden!

Frank, der neben ihr saß, hatte sie fast völlig in Beschlag genommen. Er wollte alles von ihr wissen und fragte auch nach ihrer Freizeitgestaltung. »Was machst du denn am liebsten? Joggen, Fitness-Center, Schwimmen, Segeln oder Kino?«

»Ich bin den ganzen Tag auf den Beinen, da hab ich wenig Lust auf weiteren Sport. Meist bin ich abends ziemlich müde.«

»Aber Kino?«

»Ab und zu ...«

»Dann lade ich dich ein. Nächsten Freitag läuft ein neuer Blogbuster. Wie wäre das?«

»Ich weiß noch nicht.« Judith suchte eine Ausrede, das hier ging ihr einfach zu schnell, obwohl Frank sich auf dem Eis auch schon als sehr sympathischer Freund von Marwin gezeigt hatte.

Nun mischte sich Pia ein. »Mensch Frank, mach nur halbe Kraft voraus. Die arme Judith muss erst einmal ankommen.«

»Das geht doch am besten mit mir im Kino«, konterte Frank und hatte dabei den Schalk im Nacken.

Frank rang Judith zwar kein Kino-Date ab, aber ihre Handynummer und drohte ihr lachend, sich gleich morgen zu melden.

Auf dem Rückweg fragte sie Marwin nach ihm aus und erfuhr, dass die zwei mal eine WG zusammen hatten. »Das waren echt drei tolle Jahre.«

»Männerjahre, nehme ich an.«

»Oh ja!« Marwin grinste in sich hinein und Judith konnte nicht verhindern, sich zu fragen, wie er wohl im Bett war. Und Frank genauso. Im gleichen Augenblick schämte sie sich, sodass ihr heiß wurde – und sie wusste, sie war nun knallrot.

Das bemerkte Marwin natürlich und lachte auf. »Du brauchst für unsere Männerjahre aber nicht rot zu werden.«

»Nee, liegt nicht daran«, log sie, irgendwie hab ich was im Hals und es kratzt fürchterlich.« Sie räusperte sich leicht und hustete zur Untermauerung ihrer Ausrede.

Marwin zeigte auf das Handschuhfach. »Mach auf, da sind Hustelinchen drin.«

Brav folgte Judith seiner Ansage und fischte die Tüte heraus. »Du auch?«

»Wenn du es mir auspackst und in den Mund stopfst.«

Judith wickelte das erste Bonbon aus und gab es ihm, während er sich auf den Verkehr konzentrierte. Schnell hustete sie noch einmal alibihaft, um sich dann selbst ein Klümpchen zu nehmen.

Vor ihrer Wohnung angekommen, sagte Marwin locker »Tschüss, bis demnächst« und ging gleich weiter die Treppen hoch. Das plättete Judith nun doch.

Der Montagmorgen wurde trubelig. Die neuen Angebote waren am Wochenende in den Haushalten, ob nun in Papierform oder elektronisch, gelandet und die frühen Angebotsjäger erschienen. Der Wintertee war erfolgreich beworben worden und fand reißenden Absatz. Überhaupt schien es, als hätten alle Menschen plötzlich nur Gedanken an weihnachtliche Einkäufe. Am Wochenende feierte man den ersten Advent, da mussten Lebkuchen und Kerzen auf den Tisch.

Judith füllte gerade die Bio-Zimtmandeln auf und sah dabei aus dem Frontfenster. Soeben bog eine dunkle Limousine auf den Parkplatz. Sie sah der von Herrn Dr. Schiller sehr ähnlich. Sogleich kam ihr Tony Schneeberger und seine sympathische Art in den Sinn.

Sie folgte dem Wagen mit den Augen und erkannte darin als Fahrerin eine blonde Frau. Bei genauer Hinsicht war es auch nicht die Automarke des Konzernschefs. Was hast du nur für Halluzinationen, Judith, du Eumelchen, amüsierte sie sich.

In diesem Moment rief Fiete nach ihr. »Kannst du mal schnell kommen, Judith?«

Eine Flasche bei den Waschmitteln war ausgelaufen und es hatte sich ein Fleck im Gang gebildet.

»Deshalb rufst du mich?«

»Ja, es könnte jemand ausrutschen.«

»Klar. Darum putze es einfach weg.«

»Ich? Natalie hat gerade Pause, da kann sie ja ...«

Ah, der Herr wollte den Boden nicht reinigen! Den Zahn würde sie ihm ziehen! Er hatte genau wie die Mädels zu arbeiten. »Du hast es richtig gesagt. Sie hat Pause. Daher sei so nett und wische es eben auf.«

Sie ging zu dem Bereich der Weihnachtsaktionen zurück. Das war jetzt das zweite Mal, das ihr der anfangs so sympathische Fiete negativ auffiel. Und sie hatte gedacht, es läge an der tätowierten Mandy.

Sie würde sich noch einmal zwanglos mit Mandy

und Natalie unterhalten, mit jeder einzeln und sich danach ihre Meinung bilden. Auf das Ergebnis war sie gespannt.

Was hatte sie auch erwartet, dass alles so reibungslos lief wie in ihrer alten Filiale?

♥ 11 ♥

Heute fehlte ihr Mandy, die ihren freien Tag hatte. Sie kamen mit dem Nachfüllen kaum nach. Natalie gab ihr Bestes an der Kasse, während Fiete mit äußerst schlechter Laune die Regale auffüllte, wo nötig.

Bewusst hatte Judith die beiden so eingeteilt. Das Erstaunen war groß gewesen, denn normalerweise einigten sich die Mitarbeiter untereinander. Und nun bekam sie vorab schon eine kleine Ahnung, dass sie Mandy mehr oder weniger falsch eingeschätzt hatte, darum beobachtete sie Fiete. Er hatte regelrecht eine schwarze Wolke um sich und die Geschwindigkeit, mit der er einräumte, ließ sich durchaus als Zeitlupe beschreiben.

Zu allem Überfluss meldeten sich zwei Nachmittagskräfte kurz vor Arbeitsantritt krank, so kroch sie am Abend auf dem Zahnfleisch.

Eine Minute vor Geschäftsschluss, Natalie kassierte gerade bei der letzten Kundin, stürmte Herr von Deckert noch herein. »Entschuldigung, aber ich stand im Stau und hatte schon befürchtet, ich schaffe es nicht mehr. Haben Sie mir den Tee zurückgelegt?«

»Natürlich, ich hole ihn eben.« Judith machte sich auf den Weg in den Aufenthaltsraum und musste schmunzeln, denn Natalie war deutlich in diesen älteren Mann verliebt, ihre schmachtenden Augen verrieten es.

Schnell schnappte sie die Tüte, riss den Klebezettel *von Deckert* ab, lief zurück zur Kasse und überreichte sie dem Kunden mit einem Lächeln. Herr von Deckert bedankte sich herzlich und zahlte bei Natalie.

Judith geleitete ihn zum Ausgang.

»Wie kann ich mich revanchieren?«, fragte Herr von Deckert und lächelte sie aus geheimnisvoll dunklen Augen freundlich an. Sie hatten, empfand Judith, etwas magisch Brennendes, sie konnte es gar nicht richtig greifen. Sie musste hinschauen, sie faszinierten sie, aber sie waren ihr auf seltsame Art unheimlich. Eine absolut reizvolle Kombination. Sie genoss das Gefühl.

Verdammt, der sprühte ja vor Attraktivität! Judith gab ihm eine seriöse Antwort auf seine Frage. »Gar nicht, das ist der Service unseres Hauses.«

»Dann wünsche ich Ihnen nun einen schönen Abend. Sicherlich wartet schon jemand auf Sie.«

Diese bestimmende Aussage war manipulativ und deshalb antwortete Judith überraschend ehrlich. »Nein, auf mich wartet niemand.«

»Was halten Sie von einem Glas Glühwein auf dem Weihnachtsmarkt am kommenden Sonntag?«

Diese Einladung überrumpelte Judith völlig.

»Äh ... es tut mir leid, ich weiß noch nicht ...«

»Macht nichts, ich höre einfach zum Wochenende nach. Bis dahin wissen Sie bestimmt ...« Auch er ließ den Satz unvollendet.

»Unter Umständen, ja.«

»Ihnen nochmals einen schönen Abend und gute Nacht.«

»Das wünsche ich Ihnen ebenfalls.«

Während Judith die schwere Glastür verschloss, sah sie diesem teuer gekleideten, interessanten Mann leicht entgeistert hinterher.

Natalie kam zu ihr. »Sieht er nicht fantastisch aus?«

»Er ist ein sympathischer Mittvierziger, denke ich«, antwortete Judith absichtlich, um Natalie auf den Altersunterschied hinzuweisen. Was bildete sie sich ein, käme es zu einer Beziehung der beiden? Wäre die süße Natalie knackige vierzig, ging er in Rente. Ach, Mädchen ...

»Einundvierzig ist er erst«, hauchte sie mit glänzenden Augen. »Er hat ein Facebook-Account, da postet er so einiges. Und mit Vornamen heißt er Bejo und bei seinem Beziehungsstatus steht Single.«

»Du stalkst ihn!«, rief Judith gespielt entrüstet und amüsierte sich, während Natalie erschreckt mit beiden Händen abwehrend wedelte und sofort in die Verteidigungsoffensive wechselte.

»So was würde ich niemals tun! Nie! Ich habe nur sein Facebook-Account gecheckt. Und das ist öffentlich. Es ist legal, ich mache echt gar nichts Böses. So solltest du nicht von mir denken, ich ...« Natalie lief knallrot an wie eine vollreife Tomate.

Judith nahm sie freundschaftlich um die Schulter. »Das war doch nur ein Scherz!«

»Ja, ne?«

»Ja, natürlich.«

»Puh, jetzt hatte ich aber echt Angst. Ich bin so nicht. Ich finde ihn nur ... einfach ultrasüß.«

»Er ist doppelt so alt wie du.«

»Träumen darf man doch, oder?«

»Na klar, was wäre das Leben ohne schöne Tagträume, die die Seele streicheln. Das lässt uns schließlich immer wieder mit Kraft und Mut voranschreiten.«

»Er hat mich heute voll nett angelächelt.«

»Dann gebe ich dir jetzt einen Tipp. Du solltest zurücklächeln nicht auf seine Hände starren, wenn er die Kreditkarte zückt oder das Bargeld. Schau auch nicht verschämt auf die Kasse. Ein offenes, freundliches Lächeln öffnet Türen, Natalie. Das ist eine Lebensweisheit, die ich dir mitgeben kann.«

Natalie seufzte leise auf. »Okey-dokey, danke.«

Nach den letzten zu tätigenden Arbeiten verließen beide gemeinsam die Filiale. Fiete war natürlich bereits vorher verschwunden, er hatte demonstrativ die Hand an den angeblich schmerzenden Rücken gehalten, Judith mit einem bösen Blick versehend. Abrupt blieb Judith stehen. »Ich möchte gerne etwas zu Fiete wissen. War er früher auch schon immer der Erste, der abends rausgerauscht ist?« Weiße Atemwölkchen begleiteten ihre Worte.

»Von jeher. Er war Frau Küster ein echter Dorn im Auge. Aber mehr will ich dazu nicht sagen, es ist doof, einen Kollegen anzuschwärzen.«

»Tust du nicht, ich habe dich schließlich gefragt.«

»Trotzdem.«

Judith war jedoch noch nicht fertig. »Verstehe ich das richtig? Mandy stemmt die Arbeiten, die ein

Mann im Team eigentlich tun sollte?«

»So ist das. Sie kann Arbeit nicht stehen sehen. Sie möchte volle Regale und eine schöne Präsentation, jedenfalls nach den Möglichkeiten, die eine Großdrogerie, wie wir es sind, bietet.«

Man konnte erkennen, wie unangenehm Natalie dieses offene Gespräch mit der Chefin war, sie trippelte von einem Fuß auf den anderen, wollte jetzt nur weg.

Judith fasste es für sie in nette Worte, damit sich ihr schlechtes Gewissen in Grenzen hielt. »Du frierst, dann ab mit dir nach Hause! Bis morgen.«

Mit einem erleichterten »Bis morgen denn«, eilte sie schnell zu ihrem blauen Kleinwagen.

Mittlerweile war es richtig spät geworden und da der Asphalt gefährlich glitzerte, musste sich Judith stark auf die Fahrt konzentrieren. Die Streuwagen fuhren bereits ihren Einsatz, aber nur auf den größeren Straßen. In ihrem ruhigen Viertel war es bedrohlich glatt und einmal brach ihr Heck in einer Kurve leicht aus, was zu einem ordentlichen Adrenalinstoß geführt hatte.

Sie pustete erleichtert die Luft aus, als sie ihren Wagen in der Tiefgarage sicher und unfallfrei geparkt hatte.

Den Abend über ließ sie das Thema Fiete und Mandy nicht los.

Da war sie, trotz Erfahrung in Mitarbeiterführung, voll einem Klischee aufgesessen. Tätowiert und gepierct, in Kombination mit dem Namen, das hatte sie nicht als positiv eingeordnet. Mandy trug ihre Haare immer hochgesteckt, aber wirre Strähnchen bahnten sich über Tag grundsätzlich ihren Weg in die Freiheit. Das platinblond gefärbte Haar bildete zwar mit ihren braunen Augen ein durchaus hübsches Bild, trotzdem rangierte der bisher sympathisch wirkende Fiete ohne jeden Körperschmuck und mit adrettem Haarschnitt bei ihr auf der Beliebtheitsskala ganz vorne. Bis jetzt.

So langsam kam sie dahinter, warum Mandy so angepickt war.

Ihr kam der Zigarettengeruch in den Sinn. Auch an diesem Morgen war vor ihrer Ankunft wild gelüftet worden. Rauchte er etwa im Aufenthaltsraum – verbotenerweise? Und wenn er sich hier schon über die Vorschriften und Regeln hinwegsetzte, wo tat er es noch?

Glaubte er, er könne sich mehr rausnehmen, da sie neu und erheblich jünger war als die vorherige Chefin?

Sie musste unbedingt ein wachsames Auge auf ihn haben, allein deshalb, weil die erfahrene Frau Küster ihn ebenfalls auf dem Monitor gehabt hatte, was Natalie in ihrer kurzen Unterhaltung erwähnt hatte.

Die Personalakte! Möglicherweise hatte Frau Küster etwas vermerkt.

Am kommenden Morgen erschien Mandy nach ihrem freien Tag zum Dienst, gutgelaunt.

Judith saß allein mit ihr im Aufenthaltsraum, Natalie war, unüblich für sie, noch nicht eingetroffen. Aber so bot sich die Gelegenheit, bei einer Tasse Kaffee vor Öffnung der Filiale auf dieses sensible Thema einzugehen.

Zuerst war Mandy noch zurückhaltend, weil sie natürlich gespürt hatte, dass Judith eher zu Fietes Seite tendierte.

Als ihre Chefin jedoch ihre eigenen Beobachtungen kundtat, nickte Mandy dazu. »Das hast du schon ganz richtig bemerkt. Früh wird hier drin geraucht, was im Herbst und Winter einfacher ist als im Sommer, da der Rauch durch die frische kalte Luft schnell ersetzt wird. Und da er immer morgens der Erste ist, um zu rauchen, weil er das daheim nicht darf, müssen wir mit einem eiskalten Raum hier vorliebnehmen.«

»Was macht er denn im Sommer?«

»Ich petze jetzt, das ist nicht schön für mich«, sagte Mandy mit einem teils schuldbewussten, teils befreienden Blick und sie kämpfte mit sich, ob sie etwas sagen sollte oder nicht.

»Komm, raus mit der Sprache. Es bleibt unter uns«, ermutigte Judith ihre Mitarbeiterin. Als diese jedoch skeptisch schaute, warf sie schnell ein »versprochen« hinterher. »Wenn wir nicht ehrlich zueinander sind, ändert sich nichts. Und so, wie es momentan ist, wollen wir Mädels es doch nicht, oder?«

Mandy holte tief Luft. »Okay. Du kannst es ruhig wissen, du wirst es sowieso selbst feststellen. Er raucht hier und im Lager. Da verkrümelt er sich super gerne hin, soll im Geschäft gepackt werden. Spricht man ihn darauf an, behauptet er, er sei zur Toilette gewesen. Heute kommt wieder Ware, mach einfach den Check.« Mandy pustete sich eine blonde Strähne aus dem Gesicht.

Das Gespräch endete abrupt, denn Fiete enterte den Aufenthaltsraum. »Gibt es auch noch einen Kaffee für mich?«

Schweigend deutete Judith auf die halb gefüllte Kanne der Kaffeemaschine und stand auf, als das Telefon klingelte.

Judith nahm an und ihr Schreckensruf »Oh nein«, ließen Mandy und Fiete erstarren.

♥ 12 ♥

»Das tut mir sehr leid. Bitte grüßen Sie Ihre Tochter von mir und meinem Team.« Judith griff währenddessen einen Stift, suchte nach einem Zettel, den Mandy ihr aufmerksam reichte und notierte eine Nummer. »Vielen Dank. Wir melden uns bei ihr. Das geht aber problemlos, oder?«

Sie hörte noch einen Moment zu und legte dann auf.

»Natalie kommt nicht. Sie hatte gestern Abend einen Unfall.«

»Wie schrecklich!« Mandy war sichtlich bestürzt, während Fiete völlig deplatziert verkündete, sie sei eben keine gute Autofahrerin.

»Ich denke, das kann man so nicht sagen, sie trifft keine Schuld, ihr ist jemand reingefahren«, erklärte Judith, aber man sah Fiete an, dass er daran echten Zweifel hegte, denn er zog eine Augenbraue zweifelnd nach oben.

Das machte sie nicht geneigter für ihn.

Mandy schnaubte. »Du bist ein richtiges Ekelpaket.« Sie wurde allerdings durch Geräusche abgelenkt. »Oh, ich höre den Lkw. Ware kommt! Dann stiefel ich mal los.«

»Nein. Du bleibst«, ordnete Judith an. »Ich öffne das Geschäft, Fiete geht zum Lkw und du rufst bitte im Krankenhaus an und lässt dir von Natalie erzählen, was passiert ist.« Sie drückte Mandy den Zettel mit der Nummer in die Hand und konnte sich ein leichtes Grinsen nicht verkneifen.

»Ach übrigens, Fiete«, sie drehte sich zu ihm. »Wenn du morgens als Erster kommst, lass bitte das Fenster geschlossen. Es wird zu kalt hier drinnen.«

»Aber die Luft ist immer so schlecht.« Er versuchte verzweifelt, seine Zigarettenpause am frühen Morgen zu retten.

»Das kann ich jetzt so nicht feststellen. Mir jedenfalls ist es zu kalt, das Fenster bleibt zukünftig zu.« Mit dieser Anweisung drehte sie sich um und sah auf ihre Armbanduhr. »Ui, wird Zeit! Genau acht.«

Sie hastete aus dem Aufenthaltsraum. Auch Fiete verließ ihn äußerst missmutig. Mandy ging diese Situation runter wie Öl. Hatte diese faule Mistkröte sich endlich richtig einen eingefangen. Das ließ für die Zukunft hoffen.

Wie von Judith verlangt, telefonierte sie mit ihrer jungen Kollegin und erstattete ihrer Chefin, die momentan den Platz an der Kasse ausfüllte, Bericht.

Demnach wollte eine Frau, obwohl Natalie schon in einen Kreisverkehr eingefahren war, schnell noch vor ihr weiter. Sie unterschätzte aber die Nähe von Natalies Auto und rammte sie voll auf der Beifahrerseite.

»Wie gut, dass dort keiner saß, hat sie gesagt«, berichtete Mandy. »So hat es sie nur mit einem Sitz

Abstand erwischt. Allerdings hat sie sich dabei ein Bein gebrochen und zwei Rippen sind gequetscht.«

Judith schloss kurz die Augen. »Die Ärmste – und wir Armen. Nun sind wir zur Adventszeit eine Vollzeitkraft weniger. Ich muss den Plan umschreiben.«

Dazu kam sie aber nicht gleich, denn es wurde hektisch. Der Weihnachtstee war auch heute wieder der Renner. Eine ältere Dame kaufte ihn mit den Worten: »Meine Nachbarin, die Renate, hat ihn mir wärmstens empfohlen.«

Der Bestand schmolz immer mehr.

»Mandy, haben wir noch Tee auf Lager?«

Diese schüttelte den Kopf.

»Dann jag jetzt eine Nachbestellung raus. Wir haben erst Anfang Advent und er wird schon knapp.«

»Soll ich die Bio-Lebkuchenherzen gleich mit eingeben? Die laufen ebenfalls Bombe.« Mandy sah ihre Chefin wartend an.

»Mach das.« Judith war sehr angetan davon, dass Mandy so aufmerksam war, der niedrige Bestand der Lebkuchenherzen war ihrem sonst so scharfen Auge, bei dem ganzen Trubel, entgangen.

Eine Stunde später rettete sich Judith für ein paar Schlucke Kaffee in den Aufenthaltsraum. Für eine Pause blieb keine Zeit. Da fiel ihr Fiete wieder ein. Wo war der eigentlich? Der Lkw musste schon längst entladen sein!

Neugierig lief sie zur Anlieferung. Tatsächlich, das kleine Rolltor war noch geöffnet, der Lkw aber nicht mehr vor Ort. Sie meinte, einen leichten Zigarettenrauch wahrzunehmen. Doch weit und breit keine Spur von Fiete. Mensch, hier konnte jeder reinspazieren und Ware entwenden! Sie bediente die Schaltung des Rolltores.

Was sie nicht sah: Verstohlen schlich Fiete währenddessen zwischen den Paletten Richtung Geschäft. Frau Küster hatte ihn nie kontrolliert, so glaubte er. Durch das Quietschen des Tores überhörte Judith das Öffnen der Verbindungstür zur Filiale.

So fand sie Fiete vor den Regalen für die Körperpflege wieder, brav einräumend.

Hm, dachte sie, da habe ich ihm ja Unrecht getan.

Ihre Mittagspause opferte sie für einen Blick in Fietes Personalakte.

Fein säuberlich hatte Frau Küster die Daten und Uhrzeiten notiert, wann sich Fiete für ein Zigarettchen aus dem Staub gemacht oder unüblich lange auf der Toilette verbracht hatte. Addierte man die Zeiten, kam man locker auf jeweils mehr als eine Stunde pro Tag, die ihm an Arbeitszeit fehlte.

Nicht übel, was er sich ohne ein Spur schlechten Gewissens erlaubte.

Die Aktenlage zeigte klar, dass Frau Küster ihn zweimal abgemahnt hatte. Das hatte sie schließlich nicht umsonst getan.

Judith nahm sich vor, Fiete von nun an mehr oder weniger zu observieren. Das war allerdings wegen des Weihnachtsgeschäftes nicht so einfach. Trotzdem hatte sie ihn, so gut es ging, im Blick.

Ins Krankenhaus zu Natalie schaffte sie es nicht, aber sie schickte Mandy vorbei, als nachmittags drei Halbtagskräfte anwesend waren.

»Lauf bitte rüber ins Blumengeschäft und kauf einen schönen Strauß.« Sie drückte Mandy zwanzig Euro in die Hand. »Sag ihr einen lieben Gruß.«

Fiete kommentierte es neidisch und säuerlich. »Ich hätte auch gehen können.«

Das hast du dir wohl so gedacht, schmunzelte Judith innerlich. Jede Wette, er wäre erst kurz vor Feierabend wieder erschienen! Laut sagte sie: »Natalie und Mandy sind gute Arbeitskolleginnen und du möchtest jetzt nicht meine Entscheidung in Frage stellen oder etwa doch?«

Fiete hatte sich grummelnd getrollt und Mandy war – Judith hatte es auch nicht anders erwartet – in knapp zwei Stunden zurück, um dann erneut ordentlich reinzuklotzen.

Ich habe sie total falsch eingeschätzt, empfand Judith mit zunehmend schlechtem Gewissen.

Am Donnerstag erhielt sie eine WhatsApp.

Hey du, ich habe durch Zufall zwei Karten fürs Musical bekommen.
Hast du Lust, Pia und Lutz in Action zu sehen? Sonntagnachmittag. LG Frank

Ach ja, Frank! An ihn hatte sie überhaupt nicht mehr gedacht, wo er doch so nett zu ihr gewesen war.

Sollte sie oder nicht? Und was würde Marwin dazu sagen? Merkwürdigerweise hatte sie von ihm im Laufe der Woche gar nichts gehört und gesehen. Und seit zwei Tagen stand auch sein Wagen nicht auf seinem Parkplatz. Da fiel ihr siedend heiß ein, dass sie ihn ja für diesen Sonntag zum Essen eingeladen hatte!

So antwortete sie Frank nicht, sondern schrieb Marwin eine WhatsApp.

Wie sieht es aus? Bleibt es dabei? Sonntag Essen bei mir?

Die Antwort kam keine fünf Minuten später.

Oh sorry, Judith, ich habe völlig vergessen, dir zu sagen, dass ich an einem Seminar teilnehme und Sonntag – ich weiß nicht wann – erst wiederkomme. Können wir das verschieben?

Aha. Das erklärte auch das fehlende Auto in der Tiefgarage.

Klar, kein Problem. Ist ja nur meine Revanche für deine leckere Suppe.

Und dann spielte sie mit offenen Karten, alles andere wäre blöd, weil Frank halt eben ein Kumpel von Marwin war. Wie sie allerdings im Detail zueinanderstanden, ob es nur eine oberflächliche oder tiefergehende Männerfreundschaft war, wusste sie nicht. Dazu hatte Marwin auch kein Wort erwähnt.

Frank hat mich gerade für Sonntag ins Musical eingeladen, um Pia und Lutz live zu sehen.

Auf seine Antwort war sie gespannt.

♥ 13 ♥

Darauf musste sie aber lange zehn Minuten warten. Er war online, konnte sie sehen.

Nee, gönn dir das. Wie der Pfiffikus das immer schafft, so fix an Karten zu kommen ... Viel Spaß euch.

Er schien nicht sauer zu sein. Na dann …

Ich komme gern mit und bewundere Pia und Lutz, sagte sie Frank zu, *wo soll ich wann sein?*

Besser ich hole dich ab und zeige dir, wo du in Zukunft parken kannst. Ich bin gegen zwei bei dir.

Gebongt, bis Sonntag.

Tja, jetzt hatte sie eine Verabredung mit einem netten Typen. Sie überprüfte sich gerade selbst, ob es einen Hauch kribbelte, wenn sie an Frank dachte. Nein, nicht ansatzweise. Aber vielleicht würde es

dies am Sonntag tun.
Nur wollte sie das überhaupt?

Kaum hatte sie den Adventssonntag in trockenen Tüchern, noch immer überlegend, ob das richtig war, kam Mandy mit dem Telefon herein. »Für dich.«

»Wer?« Das Wort formte Judith lautlos mit dem Mund.

Mandy gab ihr genauso Antwort, aber Judith runzelte die Stirn. Sie verstand es nicht. Mandy wiederholte, doch erneut vergeblich für ihre Chefin, die aufgab und den Hörer nahm.

»Jacobi.«

»Moin, Frau Jacobi. Von Deckert hier. Ich möchte mich noch einmal für ein Glas Glühwein auf dem Weihnachtsmarkt in Erinnerung bringen.«

Ach du Schreck! Judith wurde warm und kalt. Den von Deckert hatte sie völlig verdrängt!

»Herr von Deckert, es tut mir leid, aber der kommende Sonntag ist anderweitig verplant.«

Mandy, die schon den Raum verlassen wollte, blieb ohne zu überlegen interessiert stehen. Sie hörte weitere Sätze Judiths.

»Samstag bin ich hier in der Filiale – eher nicht, nein – eventuell, ich kann es noch nicht sagen – tschüss dann.«

Judith drückte das Gespräch weg. »Puh! Mandy, wenn er wieder anruft, bin ich gerade im Kundengespräch.«

»Sag nicht, er hat dich eingeladen.«

»So ist das. Er will unbedingt auf den Weihnachtsmarkt mit mir. Allerdings bin ich ein bisschen selbst schuld. Er hat mich mit einer privaten Frage total überrumpelt.«

»Der ist ein dicker Fisch«, grinste Mandy anzüglich.

»Wie meinst du das denn?«

»Na ja, stinkreich. Er ist der führende Immobilienmakler hier. Guck dir nur die Webseite von ihm an. Da hast du keine Fragen mehr.«

Judith antwortete nicht, deshalb zog Mandy ihr Handy aus der Tasche, tippte blitzschnell und hielt ihr das Gerät vor die Nase.

Herr von Deckert lächelte sie vertrauenserweckend an, hinter ihm startete ein Laufband. Die Immobilien, die langsam vorbeizogen, atmeten pure Exklusivität.

»Ja, hm ... beeindruckend. Das ändert aber nichts an der Tatsache, dass ich Sonntag bereits etwas vorhabe. Sag mal«, Judith kratzte sich am Kinn, »wie viele Einladungen verteilt der denn so?«

»Ich weiß von keiner. Ich habe ihn auch noch nie mit einer Frau gesehen. Er ist immer alleine. Neulich habe ich ihn beim Einkaufen getroffen. In seinem Wagen lagen nur Dinge, die ein Single futtert, Dosensuppen und so'n Fertigkram aus der Kühltheke. Ein paar Joghurts und Obst war allerdings ebenfalls dabei.«

»Hast du seinen Einkaufskorb gescannt, oder was?«, griente Judith nun.

»Nö. Aber ich war halt neugierig, was der kauft. Er hat mich sogar erkannt, nett gegrüßt und gefragt, ob ich Besuch bekäme, weil ich zwei Kuchenmischungen im Korb hatte.«

»Und? Hattest du?«

»Ach was. Mein Mann und die Kiddies essen unheimlich gern Marmorkuchen. Da backe ich natürlich immer.«

»Du hast Kinder?« Baff! Wie überraschend! Diese Möglichkeit hatte Judith nicht ansatzweise in Betracht gezogen.

»Zwillinge, sie haben gerade ihren zweiten Geburtstag gefeiert, deshalb wollte ich doch unbedingt frei.«

»Aber warum hast du das denn nicht gesagt?«

»Ich habe angenommen, du wüsstest das.«

»Dass du verheiratet bist, habe ich mir gedacht, wegen dem Ehering. Wo sind deine Kinder, während du arbeiten kommst?«

»Bei meinem Mann.« Sie senkte leicht den Kopf. »Er ist leider seit einem Jahr arbeitslos. Und wenn er mal wieder ein Vorstellungsgespräch ergattert hat, passen Oma und Opa auf. Die Situation ist augenblicklich nicht einfach.«

Judiths Gedanken rotierten. So massiv verdiente Mandy ja nun auch nicht – und sie ernährte eine vierköpfige Familie!

»Was ist denn dein Mann von Beruf?«

»Kaufmännischer Angestellter, also nix Studiertes oder so. Aber er kann von jeher super mit Zahlen. Er hatte einen Job, in dem er sich wohlfühlte. Dann jedoch wurde eingespart in der Baufirma, du weißt ja, wie das heißt, betriebsbedingte Kündigung. Es gibt zwar Arbeitslosengeld, doch das Abrutschen in Hartz IV ist in Sicht, wenn sich da nicht bald was tut. Scheiße, sag ich dir. Er liebt natürlich die Kiddies, aber ist trotzdem unglücklich. Er fühlt sich nutzlos und er ist in seiner Ehre gekränkt, weil er als Mann die Familie nicht ernähren kann und ich nunmehr den Löwenanteil nach Hause bringe.«

»Oh Mensch, das ist ja eine unschöne Situation.«

»Blöd ist halt, dass man so viele Dinge augenblicklich nicht tun kann. Ich meine, jetzt merken es die Kinder Gott sei Dank noch nicht, aber ein leckerer Gang über den Weihnachtsmarkt mit Glühwein, Würstchen oder Waffeln ist momentan einfach nicht drin. Das fehlt dann wieder beim Wocheneinkauf.«

Nachdenklich und gleichzeitig betroffen nickte Judith.

»Ich sag dir jetzt was, bitte behalte es für dich, ja?«

»Selbstverständlich.«

»Mein Mann hat sich bei dem von Deckert beworben. Der sucht eine Bürokraft mit Kenntnissen vom Baugewerbe. Davon hat mein Marius echt Ahnung, er hat ja jahrelang in diesem Bereich gearbeitet und ist da voll drin, weil ihn die Thematik höllisch interessiert. Nur Chancen sehe ich da gar keine. Der geschniegelte und elegante von Deckert und mein Marius – das passt nicht. Er ist das Gegenteil. Robust, blond, so Typ zupackender Fernfahrer, weißt du. Und Tattoos hat er auch. Der feine Herr von Deckert lässt bestimmt keine Nadel an seine Milchschokoladenhaut. Nur sage ich das Marius, verliert er entweder den Mut und gibt auf oder er ist sauer und wir streiten wieder.« Resigniert seufzte sie.

»Aber wenn doch Fachkenntnisse ...« Judith führte den Satz nicht zu Ende, denn Fiete enterte den Raum. »Ach, hier seid ihr! Ich kann nicht alles da draußen alleine machen.«

Obwohl sich Judith flugs in Bewegung setzte, gab sie ihm dennoch einen Seitenhieb mit.

»Ina sitzt an der Kasse und Melanie ist auch noch da. Stöhn mal nicht auf hohem Niveau oder macht

Übertreibung anschaulich?«

Mit einem missbilligenden Blick lief sie stracks hinaus.

Mandy wartete, bis Judith außer Hörweite war, dann ging sie ebenfalls, allerdings gefährlich nah an Fiete vorbei. »Die Luft wird dünner, was, Junge?«

Nach vielen Monaten des Ärgerns waren die Sätze der Chefin wohltuender Balsam für ihre gereizte Seele. Deshalb war es ihr auch egal, als Fiete »Schlange« hinter ihr her zischte.

Sie drehte sich um. Lässig warf sie ihm »Fauler, verlogener, stinkender Nikotinsack« ins Gesicht. Fiete zuckte tatsächlich getroffen zurück. Hoch erhobenen Hauptes, auf dem Gesicht ein triumphierendes Siegerlächeln, marschierte Mandy gutgelaunt zu einer ratlos vor einem Regal stehenden Kundin. »Kann ich Ihnen helfen?«

Halbtagskraft Ina kam auf Judith zu. »Der Wintertee läuft wie bekloppt. Ist noch was auf Lager? Ich würde nachfüllen.«

»Nicht mehr viel. Aber neuer Tee ist bestellt und müsste Anfang nächster Woche kommen. So ist er avisiert.«

Das hatte eine Kundin mitbekommen. »Oh, dann decke ich mich doch schnell damit ein. Ich hatte den nämlich letzte Woche schon gekauft und er kam zu Hause gut an.« Sie langte gleich fünfmal zu. »Und wissen sie, was toll ist? Da ist nicht diese fiese dünne Plastikfolie drum, sondern einfach nur die Papier-Umverpackung.«

»Ja, das finden wir auch gut. Endlich etwas für den Umweltschutz und gegen Plastik. Unser Unternehmen achtet im Zuge des wichtigen Themas

Umweltschutz bei der Warenauswahl auf nachhaltig hergestellte Produkte«, wusste Judith die Kundin geschickt zu informieren.

Mandys ehrliche Beschreibung ihrer persönlichen Situation ging ihr nicht aus dem Kopf. Sie hatte wirklich schlimme Sorgen, trotzdem war sie hier freundlich und einsatzbereit, niemand merkte ihr etwas an.

Schade, dass Natalie krank ist, dachte Judith. Da hätte sie mit ein bisschen Feingefühl gewiss noch die eine oder andere Information mehr über Mandy bekommen. Andererseits gar nicht unbedingt nötig, sie konnte sich auch ohne weitere Details mittlerweile ein umfassendes Bild machen.

Ad hoc kam sie auf eine, wie sie fand, extrem gute Idee.

♥ 14 ♥

Für Samstag nahm sie sich vor, die Mittagpause mit Mandy zu verbringen und richtete die Pausenzeiten dementsprechend ein.

Vorher erlebte sie aber eine dicke Überraschung.

Sie bekam mit, wie eine Seniorin Mandy nach dem Preis für einen der wenigen hochpreisigen Engelfiguren fragte. »Kostet der immer noch 29,90 oder ist er runtergesetzt?«

Judith konnte es kaum fassen. Was dachte sich die Kundin eigentlich? Der Weihnachtsverkauf war in seiner Hochphase, da gab es keine Preissenkungen!

Die alte Dame sprach weiter. »Ich würde den Engel so gerne meiner Tochter zu Weihnachten schenken, aber 30 Euro kann ich mir nicht leisten.«

Mandy ging mit ihr zu den Engeln. »Welcher ist es denn?«

»Der mit dem silbernen Samtkleid und den Wachsflügeln.«

Mit einem schnellen Griff holte Mandy ihn aus dem Regal. »Sie haben ein unwahrscheinliches

Glück. Genau dieser wurde heute reduziert, da ist nur der neue Preis noch nicht dran. Er ist 10 Euro günstiger!«

Das gab es doch gar nicht! Judith war empört. Sie folgte den beiden zur Kasse. Da hörte sie Mandy sagen: »Wundern Sie sich nicht, Frau Mellmann, wenn ich den Normalpreis eintippe, das muss ich tun, weil der Engel im System noch nicht neu bepreist ist, Sie zahlen aber nur 19,90.«

Vor Glück strahlend überreichte sie Mandy, ihre faltige Hand zitterte leicht, einen 20 Euroschein. Die ließ die Kasse geöffnet und wartete, bis die alte Dame den Engel in ihrem Rollatorkorb verstaut hatte und langsam auf den Ausgang zuschob. Die beseelte Seniorin bemerkte in ihrer Freude und Aufregung nicht, dass sie keinen Kassenzettel erhielt.

Judith wollte ihrer Mitarbeiterin gerade wutentbrannt die Meinung geigen, als Mandy in ihre Hosentasche griff, einen Zehner hervorholte und ihn stiekum in die Kasse legte. Jetzt erst drückte sie die Lade zu.

Und die nächste Kundin schob geschäftig ihren Einkaufswagen in den Kassenbereich und begann schnell aufzupacken. Tja, dann musste die ganze Geschichte warten.

Judith war wieder einmal völlig überrascht worden. Mandy hatte diese 10 Euro schließlich nicht locker sitzen, sie würden ihr schmerzhaft fehlen. Trotzdem hatte sie der alten Dame auf unkomplizierte Weise geholfen, ohne sich strafbar zu machen.

Eine halbe Stunde später gab es kurz Luft.

»Was hast du denn da gerade mit der Seniorin

veranstaltet?«, begann Judith das Gespräch.

»Ach das ...« Mandy wurde rot. »Der korrekte Betrag ist in der Kasse«, setzte sie zu ihrer Verteidigung an.

»Ich weiß.«

»Frau Mellmann ist eine treue Stammkundin und mittlerweile fast neunzig. Sie hat aber nur eine winzige Rente, im Prinzip reicht es nur zum Überleben, mehr nicht. Sie ist schon das dritte Mal extra nur wegen diesem einen Engel gekommen. Und es geht ja alles nur sehr langsam mit Rollator und ist super anstrengend für sie. Das tut mir einfach zu leid. Und da keine andere Kundin in der Nähe war, habe ich eben zu dieser Notlüge gegriffen.«

»Schon gut. Nur lass es niemanden wissen. Wenn Fiete so was mitkriegt, würgt er dir ohne ansatzweise zu zögern in der Zentrale einen rein. Dafür gucke ich ihn mir an.«

Mandy nickte erleichtert.

In diesem Augenblick kam Ina heran und löste sie an der Kasse ab. Mandy war bereits wieder auf dem Weg Richtung Lager. »Ich fülle die Elisenlebkuchen, den Tee und die Energiebällchen auf.«

»Du bist auch ein Energiebällchen«, grinste Judith.

Mandy lachte auf. »Das gefällt mir. Energiebällchen – wie witzig!«

»Sie haben für das Wochenende Schnee angesagt«, erwähnte eine Kundin an der Kasse.

»Das habe ich schon gehört«, entgegnete Ina. »Wir haben übrigens eine tolle Handcreme im Angebot. Gerade bei der Heizungsluft trocknen ja die Hände so aus. Haben Sie die gesehen?«

»Nein! Wo?«

Indem kam Mandy mit Teenachschub zurück.

»Mandy, gibst du mir bitte kurz die Angebots-Handcreme rüber?«, rief Ina ihr zu.

Ihre Kollegin stellte den Nachschub ab und griff in das Regal. »Ja, die ist wirklich besonders gut, mit reichhaltigen Pflegestoffen und Feuchtigkeit. Ein kleiner Tipp. Cremen Sie die Hände abends großzügig ein und ziehen Sie Baumwollhandschuhe für die Nacht drüber. Am anderen Tag haben sie regelrechte Samtpfötchen. Und den Nägeln tut das Ganze auch gut. Wissen Sie, ich mache das immer über die Nachtstunden, weil mir tagsüber einfach die Zeit dafür fehlt.«

»Genau!«, setzte Ina noch bestimmend hinzu.

»Ja toll ... danke für den Tipp. Die Creme nehme ich.« Sie stutzte. »Ich hab nur keine Baumwollhandschuhe.«

»Moment!« Mandy kniff ihr ein Auge, ging um das Regal herum und kam mit einer flachen Packung wieder. »Hier wären sie. Leicht und angenehm. Und gar nicht teuer.«

Mit vielen Dankesworten verließ eine weitere zufriedene Kundin das Geschäft.

Langsam dämmerte es Judith immer mehr, warum diese Filiale so umsatzstark war. Frau Küster hatte eine tolle Mannschaft gehabt – bis auf eine Ausnahme.

Die Vorräte des Tees waren mittlerweile bedrohlich zusammengeschrumpft.

»Bei der letzten Lieferung ist er nicht mitgekommen«, informierte Mandy ihre Chefin.

»So ein Mist! Den verkaufen wir wie geschnitten

Brot und dann das.«

»Montag früh soll er dabei sein.«

»Hoffentlich, denn wenn es wirklich Winter wird, kann es sein, dass die Anlieferungen wieder Verspätung haben. Der erste Schnee sorgt schließlich immer für Chaos auf den Straßen.«

»Ehrlich gesagt, ich freue mich total auf ein bisschen Weiß. Und am bombastischsten wäre weiße Weihnacht.«

»Das fände ich auch klasse. Aber letztes Jahr hatten wir schon grüne Weihnachtstage und erst Mitte Januar trudelten Schneewolken ein. Dann will ihn eh kein Mensch mehr.«

»Die Hoffnung stirbt zuletzt.« Mandy stellte sich ans Schaufenster. »Wie war noch gleich der Zauberspruch, um Schnee herbeizuhexen?«

Am Samstagmittag kam Mandy zur Pause in den Aufenthaltsraum.

»Nimm deine Jacke und komm mit.«

Mandy sah ihre Chefin mit großen Augen an. »Wohin?«

»Wir beide gehen jetzt auf den Weihnachtsmarkt und essen dort was.«

»Aber ...«

»Doch, ich lade dich ein.«

»Aber ...«

»Beeil dich. Wenn du noch ein bisschen rumzappelst, ist die Pause zu Ende.«

Da wurde Mandy schnell. Fröhlich schnappte sie ihre Jacke. »Das ist ja eine super Idee!« Ihre Augen strahlten.

Sie traten gerade aus dem Geschäft, da öffneten die schneelastigen Wolken ihre Schleusen und die allerersten weißen Flocken schwebten langsam zur Erde.

»Ich fasse es nicht! Ist das nicht klasse? Ich bin so was von geflasht! Da gehen wir zwei zur Pause auf den Weihnachtsmarkt und dann schneit es auch noch!« Mandy streckte ihre Hand aus und fing ein Flöckchen mit der Handfläche auf. Sie schmolz auf der Stelle weg, aber sie hatte Spaß daran. »Hast du die hübschen Eiskristalle gesehen? Es gibt so viele unterschiedliche Formen von Schneeflocken. Ich könnte die stundenlang beobachten.«

Wie sensibel sie ist, fiel Judith auf. Wenn man sie so sah, würde man das nie vermuten. Und jetzt galt es, ihr etwas Gutes zu tun. »Auf was hast du Hunger?«

»Ich würde unheimlich gerne eine Ofenkartoffel essen, mit Sour Creme oder Kräuterbutter, aber da passe ich mich dir völlig an.«

»Hey, darauf hätte ich auch Appetit.«

Der Weihnachtsmarkt war bereits gut besucht. Man merkte, es war Samstag, viele Berufstätige hatten heute frei und das kalte Wetter sorgte dafür, dass Lust auf die Winterzeit vorhanden war. Und die ersten Flocken taten ein Übriges. Die Menschen lächelten, gruppierten sich an den Futterbuden und selbst die Glühweinstände waren zur Mittagszeit schon umlagert von fröhlichen Gruppen unterschiedlichen Alters.

Obwohl die Beleuchtungen an den einzelnen Ständen eingeschaltet waren, hatte es natürlich nicht das Flair, die Dunkelheit den Lämpchen verlieh. Aber Judith empfand es als wohltuend, gemeinsam den Weihnachtsmarkt zu besuchen – und das vor allen Dingen relaxed mit einer Frau. Sie erinnerte sich an die Einladung von Herrn von Deckert. Ob sie doch ...? Nein. Besser nicht.

Der Kartoffelstand war erreicht und kurz danach verweilten sie an einem Stehtisch, die dampfende, mit Sour Creme gefüllte Kartoffel vor sich.

»Boah! Ist die lecker! Hab vielen Dank, Judith! Das ist eine tolle Mittagspause.«

»Mir schmeckt's auch. Aber ich muss meine Handschuhe rausholen, ich habe eiskalte Finger bekommen. Wo hast du denn deine?«

»Ich hab gar keine.«

»Du hast keine Handschuhe?« Judith sah Mandy ungläubig an.

»Ich hatte ein Paar aus Wolle. Aber ich bin blöderweise hängengeblieben, es gab ein irres Loch. Wer will schon damit rumlaufen? Da outet man sich ja als asozial. Dann lieber keine. Wenn ich irgendwo welche im Angebot entdecke, schlage ich zu.«

»Wenn die in den Sale kommen, ist der Winter vorbei«, prognostizierte Judith.

»Macht nichts. Die fressen ja kein Brot, sondern können warten, bis der nächste Winter kommt.«

»Judith reichte ihr einen Handschuh. »Du einen, ich einen. Die Hand ohne stecken wir in die Jackentasche, die eingepackte darf essen.«

Mandy lachte sie überrascht an. »Geile Idee!«

Danach wanderten sie zielstrebig zum Crêpes-Büdchen. »Das ist unser Dessert, was meinst du?«

Beide wählten ein Crêpe mit Zimt und Zucker.

Gutgelaunt liefen sie zur Filiale zurück.

Und wer wartete dort? Herr von Deckert!

♥ 15 ♥

»Oje«, stöhnte Judith leise auf und warf einen Blick zu Mandy.

»Da hat sich aber einer in dich verguckt, so wie der lächelt. Gut, dass der hier nicht über dich herfallen kann«, raunte Mandy und kniff dann amüsiert die Lippen zusammen, um nicht laut loszulachen.

»Ha ha! Hatte bei dir der Crêpe Witzpulver anstatt Zucker obenauf?«

Nun waren sie nahe an dem wartenden Kunden, der nur Augen für Judith hatte und deshalb setzte sie ihr freundliches Lächeln auf. »Moin, Herr von Deckert.«

Mandy grüßte auch und schoss Richtung Aufenthaltsraum.

»Mir wurde gesagt, Sie sind in der Pause und kommen in Kürze zurück, daher habe ich gewartet«, äußerte er. »Ich brauche Beratung. Ich möchte meiner Schwester ein schönes Duschgel schenken, weiß jedoch nicht, welchen Duft ich wählen soll.«

»Aber meine Mitarbeiterinnen hätten Sie genauso

kompetent beraten können, das kann ich Ihnen versichern.«

»Ich wollte mich allein auf Ihren Geschmack verlassen«, schmetterte Herr von Deckert ihren Einwand gekonnt ab.

Nun war Judith, noch in Winterjacke, in ihrem Element. Sie zeigte ihm verschiedene Winterduschgele. »Schauen Sie, hier ist eins mit Orange und Sternanis, dieses hier nennt sich Cinnamon. Ich persönlich mag den leichten Hauch nach Zimt sehr. Es vermittelt das Gefühl von Wärme, finde ich.«

»Das passt, meine Schwester ist eine Frostbeule.«

»Aber ...«, Judith wechselte den Standort und Herr von Deckert folgte ihr zu gerne, »hier haben wir Geschenkpackungen. Diese Sets bieten gleich zwei unterschiedliche Duschgels. Da muss man sich nicht entscheiden. Und hier«, sie deutete auf eine größere Box, »gibt es sie sogar noch mit einem Zusatzgeschenk, wie einer Duftkerze oder einem Duschschwamm.«

»Oh ja, das scheint mir das Richtige.« Er griff zu einem winterlichen Umkarton, der einen Naturschwamm enthielt.

Plötzlich erschien Mandy an der Tür des Aufenthaltsraumes. »Chefin? Telefon.«

Judith sah Herrn von Deckert in die schönen dunklen, sie fast verheißungsvoll ansehenden Augen. Warum haben diese Sorte Männer immer so herrlich schwarze, lange und gebogene Wimpern, fragte sie sich. Unsereiner muss zu einer Wimpernzange, mindestens zwei Lagen Tusche oder gar zu falschen Wimpern greifen.

»Gehen Sie nur.« Herr von Deckert lächelte sie an.

»Sie entschuldigen mich? Ich denke, Sie kommen zurecht?«

»Natürlich. Haben Sie vielen Dank.« Er legte ganz leicht und sehr kurz seine Hand an ihren Oberarm. Es wirkte nicht übergriffig, sondern einfach nur nett.

Gefühlsmäßig durchaus erstaunt und gleichermaßen verwirrt, lief sie in den Aufenthaltsraum, wo Mandy schon wartete und direkt die Tür hinter ihr schloss.

Irritiert sah Judith auf das schlummernde Telefon. »Wer war denn dran? Konnte derjenige nicht den Moment warten?«

»Es hat keiner angerufen. Ich weiß ja, dass dich der von Deckert nur unter Vorwand festgehalten hat und ich wollte dich retten.« Sie schlug sich amüsiert auf den Oberschenkel. »Ich lach mich scheckig! Als würde der, so reich wie er ist, Duschgel für seine Schwester bei einer normalen Drogeriemarktkette kaufen! Todsicher verschwindet der dafür in einer der exklusiven Parfümerien unserer Stadt, um ordentlich Geld zu Weihnachten für sie auszugeben.«

Tja. Damit hatte Mandy wohl recht. Sie war in ihrer Freude gar nicht auf diesen Gedanken gekommen, da sie ihm eine Auswahl ihrer hübschen Drogerieprodukte anbieten konnte, die sie auch selbst verwendete. Peinlich!

»Das ist schon klar«, sagte sie, allerdings ein klein wenig lahm, »aber ich muss ihm ja etwas empfehlen.«

»Logo. Ich hab mir gedacht, ich rette dich, weil ich eben weiß ..., ich meine, wenn du das nicht willst, rausch schnell wieder raus.«

»Nee«, lachte Judith nun breit. »Im Gegenteil. Ich

bleibe jetzt noch hier.« Dabei zog sie sich die Jacke aus, konnte ihre Neugier aber doch nicht verbergen. »Geh du bitte ins Geschäft und schau, ob der tatsächlich was kauft.«

Zehn Minuten später, Judith hatte in dieser Zeit noch einige notwendige administrative Arbeiten am PC erledigt, stand sie wieder im Verkaufsraum.

Mandy, die erst schaute, wo sich Fiete aufhielt und sicher war, er bekam kein Wortkrümelchen mit, kam mit einer Packung Kindernahrung in den Händen zu ihr. Nun sah es so aus, als sprachen sie darüber, das jedenfalls konnte sie Fietes Blick entnehmen. Er argwöhnte nichts.

»Du, der hat tatsächlich die Box mit dem Zimt-Duschgel und Schwamm gekauft.«

»Yes! Ich besitze schon echtes Verkaufstalent, was?«, scherzte Judith, und legte sich grinsend eine Hand ans Herz.

»Und wie! Der benutzt das jetzt bestimmt selbst.« Mandy lachte los.

Pünktlich zum Feierabend war es dann so weit. Die letzte Packung Wintertee lief kurz vor Schließung über das Kassenband.

»Wie gut, dass Montag der Nachschub kommt«, meinte Judith mit Erleichterung, nicht wissend, dass der Wochenbeginn eine unangenehme Überraschung bringen würde, die ihr ein gutes Nervenkostüm abverlangte.

»Was zappelst du so rum?«, fragte sie Mandy, die mehrfach verstohlen auf ihre Armbanduhr geschielt hatte.

»Mein Mann holt mich heute ab, da will ich pünktlich raus, weil er die Zwillinge im Auto hat.«

»Dann saus los.«

»Nein. Ich warte wie immer auf dich.«

Judith beeilte sich. Vor dem Geschäft stand ein Wagen mit eingeschaltetem Licht.

»Da ist er«, hauchte Mandy aufgeregt und ihre Augen leuchteten. Na, wenn das nicht Liebe ist – und Judith beneidete ihre Mitarbeiterin ein ganz klein bisschen.

»Komm«, Mandy zog Judith an der Hand, »ich stelle dir meinen Mann vor.«

In diesem Augenblick stieg er aus. Hundertprozent stimmte Mandys Beschreibung. Typ Fernfahrer. Groß und kräftig, blond mit rötlichem Einschlag, welliges Haar, Dreitagebart. Über der Blue Jeans trug er offen eine schwarze Jacke, sodass man sein T-Shirt mit dem Druck eines Wolfskopfes sehen konnte. Bei ihm würden Tattoos glatt fehlen, wenn er sie nicht hätte!

Nun verstand sie, was Mandy meinte, als sie erzählte, ihr Mann sei genau das Gegenteil von Herrn von Deckert.

Aber sein Händedruck und sein sympathisches Lächeln nahmen Judith umgehend für ihn ein. Sanft schloss er die Tür des Autos.

»Die beiden sind gerade eingeschlafen«, sagte er leise und liebevoll.

Oh, ein spezieller Typ von Mann. Raue Schale, weicher Kern. Kein Wunder, dass Mandy sich in ihn verliebt hatte.

Sie machten ein paar Sätze nette Konversation, dann verabschiedete sich Judith, nachdem sie durch das Fenster die schlafenden Zwillinge bestaunt hatte, und wünschte der kleinen Familie ein schönes, möglichst erholsames Wochenende.

Sie kannte nun hier in Hamburg zwei Menschen, die das Herz am rechten Fleck hatten.

Als sie in die Tiefgarage fuhr, fehlte Marwins Auto immer noch. Ach ja, er war bis morgen Abend nicht da! Das Seminar.

Mit Erstaunen stellte sie fest, dass es ein komisches Empfinden in ihr erzeugte. Seltsamerweise bedeutete seine Anwesenheit ein Stockwerk höher ein Gefühl von Sicherheit, obwohl das natürlich Blödsinn war.

Sie war froh, als sie in ihrer Wohnung war und schaltete Festbeleuchtung ein. Obschon sie mittags unüblich gut gegessen hatte, machte sich Hunger bemerkbar. Sie schaute in ihren Tiefkühlschrank und fand eine Gemüse-Lasagne. Die durfte es sein. Jetzt hieß es nur noch, vierzig Minuten warten.

In der Zwischenzeit fuhr sie ihren Laptop hoch, goss sich ein Glas Wein ein und rief die Webseite von Immobilien von Deckert auf. Das Bild, was sie sich über Mandys Handy schon gemacht hatte, bestätigte sich. Es war eine fundiert aufgebaute Seite, die sie mit allen Informationen rund um die Anmietung oder die zum Kauf stehenden Immobilien versorgte. Kein *Für weitere Infos nehmen Sie bitte Kontakt mit uns auf* sorgte für Unmut. Das hasste sie nämlich.

Die meisten seiner Häuser und Wohnungen lagen im oberen Preisbereich, aber es gab auch, das war deutlich zu erkennen, mit Sorgfalt ausgewählte Wohnungen, die erschwinglich für sie selbst wären. Sollte sie hier ausziehen müssen, wüsste sie nun, an wen sie sich wenden könnte.

Natalie hatte von seinem öffentlichen Facebook-

Profil gesprochen. Neugierig loggte sie sich bei Facebook ein. Bejo von Deckert, tippte sie. Hier sah sie den weltmännischen Makler von einer ungewohnt anderen Seite, im Jeans und T-Shirt Freizeitlook. Trotzdem umwaberte ihn irgendetwas Elegantes, Gehobenes. Ob es an seiner Frisur lag oder seinem gleichmäßig schönen Teint? Er wirkte sogar in seinem privaten Bereich perfekt. Einfach perfekt, wie aus dem Ei gepellt, als wäre er nie zu spät in die Heia gekommen oder mal etwas schneller gelaufen. Waren Windböen ihm fremd oder teilten die sich vor ihm, um den Hintermann umso heftiger in die Mangel zu nehmen? Völlige Makellosigkeit. Gab es das? Klar, sie hatte es hier vor Augen.

Ging der so abends schlafen? Und wachte er genauso morgens auf? Das machte ihr eher Angst und sorgte für Komplexe.

Stolperte sie früh aus ihrem Bett, standen ihre Haare in alle Richtungen, sie fühlte sich zerknautscht und ein Blick in den Spiegel vermied sie tunlichst bis nach dem ersten Kaffee.

Sie war schließlich der Typ, der privat am liebsten ungeschminkt in einer bequemen Freizeithose mit übergroßem Shirt darüber herumlief. Eben locker und relaxed. Das war ihre Devise. Bei allem anderen würde sie sich verbiegen.

Und sie wuschelte einem Partner zugegeben gern durchs Haar. Bei ihm? Eine schöne Kissenschlacht im Bett oder ein bisschen Geraufe auf der Couch? Unvorstellbar!

Nicht eines der zahlreichen Fotos zeigte einen einzigen, winzigen Ansatzpunkt von Alltagsnormalität. Seine Hosen, seine Shirts, alles schien neu, wie soeben in einer Designboutique erstanden und er wie für Fotos gestylt, obwohl es offensichtlich nicht so war.

Tja, solche Menschen gab es. Sie gehörte nicht in diese Kategorie. Sich mit ihm treffen – nein. Sie stände somit unter einem enormen Druck, dem sie weder standhalten konnte noch wollte.

Ihr Ofen signalisierte ihr die heiße, verzehrfertige Lasagne. Sie balancierte die dampfende Fracht vor den Fernseher und holte ihr Glas Wein dazu.

Sie streamte einen Krimi, bekam aber das Ende nicht mehr mit, denn sie schlief auf der Couch ein. Später wechselte sie ins Bett, nachdem sie vorher im Bad eine Katzenwäsche hinter sich gebracht hatte. Sie konnte ja am anderen Morgen ausschlafen und sich mal wieder ein bisschen Schönheitspflege gönnen.

Das tat sie auch und machte sich danach schick für das Treffen mit Frank. Der Blick in den Spiegel ließ sie ein zufriedenes »Ja!« hauchen.

Was erwartete sie von dem heutigen Tag? Sie wusste es nicht, doch je näher die Zeit rückte, desto aufgeregter wurde sie.

Als der Zeiger ihrer Küchenuhr die Zahl zwei erreichte, klingelte es.

♥ 16 ♥

Judith drückte den Türöffner und hörte schnelle Schritte das Treppenhaus hochkommen.

Er erreichte sie mit einem Lächeln. Sie hatte ihn ja nur einmal gesehen und konnte sich, ehrlich gesagt, gar nicht mehr richtig erinnern. Aber ja, das war er, so wie sie ihn kennengelernt hatte.

»Hey, Judith, fertig?«

»Bin ich.« Sie griff fix ihre Handtasche, in ihre Wohnung wollte sie ihn nicht bitten, obwohl er ein Freund Marwins war. Die Winterjacke hatte sie beim Klingeln schon übergestreift und den Schal um den Hals geschlungen. Auch in ihre warmen Winterstiefel war sie bereits geschlüpft.

Er hatte seinen Wagen ein Stückchen die Straße runter geparkt, denn am Sonntag waren die meisten Anwohner zu Hause und freie Parkplätze somit rar.

Sie stapften durch die frische Schneeschicht, die über Nacht noch gefallen war.

»Ich mag es unheimlich gerne, wenn der Schnee unter den Schuhen leise knirscht«, gestand Judith und es bildeten sich Atemwölkchen bei ihr.

»Ich mag das ebenfalls.« Frank blieb stehen. »Halt! Hier sind wir.« Er öffnete ihr die Tür eines Wagens der gehobenen Klasse.

»Schönes Auto.«

»Finde ich auch«, griente er. »Darauf habe ich länger gespart. Den wollte ich schon immer.«

»Was machst du beruflich?«, fragte Judith.

»Ich bin Zahntechniker.«

»Auaha.«

»Nee, das ist ziemlich spannend. Ich liebe die Feinarbeiten. Man braucht ein Händchen dafür und ein wenig technisches Verständnis. Einen anderen Job kann ich mir gar nicht vorstellen.«

»Jedenfalls könnte ich dir aus unserem Sortiment eine gute Zahnpasta empfehlen«, kicherte Judith, fast ein bisschen albern, aber Frank fand den Witz gut.

So gab es während der Fahrt ein lustiges Geplänkel. Und letztendlich hatten sie ihr Ziel erreicht. »Jetzt habe ich mir den Weg nicht gemerkt. Ach egal«, meinte sie, »es gibt schließlich Navis.«

Frank fuhr in die Reeperbahn-Garagen. »Wir können nachher noch über den Kiez laufen, wenn du Lust hast. Es gibt einige gute Bars und Clubs, die ich dir gerne zeige.«

»Ich weiß nicht ...«, Judith wurde zögerlich, »ich muss morgen zeitig raus, die Nacht durchmachen kann ich nicht.«

»Aaach ..., wir können immer noch entscheiden, erst genießen wir das tolle Musical.« Frank parkte ein und sprang energiegeladen aus dem Wagen. »Wir haben ja noch Zeit. Ich lade dich auf einen Kaffee und ein Stückchen Kuchen ein.«

Das nahm Judith gern an. Obwohl der Weg nicht weit war, war sie froh, ins Warme zu kommen. Die Kälte war schneidend geworden und sicherlich würde es auch glatt diese Nacht. Hoffentlich war Frank ein dem Wetter angepasster Autofahrer. Da hatte sie in jüngeren Jahren schon unangenehm anderes erlebt.

Sie bestellten Kaffee und Torte und Judith genoss jeden Bissen. Es war das erste Date seit John. War es überhaupt ein Date oder eher doch nur so etwas wie ein freundschaftliches Treffen?

Frank war ein echter Entertainer und für sein Alter – er hatte im Gespräch erwähnt, er feiere im nächsten Jahr seinen vierzigsten Geburtstag – sehr jugendlich unterwegs. Er sah nicht nur aus wie Ende zwanzig, er verhielt sich auch so. Sie hatten jede Menge Spaß, lachten viel und wanderten später zum Stage Operettenhaus.

»Eine Stadt im Schneegewand sieht immer wie verwandelt aus, nicht wahr?« Aus dem Schnee auf einer Balustrade formte Frank einen Schneeball und warf ihn spielerisch zu Judith, die ihn sogar fing, um ihn dann mit Schmackes zurückzudonnern. Er traf den verdatterten Frank voll ins Gesicht und obwohl sie sich entschuldigte, konnte sie nicht verhindern, dass sie sich schlapplachte.

Das ausverkaufte Musical entpuppte sich als rasantes, mitreißendes und umwerfendes Spektakel mit hervorragenden Sängern und Tänzern.

Ganz bewusst hatte Judith das Programm nicht gelesen, in der Hoffnung, Pia und Lutz zu erkennen. Aber sie musste passen und so las sie in der Pause nach, hinter welchen Personen sich die beiden versteckten. Ihre volle Aufmerksamkeit galt nun den zwei Darstellern. Das Publikum wurde von der guten Laune des Ensembles angesteckt und auch Judith und Frank sangen mit und klatschten sich später die Hände wund.

Zwischendurch legte Frank einmal die Hand um Judiths Schulter, doch sie wusste geschickt, diese von dort wieder zu entfernen.

In der Pause organisierte Frank ein Glas Sekt für sie, er selbst trank eine Cola. Das gefiel Judith, zeigte es ihr Verantwortungsbewusstsein. Da sie außer dem Stück Torte nichts mehr gegessen hatte, hinterließ der Sekt ein bisschen Wirkung und sie erlebte den zweiten Teil der Show etwas intensiver als vorher.

Frank machte ihr nach dem Musical erneut den Vorschlag, in eine angesagte Bar auf den Kiez zu gehen.

»Es muss ja nicht lange sein. Nur so lernst du eine interessante Seite von Hamburg kennen.«

Doch Judith sah auf ihre Armbanduhr und verneinte. »Du, ein andermal vielleicht, nicht heute.«

Frank versuchte sie zu überreden. »Ach komm, nur ein Stündchen.«

»Bringst du mich bitte nach Hause?«

»Schade. Aber wir holen das nach, ja?«

Sie nickte. Ob sie Frank allerdings wiedersehen wollte? Sie war sich keineswegs im Klaren.

Es war deutlich, er war an ihr interessiert. Darüber wollte sie in Ruhe nachdenken. Und wenn man über eine mögliche Beziehung erst nachdenken musste, würde es keine oder nur eine halbe ... oder wie auch immer. Entweder war der Blitz da oder ein langsam aufkeimendes, aber prickelndes Gefühl. Hier fehlte das Eine wie das Andere.

Sie machte einen Rückzieher. »Ich habe in der nächsten Zeit unheimlich zu tun. Das Weihnachtsgeschäft ist das Wichtigste des Jahres und da heißt es vollen Einsatz geben. Abends bin ich einfach zu müde. Da geht dann nicht mehr viel.«

»Ach Quatsch, ich munter dich auf.«

»Wir können ja whatsappen.«

Damit schien Frank zufrieden. »Das ist ein Wort.«

Die Nacht präsentierte sich eisig, ein schneidender Wind pfiff und Judith zog sich den Schal enger um den Hals. »Jetzt ist es wirklich Winter geworden.«

»Ich könnte dich wärmen ...« Er blinzelte sie liebevoll an.

»Frank!«

»Schon gut. Ich mache langsam.«

Obwohl sie das Terrain ernsthaft abstecken wollte, musste sie kichern.

»So gefällst du mir«, meinte Frank hoffnungsfroh und ehe sie sich versah, gab er ihr einen zarten Kuss auf die Wange. »Komm, fahren wir in aller Freundschaft nach Hause.« Er nahm sie um die Schulter und dem hatte Judith nichts entgegenzusetzen.

Sie konnte nicht ahnen, dass er sich fest vorgenommen hatte, bei ihr mindestens noch einen Tee zu trinken. Gelegenheit macht Diebe ...

Doch dazu sollte es nicht kommen.

Sie fuhren aus den Reeperbahn-Garagen und mussten an der nächsten Ampel, die soeben auf Rot umschlug, anhalten, als Franks Auto ausging.

»Hä?«, war sein erstaunter Kommentar. »Dem ist

wohl kalt.«

Selbstverständlich versuchte er, den Wagen erneut zu starten. Der jedoch sagte keinen Mucks.

»Das gibt es doch gar nicht!« Hinter ihm hupte es. »Blödmänner!«, schimpfte er, öffnete das Fenster, streckte die Hand hinaus und winkte die Autos vorbei. »Säuft der einfach so ab!« Verwirrt probierte er es weiter. Aber er musste aufgeben, denn es tat sich schlichtweg nichts mehr.

Mit Wut haute er auf das Lenkrad. »Oh fuck ey!«

Einen Moment überlegte er, dann zog er sein Handy hervor und rief den Abschleppdienst.

Allerdings stand der Wagen immer noch auf einer Fahrspur. »Ich versuche, ihn an den Rand zu schieben.«

»Ich helfe dir.« Judith schnallte sich ab.

»Nee, bleib sitzen. Das ist Männerarbeit.«

»Wie komme ich mir denn dann vor? Nee, das geht gar nicht.«

Eilig sprang sie aus dem Auto und gemeinsam schoben sie, wobei sie auf der glatten Straße mehrfach ausrutschten, den bösen Verweigerer zum Randstreifen.

»Ich rufe dir jetzt ein Taxi.« Schon suchte Frank im Netz nach einem Taxiunternehmen.

Judith drückte ihm das Handy runter. »Nix da. Mitgefangen, mitgehangen. So einfach ist das. Ich warte natürlich hier mit dir.«

»Das brauchst du wirklich nicht.«

»Will ich aber.«

Ihre Wartezeit betrug nicht viel mehr als eine Viertelstunde, nichtsdestotrotz war beiden elend kalt geworden. Sie stampften mit den Beinen immer wieder auf den Boden und rieben sich ihre behandschuhten Hände. Die Kälte jedoch erwies sich als erbarmungslos und fraß sich unter die Kleidung. Als der Abschleppdienst eintraf, ging alles recht schnell – und schon waren sie zu Fußgängern mutiert.

Nun bestellte Frank ein Taxi, das erst Judith nach Hause brachte und danach ihn.

»Schlaf gut.« Frank wollte ihr zum Abschied einen Kuss auf den Mund geben, aber sie hielt ihm geschickt die Wange hin. »Danke für die Einladung.« Ohne weiteres Zögern stieg sie aus.

Mit einer gewissen Erleichterung, dass er aufgrund der Situation nicht mit zu ihr hochkam, enterte sie ihre Wohnung. Noch in der Jacke setzte sie den Wasserkocher in Gang, dann erst hängte sie die Winterjacke und den Schal an die Garderobe. Schnell holte sie sich die dicksten Socken, die ihr Schrank bevorratete und mittlerweile kochte auch das Wasser. Sie goss sich einen Wintertee auf. Das volle Aroma zog weihnachtlich durch die Küche.

Herrlich! Den würden sie vor dem Fest noch hundertfach verkaufen können.

Nichtsahnend, was sie am Montagmorgen in der Filiale erwarten sollte, kuschelte sie sich in ihr Bett.

♥ 17 ♥

Auf dem Weg zur Filiale am kommenden Tag grübelte Judith über den Abend mit Frank nach.
Er war sehr an ihr interessiert, das war deutlich zu spüren. Sie konnte seine Gefühle allerdings nicht erwidern. Auch heute stellte sich bei dem Gedanken an ihn kein Kribbeln ein, eher so etwas wie Freundschaft.

Woran lag es? Er war ein Kindskopf. Klar war es schön mit ihm gewesen, aber er war ihr eine Spur zu albern, obwohl sie viel mitgelacht hatte. Sie brauchte einen Partner auf Augenhöhe, mit dem sie nicht nur lachen, sondern zudem schwierigere Themen besprechen konnte. Dafür hatte Frank keinerlei Sinn.

»Geh mir weg mit Problemen. Wenn ich keine habe, will ich auch keine Weltprobleme diskutieren«, hatte er gesagt. »Ich finde, man muss die eigene kleine Welt nicht komplizierter machen, als sie ist. Ich möchte mein Leben leben und basta.«

Das Thema Umwelt war nicht seins. Er hatte mit

verantwortlichem Handeln in Bezug auf Mülltrennung und Plastikvermeidung nichts am Hut. »Das Wenige, was ich verbrauche ... andere halten sich auch nicht daran.«

»Aber im Kleinen fängt es an, positiver zu werden. Wenn jeder sich ein bisschen bemüht und versucht, Müll oder Plastik zu vermeiden, die Energien besser zu nutzen, Wasser zu sparen und ...«

»Du, Judith«, hatte er gesagt und sie dabei süffisant angesehen, »mich interessiert das nervige Gequake um Ressourcen und Einsparungen überhaupt nicht. Die betrügen uns sowieso alle.«

Sie hatte es aufgegeben. Für sie war ein verantwortliches Leben selbstverständlich. Und ein Mann sollte diese Grundzüge auch aufweisen.

Da sie zeitiger als sonst in der Filiale eintraf, sie hatte mit problematischerem Verkehr bei diesem Winterwetter gerechnet, schrieb sie Marwin eine WhatsApp.

Schön, dass du wieder zurück bist. Hab deinen Wagen in der Tiefgarage gesehen. Meine Einladung zum Essen steht noch aus. Soll ich heute Abend eine Ofenkartoffel und Spieße vom Weihnachtsmarkt mitbringen?

Wahrscheinlich schlief er länger und las erst später, deshalb steckte sie das Handy weg. Doch kurz danach vermeldete es eine Nachricht.

Hört sich gut an. Aber wir machen das anders. Ich hole dich vom Geschäft ab und wir gehen auf den Weihnachtsmarkt. Wann?

Ups! Warum nicht. Dann konnte sie wenigstens das Ende des Abends selbst bestimmen. Wäre er zu Besuch, hätte sie den Ausklang weniger in der Hand. So tippte sie die Zusage.

Super Idee! Ein Glück, dass ich meinen dicken Schal mitgenommen habe.

Sie schrieb ihm ihre Feierabendzeit und schickte die Message ab. Ein lachendes Smiley kam zurück. So startete sie mit guter Laune in ihren Arbeitstag.

Für ihre Mittagspause nahm sie sich vor, mit Natalie zu telefonieren. Sie war mittlerweile wieder daheim und Judith wollte sie in den kommenden Tagen auf einen Sprung besuchen.

Mandy erschien und rief gutgelaunt »Mohoiiin!«

»War dein Wochenende gut?« Judith betrachtete ihre Mitarbeiterin, die voller Elan steckte.

»Oh ja! Gestern haben Oma und Opa übernommen und wir hatten seit mehreren Wochen mal wieder ein paar Stunden für uns. Es war herrlich! Man kann ja unbesorgt sein, weil man die zwei gut versorgt weiß. Aber der Witz ist, schon nach kurzer Zeit haben wir die Kleinen vermisst und sie später mit Sehnsucht abgeholt.« Mandy grinste.

Judith lächelte, verstehen konnte sie das nicht. Vermutlich kapiere ich es, wenn ich auch irgendwann Nachwuchs habe. Und sie erschrak. Werde ich überhaupt jemals Kinder haben? John sollte der Vater sein ... vorbei! Judith drehte sich zur Kaffeemaschine. »Du bist eben eine liebende Mami. Wir zwei gönnen uns nun in aller Ruhe einen Kaffee.« Sie griff die beiden persönlichen Tassen und füllte sie. Mandy nahm ihre dankbar entgegen.

»Weißt du, was wir auch gemacht haben? Einen Weihnachtsbaum geholt.«

»Jetzt schon?«

»Ich liebe die Zeit vor Weihnachten, da sind alle voller Vorfreude auf das Fest. Und ich sitze abends zu gerne im Kerzenschein des Baumes beim Essen oder Fernsehen. Ich finde, das ist eine so schöne Atmosphäre. Nach Weihnachten beziehungsweise ab Silvester wird alles auf Anfang gesetzt, Anlauf auf das neue Jahr genommen, man kommt automatisch wieder in Hektik und die gemütliche Stimmung ist, tja leider, schnell verpufft.«

»Sag jetzt nicht, du hast gestern bereits den Christbaum geschmückt?«

Mandy kicherte. »Natürlich. Und wir hatten jede Menge Spaß dabei. Das Einsetzen der Kette macht ja mein Mann. Da gibt es bei uns immer Reibereien. Er setzt die manchmal so rein, dass ich mir die Haare raufen könnte, nicht in gleichmäßigen Abständen und manche Lichter gucken sogar nach unten, aber er findet das dann glatt schön. Und kritisiere ich das, ist er beleidigt.«

Judith lächelte in sich hinein. Mit John war es genauso gewesen. Hinterher hatten sie gemeinsam vor dem dekorierten Baum gestanden und fanden ihn einfach nur den Hammer.

»Und weißt du was?«, hörte sie Mandy weitersprechen. »Ist der Christbaum geschmückt, sind wir beide begeistert und ich bekomme einen Sekt. Ich liebe meinen Mann.«

»Gibt es eigentlich was an ihm, dass dich total nervt?«, fragte Judith neugierig.

»Und ob. Sein Getue mit der Spülmaschine. Ich räume sie ein und er räumt sie um. Ich hasse das!

Packe ich da was rein, ist es vernünftig drin. Nein, er muss es anders reinstellen, und wenn er es nur um einen Zentimeter verrückt. Das regt mich tierisch auf.«

Weitere Besonderheiten von Mandys Beziehung blieben jedoch im Dunkeln, denn Halbtagskraft Uta traf ein und kurz danach auch Fiete. Der kam jetzt immer erst knapp vor Öffnung des Geschäftes, da er das Fenster nicht mehr öffnen durfte und somit seine Zigarette woanders smoken musste.

»Bin ich froh«, raunte Uta Mandy zu, »dass der morgen seinen freien Tag hat. Der geht mir so was von auf den Senkel. Ewig steht er hinter mir und schaut, wie ich was mache. Aber anstatt dass er mir bei den schweren Kisten hilft, weiß er nur alles mit dem Maul besser.«

»Er hat sich eben kein Stück geändert, seitdem Judith hier ist. Im Gegenteil, ich bin überzeugt, er macht das extra, um ihr zu zeigen, dass er ein Mann ist und sich von ihr nichts sagen lässt.«

»Ein Hampelmann ist das! Gestern hat er übrigens wieder im Lager geraucht.«

»Schade, dass ich das nicht mitbekommen habe«, bedauerte Mandy, »ich hätte ihn an Judith verpfiffen. Ich warte ehrlich gesagt nur auf den großen Knall. Obwohl, früh morgens raucht er hier nicht mehr.«

»Stimmt. Trotzdem macht der fast genauso weiter wie bei Frau Küster. Wahrscheinlich meint er, er sei save.«

»Der ist nicht sicher! Hoffe ich jedenfalls.« Mandy klatschte in die Hände. »Auf in den neuen Tag. Gleich muss auch der Lkw mit dem Nachschub hier sein.« Sie hatte den Tee im Kopf, der unbedingt aufgefüllt werden musste. Alle Packungen ratzekahl weggekauft.

Komisch, da kristallisierte sich plötzlich ein Produkt als Renner heraus, auf den niemand einen Pfifferling gesetzt hätte. In diesem Jahr war es der Wintertee. Aber er hatte es verdient, so gut wie er duftete und schmeckte.

Kaum war die Filiale geöffnet, kamen mehrere Kunden herein, die schon vor der Tür gewartet hatten.

Und der Problemtag sollte beginnen!

Der Lkw ließ auf sich warten, die erste Kundin war enttäuscht. »Ich bin extra wegen dem Tee hergekommen.«

»Wir erwarten die Lieferung jeden Augenblick«, beruhigte Judith. »Das Wetter ist einfach höhere Gewalt, da haben wir alle keinen Einfluss drauf.«

»Leider habe ich einen Termin. Ich komme morgen noch einmal rein.«

»Dann steht er hier.«

Mit erheblicher Verspätung traf der Lkw ein. Der Fahrer berichtete von einem Stau aufgrund eines Auffahrunfalls. Er beeilte sich mit dem Entladen, denn er war heftig in Zeitverzug.

Und wie konnte es anders sein, der Tee war natürlich zuerst verladen worden und sie mussten warten, bis er als Letztes vom Fahrer aus dem Auflieger gezogen wurde.

Mandy machte sich sofort geschäftig an die Arbeit und entfernte die Folienhaube von zwei Paletten.

»Nee, Mandy, lass! Komm, ich brauche dich vorne im Laden. Auspacken soll Fiete! Den kommandiere ich jetzt ins Lager ab«, bestimmte Judith und fing sich dafür einen skeptischen Blick von Mandy ein.

Fiete hätte Judith und Mandy killen können, aber er trollte sich auf Anweisung ins Lager.

»Siehste, geht doch!«, grinste Judith und kniff Mandy ein Auge.

Sie hatten kaum ihre Arbeit wieder aufgenommen, da schrillte der Feueralarm im Lager los.

♥ 18 ♥

Judith fuhr der Schreck in die Glieder und sie setzte sich Richtung Lager in Bewegung, etwas gemäßigter, als sie eigentlich fühlte laufen zu müssen, aber einige Kunden schauten bereits verschreckt genug.

»Sicherlich ein Fehlalarm«, beruhigte sie eine ältere Dame. »Das passiert schon mal mit der modernen Technik.«

Mandy folgte ihr.

Beim Öffnen der Tür wurde das vollständige Debakel deutlich. Die Sprinkleranlage hatte Rauch als Gefährdung angesehen und ihre konzentrierte Arbeit begonnen.

Und Fiete, der wohl gerade aus dem Lager flüchten wollte, stand nass wie ein Pudel vor ihnen, die Kippe in der Hand.

»In mein Büro! Aber pronto!«, donnerte Judith ihn an und während sie gleich um zehn Zentimeter wuchs, schien Fiete um diese zu schrumpfen.

Sie selbst hechtete vor ihm los. Da jedoch die Minute, einen Fehlalarm zu melden, bereits verstrichen war, ging der Alarm unverzüglich zur nahegelegenen Feuerwache. Und die Feuerwehr rückte nun im Höllentempo an, das hörten sie an den sich schnell nähernden Sirenen.

Mit zurückgehaltener Wut und möglichst ruhiger, aber drohender Stimme gab sie ihm einen verbalen Einlauf. »*Das* war die Krönung. *Das* hast du nicht umsonst getan. Und *das* bedeutet dein Aus in diesem Unternehmen. *Das* schwöre ich dir. Wenn ich könnte, wie ich wollte, würde ich dich jetzt draußen in die Kälte stellen, damit du dort zur Eissäule erstarrst und festfrierst!«

Fiete sagte nichts, sondern tropfte weiter.

»Sieh zu, dass du meinen Büro-Boden hier trocken kriegst!«, herrschte sie ihn an und sauste dann in die Filiale.

Sie traf alles geordnet vor – dank Mandy. Sie hatte die Kundschaft in den Kassenbereich gebeten und beruhigt. Diejenigen, die ihren Einkauf schon erledigt hatten, kassierte Uta ab. Einige hatten bereits angstvoll in Eile das Geschäft verlassen, mehrere Kundinnen blieben natürlich neugierig im Eingangsbereich stehen.

Und auch draußen hatte sich eine Traube gebildet. Am frühen Morgen war hier richtig was los – hey, wann sah man sonst so ein Aufgebot von Feuerwehrwagen anrauschen?

Wenig später war alles geklärt. Die Feuerwehr rückte ab, die kleine Menschenmenge vor den Fenstern löste sich auf. Die Kundinnen, die gewartet hatten, tätigten ihre Einkäufe und neue kamen ins Geschäft.

Lediglich Uta rang der Situation etwas Schönes ab. Mit verklärten Augen meinte sie schwärmerisch:

»Habt ihr diese Feuerwehrmänner gesehen? Wow! Was für Kerle!«

Mandy fand das wohl witzig, denn sie kicherte. Judith jedoch schlug sich die Hand vor die Stirn, während sie zurück in ihr Büro stapfte. Nur die Wasserlache erwartete sie, Fiete hingegen war verschwunden.

Das Arschloch hat es nicht aufgewischt, ärgerte sie sich und wechselte in den Aufenthaltsraum. Da saß Fiete, vor sich eine dampfende Tasse und meinte völlig unreflektiert: »Mir war so kalt, ich brauchte erst einmal einen heißen Kaffee.«

Für diese Unverfrorenheit hätte Judith ihn am liebsten geohrfeigt. Sie beherrschte sich nur mühsam. »Zieh dich an und geh nach Hause.«

Mit Unverständnis sah er sie an.

»Hast du mich nicht verstanden? Hau ab!« Sie trat vor, nahm ihm die Tasse weg und schüttete den Inhalt ins Spülbecken. »Aus – meinen – Augen!« Ihre ausgestreckte Hand zeigte auf die Tür.

Vor sich hinmaulend, zog er seine Jacke aus dem Spind und warf sie über die nassen Klamotten. »Ich hole mir ja den Tod draußen!«, schimpfte er sie an und blieb wie provozierend stehen.

»Den hast du dir hier schon selbst geholt. Du brauchst nicht wiederkommen.« Sie öffnete die Verbindungstür zum Laden und rief Mandy, die nahe bei den Haushaltsprodukten stand. »Ich möchte, dass du Zeugin bist.« Judith drehte sich wieder zu Fiete. »Du hast, obwohl ich es dir mehrfach untersagt habe, geraucht. Nicht nur hier im Aufenthaltsraum, sondern als Krönung sogar im Lager. Du bist fristlos entlassen.«

Fiete riss vor Schreck die Augen auf. »Es tut mir

ja auch leid.« Ansehen konnte man ihm die Reue aber nicht.

»Verschwinde, Fiete. Ich begleite dich ein Stück.« Und tatsächlich ging sie neben ihm her, bis er vor dem Geschäft stand.

»Wage es nicht, hier noch einmal eine einzige Zehe reinzusetzen!«, zischte sie ihn an.

In der Zwischenzeit war Halbtagskraft Ina eingetroffen und Judith nordete sie und Uta ein. »Übernehmt ihr bitte für ein paar Minuten hier. Mandy und ich verschaffen uns eben einen Überblick im Lager.«

Da dieses Geschäft zwar das Glück hatte, eine Lagerhalle zu besitzen, während andere Filialen nur einen kleineren Raum zur Verfügung hatten, war diese trotzdem nicht groß genug, um in Brandabschnitte eingeteilt zu werden. Somit hatte die Sprinkleranlage alle gelagerten Produkte ausgiebig beregnet.

Einigen war nichts passiert, da sie noch in Folie eingeschweißt auf Paletten standen. Andere wiederum befanden sich in Umkartons, die zwar nass geworden waren, aber das Innenleben kaum beschädigt oder nicht erreicht hatten.

Getroffen hatte es nur zwei Paletten, die Mandy als Erstes von der schützenden Folienhaube befreit hatte, weil es an Artikeln im Geschäft mangelte.

Die Erste enthielt hübschen Weihnachtsnippes wie Kerzen, kleine Engel und Rentiere, teils aus Porzellan. Hier gab es bei genauer Durchsicht noch etwas zu retten.

Die Zweite entpuppte sich als Totalausfall. Nicht mehr zu retten war zu ihrem größten Leid ausgerechnet der Weihnachtstee. Da bei diesen von Mandy bereits für den Verkauf vorbereiteten Produkten aus Umweltgründen die Cellophanumhüllung fehlte, war das Wasser ungehindert in die Packungen geflossen und hatte sie komplett durchtränkt. Dafür roch es nun weihnachtlich im Lager.

»Wir haben keinen Weihnachtstee!«, brach es aus Mandy heraus. »Das ist meine Schuld, weil ich ihn schon ausgepackt hatte.«

Entrüstet stemmte Judith die Hände in die Hüften. »Jetzt hör aber auf! Du hast an gar nichts Schuld. Fiete ist unser Problem und hätte ich eher gehandelt, wäre es nicht passiert.« Sie kratzte sich am Kopf. »Scheiße, echt!« Sie warf einen bedauernden Blick auf die ruinierten Teepackungen. »Genau das, was uns fehlt, hat sich hier verabschiedet.« Einen Moment stand sie überlegend da. Dann kam ihr eine Idee. »Sei bitte so nett, geh in mein Büro und druck ein Schild *Wintertee ausverkauft*. Somit entgehen wir hoffentlich den ständigen Nachfragen. Ich bemühe mich, schnellstens Ersatz zu ergattern.« Sie seufzte auf. »Und mit der Zentrale muss ich mich jetzt auch auseinandersetzen.«

Das musste sie in der Tat eher, als ihr lieb war, denn kaum hatte sie es ausgesprochen, klingelte das Telefon und die Sekretärin des Konzernchefs war am Apparat. »Moin, Frau Jacobi. Herr Dr. Schiller möchte Sie sprechen.«

Judith spürte den Kloß im Hals. Auch das noch! Da hievt er mich gerade mit Lobeshymnen in diesen Job, da passiert so eine unselige Sache. Mit ein bisschen Aufregung in der Stimme fügte sie sich dem Unvermeidlichen. »Moin. Dann stellen Sie mich bitte durch.«

»Herr Dr. Schiller bittet Sie um fünfzehn Uhr in sein Büro.«

Judith schloss für einen Moment die Augen und schluckte. Das war es wohl mit dieser Filialleitung! Und ihr alter Arbeitsplatz war weg. Sie musste sich beherrschen, um nicht in Tränen auszubrechen. Tapfer gab sie der Sekretärin ihr Okay. »Ich bin pünktlich vor Ort.«

Nach diesem Gespräch kochte sie eine Kanne Kaffee und setzte sich für fünf Minuten. So einen Wochenanfang hatte sie bisher nie erlebt. Und alles nur, weil sie sich nicht früher durchgesetzt hatte.

Sie sah auf die Firmenuhr über der Tür. Es blieb noch ein bisschen Zeit. Sie bat Mandy noch einmal zu sich ins Büro.

»Ich muss um drei in der Zentrale antanzen.«

»Oh nee, das tut mir leid! Und alles nur wegen Fiete.«

»Tja, da habe ich mich an die eigene Nase zu packen, ich hätte eher was unternehmen müssen.«

»Lass mal die Kirche im Dorf, Judith. Du bist erst ein paar Tage hier! Wie solltest du da was gegen Fiete tun? Dich hat schließlich keiner darauf hingewiesen und mit Frau Küster hast du kein einziges Wort sprechen können. Das kann man dir doch wohl jetzt nicht zum Vorwurf machen.«

»Wie weit ist die Zentrale von hier? Ich meine, mit dem Auto. Ich nehme mir ein Taxi, ich fahr nicht selbst, sonst komme ich da vor lauter Aufregung und Angst nicht pünktlich an.«

»Ungefähr fünfzehn Minuten. Wenn du also eine halbe Stunde eher losfährst, passt das.«

»Danke. Ich bestelle für den Nachmittag zum

Aufräumen hier im Lager noch zwei Aushilfskräfte. Die müssen halt außerhalb der Reihe erscheinen.«

Sie griff zum Telefon. Zu Judiths Erleichterung war dies für die beiden Kräfte kein Problem. Wenigstens das funktionierte heute reibungslos.

Es zeigte sich, der einzige faule Apfel war Fiete gewesen. Und faules Obst sollte man rechtzeitig genug aussortieren. Da hatte sie nicht genug aufgepasst. Sie hätte sich in den Hintern beißen können, so ärgerte sie sich.

Judith wusste, dass der Nachmittag kompliziert und der Abend nun lang werden würde und schrieb Marwin eine WhatsApp.

Hi Marwin,
es tut mir leid, mit heute Abend wird das nichts. Ich muss unerwartet länger arbeiten. Können wir den Weihnachtsmarkt auf morgen schieben?
LG Judith

Die Antwort kam prompt.

Kein Problem. Um die gleiche Zeit?

Sie schickte ein knappes *Ja* und widmete sich dann der Ersatzbestellung für den Tee. Aber hier kam der nächste Gau. Der Tee war tatsächlich vom Hersteller nicht mehr lieferbar. Was nun?

In ihrer Verzweiflung rief sie Grit in Neumünster an und schilderte ihr die Situation.

»Oh wow! Da hast du ja echt ein aufregendes Montagsabenteuer erlebt«, äußerte sich Grit amüsiert.

»Du, ich finde das gar nicht witzig. Das braucht man nicht und ich schon gar nicht.« Dass sie in die Zentrale zitiert worden war, erzählte sie Grit nicht.

»Ich weiß ja. Aber es ist passiert, Judith, und du kannst es nicht mehr ändern. Außerdem bist du doch erst ein paar Tage da.«

»Trotzdem ist diese ganze Situation mistig. Weshalb ich eigentlich anrufe, Grit ...«

♥ 19 ♥

Ein paar Minuten später und mit einem Seufzer von Grit hatte sie ihr die Hälfte des Wintertee-Bestandes in Neumünster abgeschwatzt. Wenigstens *ein* Erfolg an dem heutigen Pechtag.

»Ich schick dir die Kartons per Overnight Express. Dann hast du sie morgen«, versicherte ihr Grit.

»Dankeschön. Zögere nicht, mir zu sagen, wenn ich mich revanchieren kann.«

»Gar kein Ding. Bei uns läuft der Tee zwar, aber wild ist die Kundschaft danach nicht so wirklich. Bei uns sind es eher in diesem Jahr die Duftkerzen.

«Die mit Zimt oder Winterbeere?«, fragte Judith nach.

»Mehr die Beerenversion«, berichtete Grit. »Ich glaube, es liegt daran, dass das Bild mit den gefrosteten Beeren so hübsch aussieht.«

»Ist hier auch so. Duften die gut? Ich persönlich habe die noch gar nicht ausprobiert.«

»Ich aber«, gestand Grit. »Ich finde die mit Winterbeere einen Hauch besser. Man hat echt einen tollen Duft in der Wohnung.«

Mandy stand an der Eingangstür der Filiale, als Judith ins Taxi stieg. Sie zeigte ihr lächelnd den hochgereckten Daumen, der ihr Mut machen sollte. Aber in der Haut ihrer Chefin wollte sie jetzt um keinen Preis stecken.

Es hatte erneut begonnen, leicht zu schneien. Schwerelos schwebten Flöckchen wie Federn zu Boden. Normalerweise mochte Judith dieses Schauspiel und schaute gern zu. Heute jedoch nahm sie die Flocken gar nicht richtig wahr, zu sehr tobte das Adrenalin durch ihre Adern.

Judith sah auf die vorbeihuschenden fremden Menschen auf dem Bürgersteig. Einige blickten lässig und liefen gemächlich, andere schienen es eilig zu haben, die Gesichter waren angespannt. Wieder weitere waren auf Christmas-Shoppingtour, zu erkennen an den Tüten, die sie trugen. Und viele hatten ein Handy am Ohr. Wie albern das aussah, hektisch unterwegs zu sein und ins Handy zu brüllen. Sie stellte fest, dass dies bei ihr durchaus auch vorkam. Das würde sie für sich in Zukunft vermeiden.

Sie bezahlte den Taxifahrer und betrat mit Puddingbeinen das große Gebäude, wo so etwas wie ein Gericht auf sie wartete, empfand sie.

Zehn vor drei. Judith, Kopf hoch und durch. Und danach wieder aufstehen, Krönchen richten – und sich vermutlich einen neuen Job suchen.

Der Herr am Empfang meldete sie im Sekretariat an und sie durfte den Aufzug in die Chefetage betreten. Ihr war schlecht.

Die Sekretärin begrüßte sie freundlich und schob sie gleich durch in Dr. Schillers Büro.

»Nehmen Sie Platz, Frau Jacobi.« Herr Dr. Schiller kam ihr entgegen, reichte ihr die Hand zur Begrüßung und machte eine Geste zu dem Lederstuhl vor seinem Schreibtisch hin. »Und dann berichten Sie mir bitte, was heute passiert ist.«

Das tat Judith, ohne etwas zu beschönigen, informierte allerdings zudem von dem geordneten Verhalten der Kunden in der Filiale nach dem Eintreffen der Feuerwehr.

»Sie haben umsichtig gehandelt«, meinte Dr. Schiller.

Und auch hier war Judith ehrlich. »Das Lob gebe ich gerne an Frau Veigel weiter. Sie war diejenige, die sich erfolgreich darum gekümmert hat, während ich noch mit der Feuerwehr im Lager stand. Ich habe Herrn Erps fristlos gekündigt. Um sein Fehlverhalten zu beweisen, kann ich selbstverständlich die Zeiten nachvollziehen und schriftlich niederlegen, wann er wegen der Raucherei nicht am Arbeitsplatz war. Mitarbeiterinnen können das bestätigen. Er hat übrigens gern den Frauen die Lagerarbeit überlassen. Ich habe seine Personalakte eingesehen. Auch Frau Küster hat dort schon Notizen gemacht.«

Dr. Schiller legte die Fingerspitzen zusammen und sah ernst überlegend darauf.

Auweia. Judith schluckte. Würde er ihr die Leitung der Filiale wegnehmen oder gar kündigen? Ihre Übelkeit weitete sich aus.

Da trat die Sekretärin mit einem Tablett ins Büro und servierte mit dem gleichen freundlichen Lächeln von eben Kaffee und Gebäck. Was sollte das denn jetzt? Beim ersten Mal in diesem Raum war sie wenigstens gefragt worden und konnte dankend ablehnen. Nun aber bekam sie die Kaffeetasse vor die Nase gesetzt. Sie würde keinen Schluck nehmen können!

Herr Dr. Schiller wartete, bis seine rechte Hand, fast lautlos, das Zimmer wieder verlassen hatte.

»Ich möchte Ihnen dazu etwas sagen.« Er sah ihr fest in die Augen. »Ich bitte Sie, diese Information für sich zu behalten.«

Judith verstand nicht, aber bejahte natürlich. Was sollte sie auch sonst tun?

»Herr Erps ist mir persönlich bekannt.«

Was? Der Fiete kennt den Schiller? Kein Wunder, dass der sich alles rausnimmt, ohne große Sorgen dabei zu haben, ihm könnte jemand an die Wäsche, vermutete Judith und presste angefressen und besorgt die Lippen zusammen. Und sie hatte ihn gekündigt! Treffer, Judith, hundert Gummipunkte! Und jetzt bekam sie richtig etwas auf die Ohren.

»Fiete Erps ist der Sohn meiner Cousine.«

Auch noch Verwandtschaft. Himmel, in was war sie hineingeraten! Warum hatte sie diese Stelle nicht abgelehnt und war in ihrem beschaulichen Neumünster geblieben, wo alles seinen langweiligen, aber geregelten Gang ging! Hamburg war eine Nummer zu groß für sie. Ihr Hals wurde trocken, sie traute sich jedoch nicht, am Kaffee zu nippen.

»Ich habe meiner Cousine einen Gefallen getan, nicht unbedingt gern, weil Fiete das schwarze Schaf unserer Familie ist, eins findet sich ja immer«, er seufzte, zeigte aber auch, dass ihn das sehr ärgerte. Schlussendlich rang er sich zu offenen Worten durch. »Aber Familie ist nun mal Familie. Im Klartext: Er ist an allem gescheitert. Zwei Ausbildungen hat er nicht abgeschlossen, nahezu jeden Job danach geschmissen. Allerdings hat er immer das Glück gehabt, Charme versprühen zu können, daher war der Knall auf den Boden der Tatsachen nicht ganz so hart – bisher.«

Das war eine gelungene Einschätzung, denn Fiete hatte sie zuerst auch mit seiner Art um den Finger gewickelt.

»Ich gehe mit ihnen einig, Frau Jacobi. Dies ist ein hoffnungsloser Fall und so ein Mitarbeiter hat in unserem Unternehmen nichts zu suchen. Ich wollte ihm eine Chance geben, die hat er nicht genutzt. Jetzt ist es genug. Ich bitte Sie nur um eins. Bewahren wir Stillschweigen nach außen über Fiete Erps. Sie haben meine volle Unterstützung für ihre entschlossene und kompetente Handlung. Frau Küster hatte ich übrigens ebenfalls ins Vertrauen gezogen, damit sie wusste, wie Fiete tickt. Das war nur fair. Leider konnte sie sich – wahrscheinlich letztendlich doch wegen mir – nicht zu einer Kündigung durchringen. Die wäre längst fällig gewesen, denn ich bin natürlich über sein Verhalten von ihr informiert worden. Das deckt sich durchaus mit Ihrer Aussage.«

»Ich werde niemandem etwas erzählen.« Judith schnappte sich ihre Tasse und nahm erleichtert ein paar Schlucke.

Herr Dr. Schiller bedankte sich. »Ich bin froh, Sie in dieser Filiale zu haben und hoffe, Sie fühlen sich dort ansonsten wohl?«

»Das tue ich.« Diese Worte waren nicht gelogen, denn sie hatte in Mandy nicht nur eine gute Arbeitskraft, sondern sogar in der kurzen Zeit eine Vertraute gewonnen. Mit Grit hatte sie sich in Neumünster auch stets gut verstanden, aber irgendwie hatte sie in dieser Beziehung zu Mandy eine Tiefe angekratzt, die sie mit Grit nie erreicht hatte. Seltsam manchmal, empfand sie. Da kennt man Leute einige Jahre und denkt, das nennt man eine tiefgehende Freundschaft. Dann lernt man einen neuen Menschen kennen und plötzlich ist da viel mehr. Wenige Tage reichen aus, um alte Denkmuster zu revidieren, es fühlt sich an, als würde ein Schleier entfernt. So wertete sie nun ihre Kontakte zu Grit und Mandy.

»Sie sind mit dem Taxi hergekommen, hat meine Sekretärin erwähnt.«

»Ja, es war ein aufregender Tag und ich dachte, das sei besser. Wirbel und Spannung hatte ich genug, da muss ich mich nicht noch selbst in den Hamburger Verkehr einreihen.«

»Dann wird sie mein Chauffeur zur Filiale zurückbringen.« Aber nun war er ganz Unternehmer. »Wird schon an der Beseitigung der Schäden gearbeitet?«

»Ja. Zwei Aushilfskräfte sind«, sie sah auf ihre Armbanduhr, »jetzt bereits vor Ort und helfen aufräumen und die Verluste für die Versicherung zu erfassen. Ich bleibe heute Abend auch so lange, bis das Lager wieder begehbar ist.«

Ihr Chef stand auf und verabschiedete sie freundlich.

Gleich zweifach benommen verließ sie das exklusive Büro.

Erst einmal über den unerwarteten Ausgang ihres Aufschlagens hier und zweitens, weil sie gleich Tony Schneeberger wiedersah. Aus unerfindlichen

Gründen freute sie sich auf die Begegnung mit ihm. Na ja, vielleicht doch nicht so wirklich unerfindlich, wenn sie ehrlich zu sich selbst war.

Die automatischen Türen im Erdgeschoss öffneten sich für sie, die Limousine Dr. Schillers war bisher nicht vorgefahren.

Deshalb hatte sie nun Zeit und Muße, die auf der Hinfahrt kaum beachteten, federleichten Schneeflöckchen zu betrachten. Sie tanzten durch die Luft, als hätten sie gute Laune und würden die Kälte genießen sowie die Wintersonnenstrahlen, die immer mal wieder vorwitzig durch die dicken bauschigen Wolken ihr Licht zur Erde sandten. In den angelegten Beeten und auf dem Rasen hinterließen kleine Spatzen ihre Spuren, die aufgeregt hüpfend nach Nahrung suchten.

Ein Vogelhaus! In ihrem Weg von der Filiale zur Wohnung kam sie an einem Baumarkt vorbei. Dort würde sie morgen früh gleich nach einem Vogelhäuschen und entsprechendem Winterfutter Ausschau halten. Das passte nämlich prima auf ihren bisher kahlen Balkon.

Weiße Weihnacht, das wäre ein Wunsch von ihr. Es war ja noch ein paar Tage hin, und der Ansatz war gut.

Sollte sie sich einen Weihnachtsbaum kaufen? Aber allein unter dem Christbaum hocken war nicht wirklich aufmunternd, ein Adventskranz dürfte auch reichen. Dann würde es für sie nicht so emotional, als wenn sich das Kerzenlicht in den glänzenden Kugeln brach und man im Normalfall gemeinsame Zeit mit der Familie verbrachte.

Nur sie hatte keine mehr.

Die Limousine Dr. Schillers bog langsam um die

Ecke und sie wurde so aus ihren Überlegungen gerissen.

Mit einem Lächeln lief sie darauf zu – und erlebte eine herbe Enttäuschung.

♥ 20 ♥

Die Fahrertür öffnete sich und ein fremder junger Mann stieg aus. »Sie sind Frau Jacobi?«, fragte er.

Judith stutzte. »Ja ..., ich ... hm, ich hatte eigentlich Herrn Schneeberger erwartet.«

»Ich vertrete ihn. Er hat heute und morgen frei. Sie müssen mit mir vorliebnehmen.« Er zwinkerte sie an. »Ich kann aber auch Auto fahren.«

»Das können Sie gleich beweisen«, griente Judith und ließ sich von dem ihr unbekannten Chauffeur die Autotür öffnen.

Die zwanzigminütige Fahrt wurde lustig. Der junge Mann erzählte und lachte viel, im Gegensatz zu Tony Schneeberger, der nur auf ihre Fragen geantwortet hatte.

Man merkt, er ist nur eine Vertretung, stellte Judith fest. Er nimmt den Job nicht so ernst, sondern schäkert mit den Gästen. Aber für sie war das völlig in Ordnung. Er lenkte sie mit seiner fröhlichen Art von den unangenehmen Erlebnissen des Tages ab.

Wieder vor der Drogerie angekommen, staunte sie nicht schlecht. Im Eingangsbereich stand ein richtig schönes, professionell gearbeitetes Schild – leider mit einer traurigen Botschaft.

Wintertee ausverkauft

Der Kopf eines süßen Rentiers schaute etwas – na, wie war der Blick eigentlich – konsterniert, überrascht, traurig – über das Schild hinweg auf den Schriftzug. Und es trug rote Handschuhe!

Sie lief, die Kunden freundlich grüßend, in den Aufenthaltsraum und zog dort ihre Winterjacke aus. Einige Schneeflöckchen hielten sich noch tapfer an der Schulterpartie fest, bis sie aufgeben mussten und sich in nasse Pünktchen verwandelten.

Ihr erster Weg führte ins Lager, wo sie auch Mandy fand. Die Aushilfen waren fleißig und man sah einen Fortschritt.

»Danke euch. Ihr seid super!«, lobte sie die Kräfte und nahm sich vor, ihre Mannschaft, die ihr den Rücken stärkte, zu belohnen. Da würde sie sich etwas Nettes einfallen lassen. Ein gemeinsames Essen oder ein Cafébesuch nach der Weihnachtszeit im Januar oder Februar, wenn alle wieder ein bisschen mehr Zeit zur Verfügung hatten, je nachdem.

»Mandy, kommst du mit?« Judith hielt ihr die Tür auf.

Zurück im Aufenthaltsraum, schloss Judith die Tür hinter ihnen beiden.

Mandys Augen waren riesengroß. »Erzähl! Wie war's?«

»Alles gut. Ich habe richtig gehandelt. Fiete ist

fristlos gekündigt und wird hier keinen Fuß mehr reinsetzen.«

»Er hat sich glatt vorhin telefonisch gemeldet, ob du dich beruhigt hättest.« Mandy war auf die Reaktion ihrer Chefin gespannt. Und die polterte sofort los.

»Ist nicht wahr!« Judith stemmte die Hände in die Hüften und schüttelte fassungslos den Kopf.

»Doch. Der denkt, du schäumst nur kurz und damit hat es sich.«

»Ein Irrtum.« Ohne Verzögerung griff sie zum Handy und rief ihn an. Mit ruhigen, aber bestimmten Worten bestätigte sie ihm seine fristlose Kündigung.

»Du kannst ja eine eiskalte Stimme haben«, wunderte sich Mandy.

»Ich könnte auch eiskalt morden!«, schoss Judith prompt mit Grabesstimme drohend hinterher.

»Huch!« Mandy erschrak.

Nun lachte Judith amüsiert auf. »Du solltest mal dein Gesicht sehen! Aber ich morde tatsächlich, und zwar den nächsten Schokoladen-Nikolaus. Ich brauche jetzt ganz dringend Schoki.«

»Ich hole dir einen.« Fix sauste Mandy zur Tür raus und kam mit einem in buntes Stanniolpapier verpackten Nikolaus zurück.

»Bring ihn nicht um, zieh – ihn – nur – aus!«, griente Mandy breit und ihre Augen glitzerten schalkhaft.

»Ist aufregender, nicht?«, machte Judith den Spaß mit. Und während sie den Nikolaus entblätterte und das erste Stückchen seiner Schokoladenmütze abbrach, in den Mund steckte und »mmh, lecker!«, seufzte, war sie schon beim nächsten Thema. »Wie hast du denn das Wintertee-verkauft-Schild hinbekommen, beziehungsweise wo hast du das her?«

»Mein Mann hat es gemacht. Weißt du, er hat so ein Programm und einen speziellen Drucker daheim. Ich hatte echt keine Zeit, nachdem du weg warst. Im Lager die Aushilfen, die natürlich Fragen haben, die Fotos für die Versicherung, im Geschäft ordentlich Kundschaft – und du glaubst es nicht, trotz Schild kommen noch Nachfragen.«

»Das hat er toll hinbekommen.«

»Danke. Ich sage es ihm, er wird sich freuen.«

»Wir bekommen übrigens Nachschub an Tee«, verkündete Judith stolz.

»Und woher? Ich denke, der ist auch beim Hersteller nicht mehr zu kriegen.«

»Meine frühere Filiale hat noch reichlich. Dort laufen die Duftkerzen besser. Es kommt eine Overnight-Lieferung.«

Obwohl Judith sich fest vorgenommen hatte, heute das Lager wieder herzustellen, und wenn sie selbst bis Mitternacht blieb, entschied sie sich anders. Sie schickte die Aushilfen um sieben nach Hause und informierte Mandy.

»Du, ich bleibe gerne mit dir hier«, meinte sie.

»Ich bleibe auch nicht. Der Tag hat mir gereicht, ich habe jetzt einfach nur Hunger und brauche Ruhe.«

»Ah so. Ich habe aber frei bis open end heute. Mein Mann weiß ja über unseren Notfall Bescheid und er versorgt die Kinder.«

»Dann gehen wir zwei gleich nochmal auf den Weihnachtsmarkt und futtern uns rund. Das haben wir uns redlich verdient.«

»Au ja!«, jubelte Mandy.

Und Judith war froh, nicht allein essen zu müssen, Gesellschaft zu haben und gleichzeitig ihrer fleißigen Mitarbeiterin eine Freude bereiten zu können.

Arm in Arm liefen sie schnellen Schrittes Richtung Weihnachtsmarkt.

Schon von Weitem drang die Musik zu ihnen. Die Weihnachtsbeleuchtung sorgte dafür, dass der Schnee in verschiedenen Farben märchenhaft glitzerte. Junge Leute standen um Glühweinstände herum und man hörte unbeschwertes Gelächter von allen Seiten.

»Worauf hast du Hunger?«, fragte Judith.

»Reibekuchen. Die habe ich schon lange nicht mehr gegessen. Und du?«

»Bratwurst mit viel Senf. Weißt du was? Wir futtern beides.«

»Prächtige Idee!« Mandy strahlte. »Komm, lass uns zuerst die Wurst anpeilen. Die hast du dir nach dem heutigen Tag echt verdient.«

»Oder lieber doch die Ofenkartoffel? Oder den Backfisch?«, überlegte Judith. »Ich könnte momentan alles vertilgen! Wir machen es so. Was als nächstes Futterbares kommt, wird es.«

Und das war tatsächlich die Bratwurst.

Mandy ergatterte einen Stehtisch und Judith sorgte für die Würstchen. Sie kamen brutzelnd vom Grill, sodass Judith den ersten Bissen im Mund hin- und herschieben musste. »H... hei... heiß!«

Mandy kicherte. »Wenn du auch so gierig reinhaust.«

Sie fing sich einen gespielt bösen Blick ein. »Ich hab Hunger, Mensch!« Judith tauchte die Wurst in

Senf und biss erneut, diesmal aber vorsichtiger, hinein. »Die ist gut, was?«

Der Reibekuchenstand fand sich in unmittelbarer Nähe.

»Geben Sie mir bitte die mit dem ganz knusprigen Rand?« Mandy nahm das Tablett mit den drei Reibekuchen freudig entgegen.

Judith knabberte bereits an ihrem Ersten. »Da vorne sind zwei Tische frei. Nehmen wir den Linken? Der liegt günstigerweise am Glühweinstand.«

»Wir müssen beide fahren«, erinnerte sie Mandy.

»Wir holen uns die alkoholfreie Variante. Den dürfen wir doch. Du, der Kerl hinter der Theke zwinkert mir grad zu. Das nutze ich und bestelle für uns.« Judith sprintete los und kam mit zwei dampfenden Tassen zurück. »Kinderpunsch heißt der.«

»Er schmeckt richtig weihnachtlich, findest du nicht? Nach Gemütlichkeit, Familie, Zusammensein, Weihnachtsbaum und Wärme. Darauf freue ich mich. Schöner wäre es gewesen, wenn mein Mann wieder einen Job hätte. Aber wir werden es für die Weihnachtstage völlig verdrängen und schlichtweg nur happy sein.« Sie trank einen Schluck. »Vor zwei Jahren, als Marius noch Arbeit hatte, habe ich unsere Weihnachtsbaumkugeln erneuert. Schwein gehabt, nicht? Jetzt wäre so eine Investition nicht mehr drin. Sie sind total edel«, schwärmte sie. »Weiß mit Gold. Und wenn die Kerzen an sind, glänzen sie ganz dolle.«

Judith staunte ein weiteres Mal. Betrachtete man die tätowierte Mandy, könnte man eher denken, sie wäre in puncto Weihnachten erheblich nüchterner unterwegs – oder eben auch gar nicht. Eher ein renitentes Verweigerlein.

»Ich habe auch schöne Kugeln«, erzählte Judith. »Ich bin so ein Silberfan. Meine schimmern silbrig.«

»Ich verrate dir was.« Mandy rückte näher an Judith heran. »Ich habe jeden Monat eisern Geld zurückgelegt. Und davon habe ich jetzt bei unserem Bio-Bauern eine Gans bestellt.« Ihre Augen strahlten vor Freude. »Mein Mann weiß von nichts. Er denkt, es gibt in diesem Jahr was Günstigeres, Schnitzel oder Braten oder so. Und es reichte auch noch für ein Geschenk für ihn. Lalala! Ich bin so gespannt auf sein Gesicht! Wo er doch Gans so gerne isst.« Sie lächelte in sich hinein, um dann zu ganz unbedarft zu fragen: »Und wie feierst du Weihnachten?«

♥ 21 ♥

»Tja ...« Die Gedanken rasten durch Judiths Kopf. Sollte sie die Wahrheit sagen oder irgendeine Ausrede erfinden? Sie entschied sich für Offenheit, Mandy war auch schonungslos ehrlich zu ihr gewesen. »Ich bin allein.«

»Was?« Mandy legte die kleine Holzgabel ab, die sie gerade mit einem Stückchen krossen Reibekuchen zum Mund führen wollte. »Wie? Allein?«

»Leider habe ich nicht so eine tolle Familie wie du. Zu meinen Eltern habe ich so gut wie keinen Kontakt. Meine Kindheit bestand hauptsächlich aus Stress und Geschreie, Vorwürfen und Strafen. Es gibt eigentlich sowieso nur Streit, wenn wir uns sehen. Sie vermissen mich auch nicht.«

Man sah Mandy die Betroffenheit an. »Wie gruselig! Disharmonie mit meinen Eltern könnte ich mir überhaupt nicht vorstellen. Und du hast keinen Partner? Ich meine, eine Frau wie du ...« Sie brachte den Satz nicht zu Ende.

»Ich war verheiratet.«

»Geschieden?«

»Nein. Mein Mann ist bei einem Arbeitsunfall ums Leben gekommen.«

»Das ... das tut mir ... es tut mir fürchterlich leid«, stotterte Mandy. »Das wusste ich nicht.« Ihre Augen waren schreckensgeweitet.

»Kannst du ja auch nicht. Ich erzähle es eigentlich nie.« Judith kniff die Lippen zusammen, um die aufsteigenden Tränen zurückzuhalten. »Es ist jetzt drei Jahre her, aber an Feiertagen und Geburtstagen ist es halt immer besonders schlimm für mich. Da möchte ich mich am liebsten verkriechen.«

»Oh du Arme!« Mandy umarmte sie spontan. »Magst du drüber sprechen, was passiert ist?«

»John war Architekt. Ein nachlässig aufgestelltes Gerüst einer Großbaustelle ist zusammengebrochen. Er trug zwar einen Helm, aber es hat seine Brust zerschmettert.«

»Oh mein Gott!« Mandy schlug sich die Hand vor den Mund. »Und ich jammere, weil bei uns das Geld knapp ist. Bei dir ist ja alles viel schlimmer!«

Judith zuckte nur ergeben mit den Schultern. »Irgendwie ist alles schlimm, bei dir wie bei mir. Und dann hat man zu allem Überfluss noch die Menschen in der Nähe, die keine Ahnung haben und zu mir sagen: Alles wird gut. Da könnte ich echt zuschlagen.«

»Diese Phrase kenne ich. Kommt von Leuten, die so etwas nie erlebt haben und nicht mitfühlen können. Es wird nicht immer alles gut. Wenn man bei Dingen, die sich mit Geld regeln lassen, noch was reißen kann, bei dem Tod eines geliebten Menschen ist Schluss. Da wird gar nichts mehr gut. Und dann der Spruch: Zeit heilt alle Wunden. Tut sie nämlich auch nicht.«

»Das stimmt. Je nach Stimmungslage bricht der fürchterliche Schmerz wieder durch. Weißt du, John hat noch nach mir gefragt, bevor er gestorben ist. Das hat mir die Polizei erzählt, die zu zweit bei mir angerückt sind, um mir die grausame Nachricht zu überbringen.«

»Ist er ...«

»Genau. Er ist noch an der Baustelle verstorben.« Judith nahm einen großen Schluck vom alkoholfreien Glühwein. »Wir hatten so viele Pläne. Ein Haus. Kinder. Alles war an einem Septembermorgen um halb zehn vorbei. Ich habe gedacht, ich überlebe das nicht. Bis zur Beerdigung habe ich eigentlich gut funktioniert. Man macht die notwendigen Dinge völlig mechanisch. Danach kam dann die Leere, der Schmerz brach so richtig durch. Und stell dir vor, meine Eltern sind nicht mal zur Beisetzung erschienen.«

Mandy fehlten die Worte und Judith sprach weiter. »Ich habe mich in den folgenden Monaten halt in die Arbeit geflüchtet, den Kolleginnen meine freien Tage weitergegeben. Ich konnte und wollte einfach nicht zu Hause sein. Die einsamen Sonntage waren schon schwer und lang genug.«

»Verstehe ich«, sagte Mandy leise und drehte die Tasse Glühwein in ihren Händen.

»Noch etwas. Ich dachte damals, ich hätte gute Freunde. Und plötzlich habe ich festgestellt, ich bin allein. Paare haben sich zurückgezogen. Ich hab dann später mitbekommen, dass ich als Witwe von den Mädels als Single betrachtet werde und somit eine potentielle Gefahr für ihre Ehemänner darstelle. Komplett daneben, echt! Von den Heinis hätte ich sowieso keinen gewollt und es ist auch überhaupt nicht meine Art, hinterrücks die Männer meiner Freundinnen – angeblichen Freundinnen – anzubaggern.«

»Die spinnen doch voll.«

»Das Alleinsein ist oft blöd. Meist in den kleinen Dingen. Sonntags einen Spaziergang machen mit Abschluss in einem Café oder Restaurant? Macht man nicht alleine. Gibt es irgendwo ein Sommerkonzert oder einen Herbstmarkt, hat man auch keine Lust, da solo drüber zu laufen. Wen fragen, der mitgeht? Meine Freundinnen hatten Anhang. Und wenn ich mal fragte, hieß es: Prima, *wir* kommen mit. Und schwupp, war ich wieder das dritte Rad am Wagen, da hätte ich genauso gut allein gehen können. Bis dann halt die Phase kam, wo man eigentlich nichts mehr mit mir zu tun haben wollte. Gesagt haben sie es nicht, aber durch die Blume habe ich es schon verstanden. Keine Zeit, tausend Ausflüchte.«

»Das sind doch arme Menschenkinder, oder?«, grinste Mandy nun. »Sag mir, wie fest und tief eine Beziehung ist, wenn man Angst haben muss, dass eine Frau, die gerade ihren Mann auf so tragische Weise verloren hat, sich den eigenen Kerl krallen will. Jede Verkäuferin, jede Büroangestellte, jede Postbotin kann genauso eine Gefahr darstellen. Ich halte die sogar für deutlich größer. Möchtest du denn eine neue Partnerschaft?«

Judith pustete die Luft aus, als wäre diese Frage körperlich anstrengend. »Mittlerweile auf der einen Seite schon, auf der anderen habe ich ein schlechtes Gewissen John gegenüber. Womöglich würde er es als Verrat empfinden.«

»Nö, da liegst du mit Sicherheit falsch. Er ist nicht mehr da und er hat dich geliebt. Ich bin absolut sicher, er wünscht dir nur das Beste. Und dazu gehört in deinem Alter doch auch eine erfüllende Beziehung.«

»Wenn ich ihn nur ein einziges Mal fragen könnte.«

»Verlass dich einfach auf dein Herz.« Plötzlich grinste Mandy. »Dreh dich gleich mal unauffällig um«, raunte sie Judith zu. »Dort steht eine Frau in einer Gruppe, eingemummelt in eine knallrote Teddyjacke. Das ist Frau Feger. Die hat ihren Namen zu recht. Sie erscheint gerne, um Pröbchen zu erhaschen. Und kommt ein neues Make-up raus, ist sie auch die Erste, die im Laden steht.«

Wie zufällig drehte sich Judith um und sah eine sehr hübsche, aber künstliche wirkende Frau in Rot. »Das Püppchen?«, fragte sie Mandy.

»Genau.«

»Sorry, wenn ich das so sage, da sieht nicht mehr viel echt dran aus.«

»Stimmt. Sie ist Mitte vierzig, Botox-süchtig. Siehst du ja an den Lippen. Sie hat sich den Po straffen lassen und ihre Hupen sind auch nicht von Gott gegeben.«

»Woher weißt du das denn alles?«

»Sie hat es mir gestanden. Du wirst es nicht glauben, sie ist eine ganz Nette. Das ist eben ihr Spleen.«

»Und ihr Mann – sofern sie einen hat?«

»Der ist nicht wirklich begeistert, weil es natürlich ordentlich ins Geld geht, doch er lässt sie halt.«

»Hat sie dir das etwa auch erzählt?«

Judith betrachtete das Kunstpüppchen noch, als

sie hinter ihr ein bekanntes Gesicht sah. Sie fasste Mandy am Arm und drehte sie etwas grob zur Seite.

»Aua«, protestierte Mandy überrascht.

»Beweg dich jetzt nicht und schau bitte nicht in die Richtung von dieser Frau Feger. Dahinter steht nämlich Fiete.«

Mandys Augen weiteten sich in Schrecken. »Du bist doch fertig, oder? Weg hier!« Sie schnappte sich die leeren Papiertabletts und warf sie in den nahegelegenen Eimer. Dann stellte sie fix die Pfandtassen auf den Tresen des Glühweinstandes, nahm das Geld dafür entgegen und zog Judith mit sich, ihr währenddessen die Münzen in die Jackentasche steckend. »Ist ja deins.«

»Boah, deine Reaktionsfähigkeit ist 1a«, staunte Judith, ließ sich aber willenlos um die Ecke ziehen.

»Ich bin Mutter von lebendigen Zwillingen. Da hat man gefühlt acht Augen und zehn Hände. Was man dem einen wegnimmt, greift sich der andere. Und meist ist es genau das, was flüssig ist oder schmiert oder hartnäckige Flecken verursacht.«

»Da habe ich keine Erfahrungen«, amüsierte sich Judith.

»Ich leihe dir die beiden mal für einen Tag, danach bist du fertig, sage ich dir. Aber wenn sie abends so süß und unschuldig in ihren Betten liegen und schlafen, dann läuft dir das Herz vor Glück über.« Sie lachte auf. »Und nein, so ein Zufall, hier gibt es eine Bude mit gebrannten Mandeln. Die nehme ich meinem Mann mit.«

»*Ich* kaufe die«, stoppte sie Judith.

»Kommt ja gar nicht in Frage!«, wehrte Mandy entrüstet ab.

»Keine Widerrede, ich bestehe darauf. Sag ihm,

das ist ein winziges Dankeschön für das schöne Rentierschild.«

Das konnte Mandy annehmen. »Danke. Darüber wird er sich sehr freuen.«

Auf dem Rückweg zum Parkplatz der Filiale blieb Mandy plötzlich abrupt stehen. »Du, mit Weihnachten – ich habe da eine mega Idee.«

♥ 22 ♥

»Und die wäre?«, erkundigte sich Judith, die sich zu Mandy umgedreht hatte, weil sie schon drei Schritte weiter war.

»Du feierst Weihnachten mit uns zusammen.«

Abrupt blieb Judith stehen. »Aber das geht doch nicht!«

»Natürlich geht das.«

»Weihnachten ist ein Familienfest.«

»Und man lädt Bedürftige ein.« Mandy lachte laut auf.

»Tz ... ich bin doch nicht bedürftig!«

»Und ob. Du bist allein, hast keine Family, wo du dich einklinken kannst, somit bist du zu Weihnachten bedürftig.«

»*Das* habe ich mir ja bisher nie sagen lassen müssen«, griente Judith, durchaus verlegen, denn sie wusste auf Anhieb nicht, was sie von Mandys spontaner Idee halten sollte. »Ich denke, deinem Mann wird es nicht gefallen, wenn du so einfach eure Familienweihnacht um eine Fremde erweiterst.«

»Da täuschst du dich. Wir haben einen ganz lieben

Gast. Es ist ein Cousin von meinem Marius. Der hat gleich zwei Nackenschläge in sechs Jahren bekommen. Erst ist seine langjährige Freundin tödlich verunglückt, danach hat er eine neue Liebe kennengelernt und geheiratet. Und die ist Anfang des Jahres an Krebs gestorben. Von der Feststellung bis zu ihrem Tod waren es nur fünf Monate.« Mandy schüttelte sich. »Furchtbar, nicht? Ihn können wir doch Weihnachten nicht allein zu Hause sitzen lassen. Er ist ein supernetter Kerl, das bringen wir nicht übers Herz.«

»Aber dann seid ihr ja schon eine Person mehr.«

»Wo drei Erwachsene satt werden, kriegen wir auch vier satt. Und ich habe eine große Gans bestellt. Hab ich dir das nicht erzählt? Doch, nicht? Ich mache Rotkohl dazu selbst und die Klöße ebenfalls. Du glaubst gar nicht, was das Gänsefett für eine gute Soßengrundlage gibt. Die Vorspeise weiß ich noch nicht und Dessert – mal gucken. Also, was ist? Kommst du zu uns?«

»Das ist total nett von dir, aber ich ...«

»Sag jetzt nicht nein!«, drängte Mandy sie. »Es wird toll! Und meine Zwillinge sind ja sonst ganz lieb. Die schieben sowieso zeitiger ab ins Bett, weil die dann ratzfertig sind, wenn sie neue Spielsachen bekommen haben. Und für Marius und mich ist es echt schön, Besuch zu haben, den wir bewirten können. Ich habe so fantastische Christbaumkugeln, die würde ich gerne präsentieren.«

»Ich schlafe eine Nacht drüber, ja?«

»Klar!«

Auf dem Nachhauseweg hatte Judith ordentlich zu denken. Weihnachten allein war nicht prickelnd, davor hatte sie sich gefürchtet, und nun hatte sie völlig unerwartet eine nette Einladung erhalten. Sollte sie zusagen? Weihnachten bei oder mit Fremden? Vorteil war, sie konnte bestimmen, wann sie die Runde verließ.

Willst du, Judith, oder nicht?

Die gleiche Frage stellte sie sich am folgenden Morgen immer noch. Mandy und ihre Familie waren augenblicklich nicht reich gesegnet – und dann Gäste zu Weihnachten! Sie bewunderte ihre Kollegin, mit welcher Selbstverständlichkeit sie sich um andere kümmerte, obwohl es bei ihr gerade selbst kein Zuckerschlecken war.

Bei ihr kosteten Gäste nichts – wo drei satt werden, werden es auch vier – sie waren eine Bereicherung. Diese Einstellung musste man erst einmal haben!

Bis zum Eintreffen in der Filiale war sie unsicher, wie ihre Entscheidung ausfiel. Als sie dann aber in das erwartungsvolle Gesicht ihrer Kollegin sah, sagte sie zu, nichts von ihrer Unentschlossenheit erwähnend.

»Ja, ich komme gerne. Nur muss ich wissen, was ich deinen Kiddies mitbringen kann.«

»Du brauchst nichts mitbringen.«

»Es ist Weihnachten. Das bedeutet Geschenke für Kinder. Rück raus, was kann ich kaufen?«

»Sie lieben Autos. Da ist es egal, was. Zurzeit liebt Tom die Landfahrzeuge, also so kleine Spielzeugtraktoren, und Finn begeistert sich für Autos mit rötlicher Farbe, wie Feuerwehr und Rettungswagen.«

»Super. Dann kann ich ja gezielt suchen.«

»Du musst das aber nicht. Ich habe dich nicht deshalb eingeladen.«

»Das weiß ich. Und natürlich kaufe ich für Tom und Finn Weihnachtsgeschenke. Sonst komme ich nicht. Was hältst du denn davon, wenn du mir auch den Nachtisch überlässt?«

»Das geht nicht. Wir laden dich ein und du bringst das Essen mit? Nee!«

»Du, ich würde wirklich saugern mein traditionelles Weihnachtsdessert für uns alle zubereiten, eine Orangen-Mascarpone-Creme. Ich hatte in den letzten beiden Jahren keine Gelegenheit, sie zu machen. War ja keiner da, der es mit mir teilte. Und alleine ... du weißt schon.«

Das konnte Mandy nachvollziehen. »Oh toll, ja dann gerne! Mit Mascarpone, herrlich. Mach reichlich. Ist das Dessert mit Alkohol?«

»Ja.«

»Dann kriegen Tom und Finn ein Eis.«

Grit hatte Wort gehalten. Um zehn Uhr kam der Overnight-Lieferdienst und brachte den Wintertee. Die fixe Mandy sortierte postwendend die ersten Packungen auf den verwaisten Tisch. Keine Stunde später waren bereits sieben Stück verkauft und sie legte nach.

»Schade«, überlegte Judith laut, »dass auf der Umverpackung dieses Rentier nicht drauf ist.«

Abends stand Marwin wartend vor dem Geschäft, sich die Hände in der Kälte reibend.

»Oje, dir ist kalt«, bedauerte ihn Judith. »Wir müssen aber nicht unbedingt den Weihnachtsmarkt entern, wenn du frierst, wir können auch den Italiener oder Chinesen anvisieren.«

»Nö, ich möchte gerne. In ein Restaurant können wir über das ganze Jahr gehen.«

»Ist schon lustig«, grinste Judith, »ich hatte gedacht, in diesem Advent käme ich überhaupt nicht auf den Weihnachtsmarkt, nun komme ich mehrfach hin.«

»Wie, jedes Mal mit einem anderen Mann?«, scherzte Marwin und zwinkerte sie belustigt an.

»Ich kann auch mit Frauen.«

»Oh huuu ...«

Marwin zog es zu dem Gyros-Stand. »Den musst du dir merken, hier gibt es echt das beste Gyros weit und breit.«

Sie ergatterten gerade einen freiwerdenden Stehtisch und aßen mit Appetit, als sich plötzlich Herr von Deckert aus dem Menschengewimmel schälte und sie freundlich grüßte. Sie machten ein bisschen Small-Talk mit ihm.

In der Zwischenzeit schlenderte ein Pärchen heran und sprach Marwin an, so blieb Judith die Talkrunde mit Herrn von Deckert allein. Nicht, dass es unangenehm war, er war nett und wusste genug zu erzählen, aber Judith war es dann doch peinlich. Sie hatte ihm abgesagt und nun traf er sie hier mit einem anderen Mann. Nur erklären wollte sie ihm das auch nicht.

Bejo von Deckert warf mehrfach einen Blick zu Marwin. Ob er wohl fand, dass er besser zu ihr passte als er selbst? Jedenfalls konnte Judith keinerlei Unfreundlichkeit in seinem Gesicht oder von seiner Art her erkennen.

»So, dann will ich mal wieder zu meiner Truppe

zurück«, lächelte er sie an. »Es war nett, Sie getroffen zu haben.« Er reichte Judith die Hand.

Und plötzlich schoss ihr ein Gedanke durch den Kopf. »Herr von Deckert, darf ich Sie etwas fragen?«

»Aber natürlich.«

»Ich rede gar nicht erst um den heißen Brei herum. Sie suchen doch eine Bürokraft, nicht?«

Er widmete ihr seine volle Aufmerksamkeit.

Wenig später waren Marwin und Judith wieder allein. Sie wanderten langsam nebeneinander her, blieben an dem einen oder anderen Stand stehen und Marwin gönnte sich einen Stockfisch. Den Geruch fand Judith gewöhnungsbedürftig, um nicht zu sagen abstoßend, und so war sie froh, als Marwin seine Portion verschlungen hatte, sie den Bereich der süßen Gerichte erreichten und er sich für einen Früchte-Schokoladenspieß entschied.

»Ich knall dir jetzt den Hauptgewinn da raus«, grinste Marwin, als sie an einer Schießbude vorbeikamen. Ehe sie sich versah, hielt er ein Gewehr in der Hand.

Leider war sein Spruch »Pure Angeberei«, wie ihm Judith mit einem Grinsen im Gesicht verklickerte, als er aufgrund seiner Schießkünste mit einer ziemlich hässlichen Plastikblume als Trostpreis vorliebnehmen musste.

»Macht nichts«, lachte sie seine Verlegenheit weg. »Mir hat noch nie jemand was geschossen. Ich freue mich trotzdem.«

»Wenn du nicht mit dem eigenen Auto hier wärst, könntest du sie dir schöntrinken.« Marwin fand seine gute Laune wieder. »Komm, gönnen wir uns einen alkoholfreien Punsch. Ich weiß natürlich, wo es den Besten gibt.«

»Und woher?«

»Ich mache seit Jahren akribische Recherche auf Weihnachtsmärkten in der Umgegend.«

»Welche Note gibst du diesem?«

»Der kriegt eine glatte Eins. Ich sage dir auch warum. Er ist nicht so riesig, nicht so krass kommerziell wie die, die hauptsächlich von Hamburg-Touristen frequentiert werden. Er ist eher gemütlich. Man steht nicht ewig an, möchte man etwas essen und bekommt, wenn nicht gerade Stoßzeit ist, recht gut einen Platz an einem Stehtisch. Hier fühlt man sich eben nicht als Hering.«

Judith lachte auf. Sie kamen sogar noch mit netten jungen Leuten am Nachbartisch ins Gespräch, bis sie dann auf ihre Armbanduhr sah. »Ich werde langsam müde, wollen wir den Abend beenden?«

Marwin hakte sie unter und zog sie lächelnd mit sich. »Prinzessin, dein Wunsch ist mir Befehl.«

Sie bogen gerade um die nächste Ecke, als ihnen ein großer, auffallend gutaussehender Mann entgegenkam.

♥ 23 ♥

In der ersten Millisekunde nahm Judith ihn nur als *den kenne ich doch* wahr, weil er keinen schicken Anzug, sondern Freizeitkleidung trug, in der zweiten erkannte sie ihn. Es war Tony Schneeberger, anscheinend mit mehreren Leuten unterwegs.

Er stutzte ebenfalls kurz, dann grüßte er freundlich, sprach einige Sätze mit Marwin, die beiden kannten sich schließlich, und schloss wieder zu seinem Tross auf. Nun erst wurde ihr bewusst, dass sie Arm in Arm mit Marwin Richtung Ausgang lief.

Jetzt nahm Tony Schneeberger bestimmt an, Marwin wäre ihr Freund, Lebenspartner ... was auch immer. Mist! Die Erkenntnis versetzte ihr einen Stich, und den zweiten erhielt sie obenauf. Warum eigentlich war ihr wichtig, was der Chauffeur des Konzernchefs über sie dachte?

Von ihren Gedanken konnte Marwin natürlich nichts wissen, er plauderte munter drauf los, erzählte aus seiner Kindheit. »Da gab es viel Schnee. Wir haben Schneemänner gebaut, sind Schlitten gefahren, haben Schneeballschlachten veranstaltet. Geht heute nicht mehr. Da muss man ja ganze Straßenzüge zusammenkratzen, ehe man eine Kugel für einen Schneemann zusammenbekommt. Und hätte man drei Kugeln geschafft, ist die erste schon wieder geschmolzen, weil dann Frühling ist.«

Judith kicherte. »Ich finde es toll, dass wir überhaupt etwas Schnee haben. Und es soll noch so richtig knackig kalt werden. Mit ein bisschen Glück friert die Alster zu.«

Marwin lachte auf. »Von dem Wunsch musst du dich wohl verabschieden. So gefroren, dass viele Menschen sie gefahrlos betreten können, gab es sie schon viele Jahre nicht mehr. Schlimm, diese Klimaveränderung,«

»Weiße Weihnacht, die würde ich mir echt wünschen.«

»Was machst du denn Weihnachten?«, erkundigte sich Marwin.

War das jetzt eine Einladung, fragte sich Judith. Sie hatte ihn bisher als guten Freund gesehen, war froh, wenn sie seinen Wagen in der Tiefgarage entdeckte und fühlte sich dann komischerweise im Haus sicher. Sie ging zudem gern zu ihm hoch. Er war charmant, sah klasse aus und ohne Frage schlugen viele Frauenherzen bei ihm höher. Ihres eigentlich auch? Ja, ein bisschen wohl schon ...

Sie hatten ihre Autos auf dem Parkplatz der Filiale erreicht und sie war ihm die Antwort bisher schuldig. Judith wollte gerade ansetzen, als Marwin meinte: »Ich möchte dir etwas sagen. Hast du noch Zeit auf ein Glas Wein bei mir?«

»Na klar.« So wirklich passte ihr das nicht, sie

war erschöpft, aber er hatte ihr in einer brenzligen Situation geholfen, daher entschloss sie sich, auf ein paar Minuten mitzugehen.

»Super. Bis gleich. Fahr du vor, ich komme hinterher, gebe dir sozusagen Geleitschutz.«

Auf dem Heimweg grummelte es heftig in ihr. Was wollte er ihr sagen und hatte ihn letztendlich auf dem Weihnachtsmarkt abgehalten, es ihr mitzuteilen?

Er war wie immer nett zu ihr gewesen, sah er deshalb mehr, weil sie mit ihm ausgegangen war, nicht das erste Mal? Sie ließ die beiden Stunden gedanklich Revue passieren. Vielleicht hatte er sich in sie verliebt.

Ja, so ein kleiner Schmetterling war auch bei ihr im Anflug ... aber da war immer noch ihre Vergangenheit, die sie hinderte – bis zur Äußerung von Mandy. *Er hat dich geliebt. Also wünscht er dir nur das Beste.*

Würde sich zwischen Marwin und ihr etwas entwickeln? Könnte aus Vertrauen und Freundschaft Liebe werden? War Hamburg nun die Stadt des Glücks für sie?

In diesem Augenblick hörte sie ein schlappendes Geraschel und der Wagen fühlte sich unstet an. Nanu? Das Geräusch verstärkte sich. Nun unsicher, blinkte sie und fuhr rechts ran.

Marwin hielt hinter ihr und stieg gleichzeitig mit ihr aus. »Was ist?« Er kam heran.

»Ich ... es hat so komisch geschlappt und fährt sich noch komischer, da hab ich angehalten.« Sie sah auf den Vorderreifen ihres Autos an der Fahrerseite. Er war platt. »Oh nein!«

»Wie hast du das bloß hingekriegt?« Marwin sah sie erstaunt an.

»Du bist gut! Was soll ich denn gemacht haben? Ich habe ganz normal im Auto gesessen und bin gefahren.«

»Hast du einen Ersatzreifen?«

»Ja, hinten drin.«

»Dann hol mal.«

»Kannst du einen Reifen aufziehen?«

»Logisch. Hab ich nur noch nie bei Minustemperaturen getan.«

»Oh ... es tut mir leid, Marwin, soll ich nicht lieber einen Dienst rufen?«

»Und wie lange bitteschön willst du hier in der Kälte warten, bis jemand erscheint? Wenn ich den jetzt wechsele, hast du wenigstens eine geringe Chance, zu überleben. Sonst erfrierst du gnadenlos.«

»Ein Killerargument.« Judith tapste zum Kofferraum.

»Stopp! Die Fahrerseite steht zur Straße hin. Da werde ich ja platt gefahren. Dreh den Wagen um. Das muss er noch aushalten.«

»Bitte, kannst du das nicht tun?« Judith war mit den Nerven am Ende. Müde, aber neugierig auf Marwins Verkündung und dem unguten Gefühl, jetzt hier so spät in der Dunkelheit, nur zwischen zwei Laternenfunzeln, zu stehen, ließ sie innerlich vibrieren.

Auf der anderen Seite war er wieder der Retter in der Not. Was hätte sie gemacht, wäre sie allein gewesen? Nachts eine Panne war der Albtraum schlechthin.

Marwin nahm ihr den Schlüssel ab und schob sie

zu seinem Wagen. »Setz dich rein. Was soll dir hier draußen kalt werden. Nachher erkältest du dich noch und liegst an den Weihnachtsfeiertagen flach.«

»Aber das ist unfair. Ich kann mit dir frieren.«

»Das wäre dumm. Ab mir dir ins Auto.«

Dort saß Judith dann, auf den Wagen schauend, der mit der Front zu diesem stand und sah Marwin beim Werkeln zu. Nicht sehr lange, weil die Scheiben beschlugen.

Ihr Handy piepte und sie wunderte sich, wer das um diese Uhrzeit sein könnte. Der kurze Blick auf das Display signalisierte ihre Mutter. Was wollte die denn? Das letzte Mal hatte sie sich im Frühling gemeldet, und das auch nur, wegen der Verkündung eines Osterurlaubs, sodass ein gemeinsames Osterfest ausfiele.

Das war damals schon lächerlich gewesen. Familien-Feiertage hatte es seit dem Tod Johns nicht mehr gegeben.

Hallo Judith, Weihnachten naht. Wenn du planen solltest, uns zu besuchen, möchten wir es rechtzeitig wissen, nicht erst drei Tage vorher.

Na toll, was für eine nette Einladung! Warum nur hatte sie solche Eltern? In vielen Familien freuten sich alle Generationen auf ein gemeinsames Fest. Gemütliches Beisammensein, leckeres Essen, schöne Gespräche, Spaß und Geschenke. Nur sie hatte in ihrem Bekanntenkreis so ein gefühlskaltes Elternhaus.

Und wie es ihrer Tochter überhaupt ging, hatte sie sowieso nicht interessiert. Es war ihr keine Frage

wert gewesen.
So tippte sie ironisch zurück.

Danke, mir geht es gut. Und nein, ich plane nicht, Weihnachten bei euch zu verbringen, ihr seid also völlig frei und ungestört.

Dann wissen wir Bescheid.

Das war es, mehr kam nicht. Hätte nur noch gefehlt, dass ihre Mutter als Antwort geschrieben hätte: Das haben wir gehofft. Gedacht hatte sie es mit Sicherheit.
Judith hatte die Tränen in den Augen, obwohl alles andere sie überrascht hätte. Warum hatte sie in dieser Hinsicht kein dickeres Fell geerbt? Ihre Eltern besaßen schließlich beide eins der besonders undurchlässigen Sorte.
Sie versenkte ihr Handy mit zusammengekniffenen Lippen erneut in ihrer Tasche.
Kurz danach kam Marwin ans Auto. »Fertig. Du kannst wieder los. Der kaputte Reifen liegt in deinem Kofferraum. Jetzt musst du sehen, dass du schnell Ersatz bekommst, sonst hast du beim nächsten Mal ...«
Judith nahm ihm die Worte aus dem Mund. »Die Arschkarte.«
»Ich hätte es vornehm ausgedrückt. Pech gehabt.«
»Oh ...«

Judith fuhr die restliche Strecke wieder vor, immer noch entsetzt aufgrund der Panne und traurig über die Handymitteilung ihrer Mutter.
In der Tiefgarage angekommen, stiegen beide aus.

Obwohl die Heizungen in ihren Autos ihren Job getan hatten, waren sie durchgefroren.

Gerade wollte Judith ihm einen Grog in ihrer Wohnung anbieten, als Marwin dies unbewusst abschmetterte.

»Weißt du was, wir verschieben mein Outing auf morgen Abend, ist das okay für dich? Jetzt bin ich echt durch.«

♥ 24 ♥

Judith hatte natürlich Marwins Vorschlag zugestimmt, brannte aber vor Neugier. »Um was geht es denn? Ist es etwas Unangenehmes?«

Marwin lachte auf und tippte ihr auf die Nasenspitze. »Nein, was Schönes. Morgen Abend erzähle ich es dir. Schlaf gut.«

Ihr blieb nicht mehr übrig, als ihm ebenfalls eine gute Nacht zu wünschen. Ein bisschen unzufrieden schloss sie die Wohnungstür hinter sich. Hier erschauderte sie nochmals, als wolle sie die Kälte aus dem Körper schütteln. Sie kochte einen Tee und gab zur garantierten inneren Erwärmung einen Schuss Rum mit hinein. Das Gebräu wärmte sie hervorragend und dann war sie auch schon im Bett.

Am folgenden Tag lief alles seinen vorweihnachtlichen Gang. Mandy hatte frei und trotz viel Arbeit vermisste sie Judith. Ihre Vertrauensperson in den Pausen fehlte einfach.

Witzig war, dass eine Kundin nach dem Schild *Wintertee ausverkauft* fragte. Das sei so schön, ob man es denn käuflich erwerben könne?

Judith vertröstete sie. Sie konnte nicht über die Arbeit von Mandys Mann entscheiden. »Kommen Sie bitte in den nächsten beiden Tagen noch einmal rein, dann kann ich Ihnen die Frage beantworten.«

Am Abend machte sie sich frisch und legte etwas Rouge auf. Auch zog sie sich um. Sie wählte zwar ihre bequeme Jeans, trug dazu aber eins ihrer Favoriten-Shirts, das ihrem Teint ihrer Meinung nach besonders schmeichelte.

Mit einer Flasche Rum im Gepäck, die sie in der Mittagpause als Dank fürs Reifenwechseln gekauft hatte, wollte sie sich gerade auf den Weg ins Geschoss über ihr machen, als ihr Handy sich meldete.

Sorry, Judith, dass ich so kurzfristig verschiebe. Aber ich muss leider dringend weg. Melde mich in Kürze. Marwin.

Na, supi! Nun war sie quasi fertig zum Ausgehen, betrachtete man die Sache etwas großzügiger, da wurde sie sitzengelassen! Hätte er nur eine halbe Stunde eher Bescheid gesagt, dann wäre die ganze Schminkerei nicht nötig gewesen.

Eine weitere Nachrichtverkündung ließ sie aufstöhnen. Was willst du denn jetzt noch, die Sache ist doch gegessen, dachte sie mit ein bisschen Groll.

Aber die Message kam von Frank.

Hey Judith, hab gedacht, du meldest dich mal.

Toll. Da hatte Frank ja einen goldenen Moment erwischt! Warum sollte sie sich bei ihm melden?

Sie schluckte ihren Ärger hinunter und antwortete höflich.

Wenig Zeit, Frank. Vor Weihnachten boomt bei uns das Geschäft. Und abends passiert deshalb bei mir nicht mehr so viel.

Wie wäre es Sonntag mit Schlittschuhfahren und anschließendem Restaurantbesuch? Wir können auch zum Weihnachtsmarkt gehen.

Nö. Weihnachtsmarkt jetzt nicht mehr. Das reichte ihr. Zweimal war sie mit Mandy dort gewesen und die schöne Atmosphäre hatte sie veranlasst, die Wahrheit über ihr Leben preiszugeben. Und die Männer, die sie hier in Hamburg irgendwie auf seltsame Art näher kennengelernt hatte, hatte sie ebenfalls hier getroffen. Bejo von Deckert und Tony Schneeberger. Marwin nahm sie aus, er wohnte im gleichen Haus, war also genauer betrachtet ein Nachbar. Oder doch nicht nur?

Du, schrieb sie, *augenblicklich wird mir das alles etwas viel.*

Wie sollte sie ihm sonst einen Korb geben? Frank war wirklich total nett und sah gut aus, er war aber nun mal nicht ihr Typ Mann und würde es auch nie werden.

Eine Alternative kann ich bieten. Wir können einen romantischen Spaziergang am verschneiten Alsterweg machen, versuchte es der anhängliche Frank wieder. *Ich melde mich einfach zum Wochenende bei dir. Die spontanen Dinge sind sowieso die schönsten.* Dahinter klemmte ein Emoji mit Herzaugen.

Aha. Sie antwortete nicht mehr.

Den Abend verbrachte sie allein vor dem Fernseher, die Beine gemütlich auf der Couch hochgelegt, in eine kuschelweiche Decke eingemummelt. Sie hatte die Rollläden schon geschlossen, daher bekam sie nicht mit, dass es die Abendstunden über ein paar Zentimeter schneite. Als sie dies am kommenden Morgen entdeckte, wurde sie ganz schnell.

Der Verkehr würde todsicher stocken, sie musste eher als geplant los.

Allerdings war es doch nicht so wild, wie sie angenommen hatte. Sie war deshalb zeitig in der Filiale und freute sich, als Mandy eintraf, die den gleichen Gedankengang wie sie gehabt hatte.

Sie kam mit einer aufregenden Nachricht im Gepäck.

»Stell dir vor, gestern hat der von Deckert bei uns angerufen und meinen Mann zu einem Vorstellungsgespräch eingeladen! Nie und nimmer hätte ich das für möglich gehalten! Habe ich dir eigentlich erzählt«, sie klimperte zweifelnd mit den Wimpern, »dass er sich dort beworben hatte? Sein Foto zeigt ihn nämlich recht ungeschönt. Er wollte nicht auf mich hören. Jetzt hat er trotz des Na-ja-Fotos eine Einladung bekommen. Ich bin so was von aufgeregt! Heute Nachmittag fährt er hin.«

»Das ist ja eine schöne Nachricht. Ich hoffe, er hat Glück und bekommt die Stelle.«

»Ich würde es ihm – uns – so wünschen. Aber ich

glaube es nicht. Guck dir den von Deckert an und meinen Mann. Ehrlich gesagt, passt Marius doch nicht in so eine noble Firma. Er sieht ja eher ...«, sie suchte verzweifelt nach einem nicht diffamierenden Wort, »anders aus.«

»Das hat ja nichts mit seiner Qualifikation für einen Bürojob zu tun. Manchmal ziehen sich ja auch Gegensätze an. Und letztendlich zählt die Fachkompetenz. Und die kann Marius schließlich in einem persönlichen Gespräch raushängen lassen.«

Kurz kam Judith die Unterhaltung mit Bejo von Deckert in den Sinn. Wie hatte er noch gesagt: »Ich kann Ihnen da nichts versprechen, Frau Jacobi. Es muss natürlich passen. Ich werde mir die Bewerbung von Herrn Veigel aber genau ansehen.« Er hatte ihr freundlich, jedoch unverbindlich zugelächelt. Mehr konnte sie schließlich auch nicht von ihm erwarten. Zumindest hatte sie ein Fünkchen Aufmerksamkeit bei ihm für Marius entzündet.

Ab dem Nachmittag fieberte Judith mit Mandy. »Vier Uhr sollte er da sein. Jetzt haben wir halb fünf. Er hat sich noch nicht gemeldet.«

Judith lachte auf. »Was ist denn eine halbe Stunde bei einem Vorstellungsgespräch? Alle Gespräche, die gut laufen, dauern länger.«

»Meinst du?«

»Erfahrungswerte.«

Auch eine Stunde später tat sich nichts. Mandy tigerte wie ein Raubtier in Käfig durch die Filiale. Dann endlich erlöste sie der Anruf ihres Mannes.

»Und?«, fragte Judith, nachdem Mandy das Telefonat beendet hatte.

»Er meint, es ist gut gelaufen. Nur heute ist natürlich keine Entscheidung gefallen. Es soll wohl in den nächsten Tagen entschieden werden, jedenfalls noch vor Weihnachten.«

»Ich drücke euch so sehr die Daumen.«

»Danke. Eigentlich hatte ich privat mit einer ruhigen Vorweihnachtszeit gerechnet und jetzt wird sie aufregender als jemals gedacht. Aber ich mache mir kaum Hoffnungen, sonst werde ich nur bitter enttäuscht. Das war bisher nach jedem Bewerbungsgespräch so, sofern er überhaupt eins bekommen hat.«

»Versuche, es ausschließlich positiv zu sehen. Stell dir bildlich vor, er ruft dich an und teilt dir mit aufgeregter Stimme mit, er habe diesen Job erhalten.«

»Auch eine Sichtweise«, meinte Mandy, die ihre Zweifel aber nicht im Geringsten beseitigte.

»Probier es einfach aus, oft funktioniert das. Du musst halt nur das gewünschte Ergebnis vorab schon in dir fühlen. Das kann man trainieren.«

Mandy grinste schief. »Warum nicht? Kann ja nicht schaden und frisst kein Brot.«

Judith war an diesem Abend kaum zu Hause, da klopfte es an ihrer Wohnungstür.

Überraschend stand Marwin davor. »Hast du Zeit?«

»Klar. Komm rein.«

»Nee, komm mit zu mir.« Weil Judith allerdings zögerte, raunte er ein »Bitte!« mit treuem Hundeblick hinterher.

»Na gut.« Zurechtgemacht war sie nicht, im Gegenteil, sie hatte einen anstrengenden Arbeitstag hinter sich. Trotzdem nahm sie ihren Wohnungsschlüssel und folgte ihm ein Stockwerk höher.

Er hatte seinen Laptop aufgeklappt auf dem Wohnzimmertisch stehen und setzte sich davor. Links daneben standen eine Flasche Rotwein und zwei Gläser. Marwin fragte gar nicht erst, sondern goss wie selbstverständlich für beide ein.

»Komm her zu mir.« Er klopfte auf den Platz neben sich.

Nachdem Judith saß, reichte er ihr ein Glas. »Ich muss dir etwas sagen. Ich habe mich verliebt.«

Judith fühlte sich geschmeichelt. Hatte sie doch gut geraten, er hegte Gefühle für sie! Nur wie nun richtig reagieren?

»Weißt du«, redete er weiter, seine Gesichtszüge wurden ganz weich und die Augen strahlten regelrecht. »Es war für mich Liebe auf den ersten Blick.«

♥ 25 ♥

So hatte der Blitz bei ihm eingeschlagen? Das hatte er aber gut versteckt!

»Schau her.« Er zog sie näher an sich heran und legte den Arm um ihre Schulter. Dann drehte er den Laptop um. »Sie kann endlich reisen und kommt in Kürze. Wir werden Weihnachten gemeinsam verbringen.«

Judith sah in ein wunderschönes asiatisches Gesicht. Sie starrte auf das Foto einer lächelnden jungen Frau.

»Sie lebt auf den Philippinen und heißt Nieva. Nieva bedeutet Schnee, ist das nicht witzig? Und sie kommt das erste Mal nach Deutschland und es liegt tatsächlich Schnee. Ist das nicht toll – ist das nicht unglaublich?«

Unglaublich fand Judith die Situation. Er war bis über beide Ohren schwer verliebt – aber nicht in sie. Und seine Denkweise klärte sich mit den nächsten Sätzen auf. »Du warst mir von Anfang an sympathisch, Judith, fast wie – klingt doof, ist aber so – eine Schwester oder eine Vertraute, die ich seit Jahren kenne. Deshalb erzähle ich dir das auch. Es weiß eigentlich noch keiner. Ist ja immer blöd, wenn man sagt, meine Freundin kommt von den Philippinen. Dann kriegt man meist gleich so dumme Sprüche reingedrückt wie: Ist die aus dem Katalog oder hast du sie dir gekauft?«

Sein Monolog hatte Judith zum Atemschöpfen, Runterkommen und sich mit der Situation abfinden gereicht.

»Ach Blödsinn! Solche Leute, die so was Dämliches quatschen, sind eh nicht deine Freunde. Und sollten sie es tun, entfreunde sie. So einfach ist das. Wo hast du Nieva denn kennengelernt?«

»Ich war im letzten Jahr mit meinem Freund Jens auf einer Rucksacktour auf den Philippinen. Tatsächlich habe ich sie bei einem Abendessen getroffen. Wir waren in Santa Cruz Laguna bei der Familie eines Bekannten von Jens eingeladen. Sie ist eine Dozentin an der dortigen Universität. Seitdem war ich bereits dreimal bei ihr, nun kommt sie. Endlich! Du glaubst gar nicht, was das für ein Gedöns ist! Sie benötigt ein Visum, dann eine Einladung und die Bestätigung, dass alle Kosten übernommen werden. Das hat sich endlos gezogen.« Er lächelte in sich hinein. »Es ist so toll, dass wir Weihnachten und auch den Start ins neue Jahr gemeinsam verbringen können.«

»Das freut mich für dich, für euch!« Judith umarmte Marwin spontan. Sie war zwar ein bisschen überrumpelt worden, aber tatsächlich empfand sie Freude – für ihn.

Als sie sich wieder setzte, schaute sie nochmals

auf Marwins Laptop. »Sie ist wirklich sehr, sehr hübsch.«

»Ja, nicht? Was noch viel besser ist, sie hat ein großes Herz. Ich liebe ihre Art, mit Menschen umzugehen.«

»Spricht sie Deutsch?«

»Sehr gut. Sie hat Sprachen studiert. Englisch, Deutsch und Französisch. Sie ist nicht nur hübsch, sondern auch intelligent«, schwärmte er.

»Du stellst sie mir vor, nicht?«

»Natürlich. Es wäre schön, wenn sie in dir eine Freundin finden würde. Das läge mir unendlich am Herzen. Damit sie sich wohlfühlt, ich meine, so von Frau zu Frau.« Er kratzte sich unsicher am Kopf.

»Sie ist mir herzlich willkommen.«

Marwin zeigte ihr in der nächsten Stunde jede Menge Urlaubsfotos. Natürlich hatte er Nieva ständig und von allen Seiten fotografiert.

Er schwelgte in Superlativen und bevor sie später wieder in ihre Wohnung zurückkehrte, kicherte sie. »Du leuchtest ja förmlich vor Glück und Freude.«

»Du wirst sie bestimmt mögen.«

»Da bin ich ganz, ganz sicher.«

Als sie später einen Wintertee trank und das weihnachtliche Aroma inhalierte, musste sie schmunzeln.

Da hatte sie geglaubt, er habe sich in sie verliebt, sie hatte bei sich selbst einen kleinen Schmetterling im Anflug gesehen, stattdessen hatte er nie einen einzigen Gedanken daran verschwendet, waren doch seine Gefühle weit weg auf den Philippinen.

Dafür hatte sich Frankie-Boy schwer in sie verguckt, sie aber nicht in ihn. Und sie hatte noch ein heißes Eisen im Feuer. Bejo von Deckert. Er hatte deutlich durchblicken lassen, dass er sie mochte. Leider wurde hier ihr inneres Warnsystem aktiv. Er war zu perfekt.

Tja, hätte ihr jemand gesagt, ein Mann wäre zu perfekt und das sei ein Hinderungsgrund, hätte sie denjenigen für völlig plem-plem gehalten.

Lustig! Wie verworren in nur vier Wochen die Gefühlswelt sein konnte.

Und ehrlich – eigentlich müsste es sowas von knallen, damit sie wieder eine Beziehung nach John einging.

Die nächsten beiden Tage waren derart mit Arbeit ausgefüllt, dass sie sogar auf ihre Mittagspause verzichtete. Immerhin trank sie zwischendurch Kaffee und schob sich auch den einen oder anderen Bissen an weihnachtlichen Süßigkeiten rein, wenn der Hunger überhandnahm.

Mandy hatte im Aufenthaltsraum eine Schale mit Lebkuchen, Zimtsternen und Dominosteinen hingestellt. Wirklich nett, aber ziemlich viele kleine gemeine Kalorienmonster. Und Judith konnte da kaum dran vorbeigehen.

Abends hatte sie dann einen Zuckerschock und kochte Spaghetti arrabiata. Die Schärfe brauchte sie dringend als Ausgleich.

Nun war die dritte stressige Adventswoche vorbei – und endlich der freie Sonntag da! Es sollte ein ausgiebiger Gammeltag werden. Chillen hoch drei.

Nur mittags ging sie ungeschminkt, was ja sehr selten vorkam, in die nahegelegene Bäckerei und holte sich ein Stückchen Bratapfelkuchen. Den aß sie, vor dem Fenster sitzend und den Schneeflocken zuschauend, die diesmal nicht langsam durch die Luft schwebten, sondern vom Wind durcheinandergewirbelt und hektisch sowie unsanft auf die Erde gedrückt wurden.

Als die Dämmerung einsetzte, zündete sie die Kerzen auf ihrem Adventskranz an.

Nach langer Überlegung hatte sie auf einen Weihnachtsbaum verzichtet. Ihre Kugeln blieben verpackt. Für einen großen Baum in der Wohnung hätte sie Hilfe beim Tragen und Aufstellen gebraucht, das wollte sie nicht. Marwin hätte ihr ohne Frage geholfen, aber sie entschied sich dagegen. Wirklich genießen könnte sie ihn nur sonntags. Die restlichen Tage waren mit Arbeit so zugepackt, dass sie den Christbaum abends nicht ausreichend würdigen würde. Sie fiel jetzt schon täglich wie ein Stein ins Bett oder schlief bereits auf der Couch ein.

Und die Weihnachtstage? Heiligabend verbrachte sie nun bei Mandy und ihrem Mann. Den ersten und zweiten Tag war sie allein, aber da reichten verschiedene im Wohnbereich verteilte winterliche Windlichter und auch die Kerzen des Adventskranzes durften dann restlos runterbrennen.

In aller Ruhe packte sie Geschenke ein. Für die Kinder hatte sie entsprechende Spielzeugautos besorgt, Mandy bekam hübsche Lederhandschuhe, für ihren Mann hatte sie eine Buddel Rum gekauft, weil sie von ihrer Mitarbeiterin wusste, wie gern er ihn trank. Und sein ihr unbekannter Cousin würde mit einer besonderen Flasche Rotwein in der Holzkiste beglückt. Da war eigentlich nichts falsch zu machen, es sei denn, er outete sich als Antialkoholiker.

Dann wäre das eben ihr Weihnachts-Fettnäpfchen. Aber das Risiko ging Judith ein. Für sie war es ein No-Go, erhielte er als Einziger kein Geschenk.

Mittlerweile war sie sehr neugierig auf den Cousin mit dem schweren Schicksal. Vielleicht würden sie sogar ein paar Erfahrungen untereinander austauschen, die solche Verluste mit sich brachten und das Leben entscheidend veränderten.

Draußen rüttelte nun heftiger Wind an den Rollläden. Wie schön, dass ihre Wohnung sie mollig warm behütete. Sie hatte gerade die gemütliche Abendzeit eingeläutet, trank einen Glühwein, lag mit Kuschelsocken, ihrer weichen Freizeithose und einem weiten Longshirt auf der Couch unter einer samtweichen, dunkelblauen Decke mit Sternchen, als es klingelte.

Oh nee, bitte jetzt nicht Marwin!

Er war es tatsächlich. Im Schlepptau hatte er eine sympathisch lächelnde Frau, klein, asiatisch, schwarzhaarig – und richtig, richtig hübsch. Er strahlte. »Judith, ich möchte dir Nieva vorstellen. Wir sind gerade vom Flughafen gekommen. Stell dir vor, was wir für ein Glück hatten! Nach der Landung ihres Fliegers wurde der Flugverkehr aufgrund des Sturmes eingestellt.«

Die beiden Frauen begrüßten sich und fühlten gegenseitige Sympathie.

Judith bat sie herein – was sollte sie auch anderes tun. Irgendwie hatte sie gehofft, Marwin lehnt ab mit der Begründung der langen Anreise. Aber nein, natürlich nicht.

»Ja gerne!«, hörte sie von Marwin, der Nieva schon in die Wohnung schob.

Schnell arrangierte sie einen Teller mit Lebkuchen und Dominosteinen sowie Butterspekulatius und bot auch einen Glühwein an, den Marwin ohne Zögern annahm und seiner Nieva den Brauch des Glühweins um die Weihnachtszeit herum erklärte.

Bis auf einige Worte, die Nieva im Deutschen suchen musste, war ihr Aussprache exzellent.

Sie hatte sich gerade zu dem verliebt händchenhaltenden Pärchen gesetzt, als es erneut klingelte. Jetzt konnte sich doch nur um ein Versehen handeln!

»Nanu? Wer kann das denn sein?«, fragte Judith, aber Marwin widmete sich soeben wieder seiner Nieva, indem er ihr liebevoll das prachtvoll lange, glatte und schimmernde Haar zurückstrich.

Beneidenswert, Nieva sah nicht nach einem über Zwanzig-Stunden-Flug aus. Sie wirkte frisch und ausgeglichen. Keine Anzeichen von Müdigkeit. Was die Liebe doch alles vollbrachte!

Es klingelte nochmals. »Jaja«, rief Judith etwas ungehalten.

Sie hatte die Tür erreicht und öffnete sie mit konsterniertem Gesicht.

»Überraschung!«, brüllte jemand hinter einem Gebinde von Gerbera mit Schleierkraut.

♥ 26 ♥

Der Strauß Blumen war Frank.

»Heiho!« Er linste seitlich hervor. »Wie angekündigt, melde ich mich bei dir zum Wochenende persöhööönlich!«

Judith fehlten erst einmal die Worte. Wenn sie etwas nicht leiden konnte, war es das. Hier drängte sich jemand auf. Sie hatte nun gar keine andere Chance, als ihn hereinzubitten, auch deshalb schon, weil hinter ihr Marwin erschien. »Die Stimme kenne ich doch.«

Frank sah Marwin entgeistert an. »Oh ... störe ich?«

»Wieso? Natürlich nicht!«

Damit hatte Marwin ja die Entscheidung getroffen und Judith sagte wenig enthusiastisch: »Dann komm rein. Heute ist Tag der offenen Tür.«

Er drückte ihr den Strauß in die Hand. »Für dich. Hoffentlich gefallen dir die Farben.« Dabei strahlte er sie so hingerissen an, dass sie ein freundliches

»Danke, das ist sehr lieb von dir und ja, Rosa und Weiß ist eine schöne Kombi«, herausbrachte. »Geh durch ins Wohnzimmer.«

Für Frank war Nieva eine Riesenüberraschung und prompt schätzte er die Gesamtlage auch falsch ein. »Oh prima, wir können des Öfteren was zu viert unternehmen. Wie lange bleibt sie denn?«

Es entspann sich ein nettes Gespräch und die Freunde blieben sitzen ... und sitzen ... und sitzen. Keiner von ihnen musste am kommenden Tag raus, hatte sie erfahren. Na toll, und ihre Nacht war in sechs Stunden vorbei! Das interessierte jedoch niemanden außer ihr.

Endlich erwähnte Nieva, wie geschafft sie sei und Marwin stand prompt auf.

Frank ließ sich davon nicht beeindrucken. Er beobachtete die Verabschiedung lediglich.

Den Zahn wollte Judith ihm aber ziehen. »Ich muss morgen zeitig raus«, sie gähnte demonstrativ, »und habe einen langen Tag. Frank, können wir auch für heute tschüss sagen?«

»Oh ... ja, schade eigentlich.«

Judith hatte schon verstanden, was er sich gedacht hatte. Die beiden Verliebten sind weg und er ist mit ihr allein, in ihrer Wohnung.

Marwin jedoch bemerkte ihre Bredouille. »Los, hoch, Frank! Unsere Judith, die uns spontan den Abend über bewirtet hat, ist müde.«

Zu ihrer grenzenlosen Erleichterung erhob er sich und folgte Marwin und Nieva.

Marwin und seine große Liebe standen schon im Treppenhaus und hätten eigentlich den Weg nach oben antreten müssen. Doch Marwin sah, dass Frank einen Schritt hinter Judith in der Wohnung blieb, obwohl er bereits seine Jacke trug. Aha, typisch. Aber da musste er jetzt eingreifen.

»Nochmals danke und tschüss dann«, sagte er, reichte daher erst Judith die Hand, um danach nach der von Frank zu greifen. Er verabschiedete sich von ihm mit einer Überraschung, die Frank nicht kommen sah und deshalb nicht parierte. Er wurde von seinem Freund nach draußen gezogen.

Marwin zwinkerte Judith zu, die zwitscherte: »Schlaft gut, ihr Lieben« – und schnellstens die Tür schloss. Nicht, dass Klebe-Frank noch in ihre Wohnung zurückschoss. Trotzdem lehnte sie sich amüsiert grinsend von innen an und atmete erleichtert aus. Ach Marwin, ich könnte dich so knutschen!

Franks Verhalten war für sie ein absolutes No Go. Fürchterlich, von ihm in eine Situation gedrängt zu werden, die ihr gar nicht gefiel, der sie sich aber auch nur schlecht erwehren konnte.

Adieu Frank, für uns gibt es kein Wiedersehen!

Neugierig zog sie ihre Küchenrollade auf Ritze und spähte hindurch. Der Kerl stand unschlüssig unten vor dem Haus, schaute zu ihrer Wohnung hinauf.

Plante er etwa, erneut bei ihr anzuschellen? Tatsächlich, langsam ging er in den Hauseingang zurück. Es klingelte. Judith war wie erstarrt. Das gab es doch gar nicht! Was war das denn für ein Typ? Wie gut, dass heute Abend Marwin bei ihr gewesen war! Sie hätte Frank mit den Blumen ahnungslos hereingebeten – und wahrscheinlich nicht mehr herausbekommen. Und dann?

Die Klingel ertönte erneut und sie bekam eine Gänsehaut. Vor Angst und zur Sicherheit legte sie nun das erste Mal die Kette vor, obwohl, das war nicht nötig. Als sie mit erhöhtem Pulsschlag wieder zum Fenster schlich und durch die Ritzen linste, sah sie ihn langsam die Straße hinuntergehen, sich aber mehrfach umdrehend und zu ihrem Stock hochschauend. Oh Grusel! Er hatte einen festen Plan für diesen Abend gehabt – und sie wäre davon überrannt worden.

Darauf brauchte sie einen Schnaps! Dringend. Sie goss sich einen Aquavit ein und trank ihn in einem Zug, um sich dann kräftig zu schütteln. Das Grauen hatte einen Namen bekommen – Frank. Fast ein Weihnachtsgrinch.

Am folgenden Morgen stand Bejo von Deckert im Geschäft. Er ließ sich kurz von Judith beraten und führte auch ein nettes Gespräch mit ihr.

Durch die Blume versuchte er herauszufinden, wer Marwin war, mit dem er sie auf dem Weihnachtsmarkt getroffen hatte. Doch Judith hatte nach dem gestrigen Abend für den Moment genug von allem.

Erst der Schreck mit Marwin, obwohl seine Nieva wirklich ein hübsches und sympathisches Goldstückchen war, dann die Sache mit Frank. Und die hing ihr unangenehm nach. In Zukunft würde sie bei Klingeln ohne vorherige Verabredung nicht mehr öffnen, es sei denn, sie sah das gelbe Postauto.

Sie ging auf die vorsichtige Annäherung Bejo von Deckerts nicht ein und wurde durch eine Kundin, allerdings unabsichtlich, gerettet. Die ließ nämlich gerade versehentlich eine Parfümflasche fallen. Ihr Schreckensschrei und das Bersten von Glas waren eins und Judith nutzte die Gelegenheit, sich schnell von Herrn von Deckert zu verabschieden und zu der entsetzten Dame zu eilen.

Knallrot im Gesicht und Halsbereich, entschuldigte sie sich. »Ich wollte das nicht! Es tut mir so leid. Ich weiß gar nicht, wie mir das passieren konnte! Sie ist mir einfach durch die Hand geflutscht.«

»Das ist gar nicht weiter tragisch«, beruhigte Judith sie. Mandy eilte mit einem Handfeger, Schaufel, Eimer und Wischer heran und behob den Schaden zügig. Allerdings duftete es nun intensiv nach einer Zitrusnote. Auch nicht sonderlich dramatisch, es gab Schlimmeres.

Die Kundin war froh, ihren Unglücksort verlassen zu können, in der Hand einen heilen Flakon des begehrten Parfüms.

»Boah, heftig, der Duft, wenn er so in Menge kommt«, stöhnte Mandy.

»Sei dankbar, dass es kein Duft mit Moschusbeimischung war«, griente Judith und lief in den Aufenthaltsraum, ohne zu schauen, ob Herr von Deckert noch im Geschäft stand. Sie hatte heute keinen Bock auf Männer. Und eine erneute Einladung von ihm wollte sie ebenfalls nicht. Er war in gewisser Hinsicht ihr Typ, aber seine Perfektion – never.

Der Kaffee schmeckte wunderbar. Sie gönnte sich einen Lebkuchen dazu, um danach wieder frisch gestärkt in den Laden zurückzugehen.

Eine Viertelstunde später wurde ein Blumenstrauß durch einen Lieferdienst für Judith abgegeben.

Oh Mensch, der Herr von Deckert ließ wirklich nicht locker. Aber charmant war er ja. Ihr Vorsatz, ihn nicht zu treffen, schwankte. Vielleicht sollte sie doch einen Glühwein mit ihm trinken gehen. Möglicherweise bekam sie dann einen komplett anderen Eindruck von ihm. Okay, irgendwann später, sofern er am Ball blieb.

Oh, die Blümchen mussten ins Wasser! Mangels Vase musste ein großes Trinkglas herhalten, das sie befüllte. Mit Freude steckte sie den Strauß hinein.

Sie bat Mandy ins Büro. »Du, gleich kommen zwei Aushilfen. Ich würde gerne auf einen Sprung zu Natalie fahren. Mein Krankenbesuch steht ja noch aus.«

»Klar, mach ruhig, ich halte hier die Stellung.«

»In anderthalb Stunden bin ich wieder da.«

»Kein Problem, wirklich nicht.«

»Weißt du, was ich ihr mitnehmen könnte?«

»Einen Wintertee und den Lippenstift aus dem Angebot. Da steht sie drauf.«

Judith sammelte beide Produkte ein und bezahlte sie an der Kasse. Dann machte sie sich auf den Weg.

Von unterwegs telefonierte sie mit Natalie und kündigte ihre Ankunft an.

Ihre kranke Mitarbeiterin freute sich aufrichtig und hatte sogar Kaffee fertig, als Judith eintraf. Sie hatte bereits einige Unterschriften auf ihrem Gips und Judith durfte sich nun auch verewigen.

Nichtsdestotrotz hatte Natalie ein kleines Trauma erlitten. »Ich höre immer wieder den dumpfen Knall und das fürchterliche metallische Scheppern und fühle diesen Druck, mit dem mich der Sicherheitsgurt vor dem Schuss in die Windschutzscheibe bewahrt hat.«

Als Judith Natalie später verließ, hatte sie ihr Bestes gegeben, um sie zu trösten und aufzumuntern.

Sie verabschiedeten sich mit lieben Wünschen für ein schönes Weihnachtsfest, denn Natalie würde erst im neuen Jahr wieder im Geschäft mitarbeiten können.

Mandy flog Judith mit roten Wangen entgegen. »Komm mit in den Aufenthaltsraum. Schnell!«

»Ist was passiert?«

»Was gaaanz Irres.« Mandy riss ihr Handy heraus und tippte. »Lies alleine.«

Judith starrte auf das Display und lächelte. »Oh Mensch, toll! Ich freue mich für euch.«

»Ich hätte nie, nie, nie gedacht, dass mein Mann den Job bekommt! Ich habe natürlich nach dieser Nachricht mit ihm telefoniert. Der von Deckert baut neben dem Immobilienverkauf ein weiteres Geschäft auf. Er will selbst Wohnungen kaufen und dann vermieten. Damit hat er in Marius ja einen Fachmann gefunden. Ich kann es immer noch nicht fassen«, jubelte Mandy, »yeah, yeah, yeah!« Sie hüpfte vor Glück auf und ab.

Judith umarmte sie. Vielleicht hatte ihre kurze Unterredung mit Bejo von Deckert auf dem Weihnachtsmarkt Früchte getragen. Sie wusste es nicht, genoss aber das gute Gefühl, die Sache wenigstens in die Hand genommen zu haben.

»So, du kleines Energiebällchen, ab mit dir in den Laden. Wenn du möchtest, mach heute zwei Stunden eher Schluss und feier das mit deinem Marius.«

»Echt?«

»Ja.«

»Danke!«

Mandy flitzte mit übersprühender Laune wieder in die Filiale. Judith sah ihr hinterher. Wer hatte es mehr verdient als ihre beste Mitarbeiterin, die ihr bei jedem Chaos zur Seite gestanden hatte, ohne auf die Uhr zu sehen.

Nun endlich konnte sich Judith dem Kärtchen im Blumenstrauß widmen. Sie zog es heraus, klappte es lächelnd auf – und erstarrte, denn damit hatte sie nicht gerechnet.

♥ 27 ♥

Die Blumen kamen nicht von Bejo von Deckert, sondern Frank war der Absender!

Hier im Geschäft hatte sie sich sicher vor ihm gefühlt, jetzt hatte er dieses Terrain auch irgendwie infiltriert. Hoffentlich stand er nicht zum Feierabend vor der Filiale!

Mit richtigem Unwohlsein verließ sie abends ihren Arbeitsplatz. Sie sah sich nach allen Seiten um, ihre Befürchtungen jedoch waren zu ihrer großen Erleichterung umsonst. Keine Spur von Frank!

Sie fuhr trotzdem mit einem unguten Gefühl nach Hause. Was tun, stand er vor ihrer Tür? Auch hier gab es Entwarnung. Erleichtert ging sie in ihre Wohnung, schaute aber zuerst in jeden Raum, um sicher zu sein, dass sie allein war und ärgerte sich zeitgleich über sich selbst. Da ließ sie sich von so einem Typen ins Bockshorn jagen! Als wenn der hier in ihre Wohnung eingebrochen wäre! Er war ja kein Psychopath, nur lästig – hoffentlich. Nur was sollte sie tun, eine unbestimmte Angst schwelte in ihr und die konnte sie leider nicht wegdrücken.

Und die wurde gleich verstärkt, da ihr Handy sich meldete. Das Display gab ihre Befürchtung preis. Es war Frank. Nö, sie ließ sich jetzt nicht zu einem Telefonat nötigen! In der nächsten halben Stunde versuchte er es ständig, danach schrieb er ihr eine WhatsApp.

Hey Judith, leider kann ich dich nicht erreichen! Du wirst doch wohl mit keinem anderen Mann unterwegs sein (kleiner Scherz). Sind die Blumen angekommen?

Sollte sie nun antworten oder nicht? Sie entschied sich dafür. Aber so, dass es für ihn eine Enttäuschung sein würde, anders sah sie keine Möglichkeit, damit er aufgab.

Danke, ja. Ich habe sie im Geschäft gelassen.

Einen Moment musste er die niederschmetternde Äußerung wohl sacken lassen, denn es dauerte einige Minuten, bis er etwas lahm und standardmäßig antwortete.

Ich hoffe, sie haben dir gefallen.

Ja, aber du hattest am Sonntag doch schon welche mitgebracht. Wäre nicht nötig gewesen.

Judith fielen diese Worte ziemlich schwer, denn eigentlich enttäuschte man niemanden so barsch. Eine andere Lösung sah sie momentan allerdings nicht.

Sie musste ihn loswerden.

Jedoch hatte sie nicht mit der Hartnäckigkeit Franks gerechnet.

Du bekommst jetzt jede Woche Blumen von mir!

Nein, schrie Judith innerlich auf. Der kapiert es überhaupt nicht!

Lass es einfach! tippte sie so schnell wie möglich zurück.

Er schrieb ihr noch vier Nachrichten, Judith reagierte nicht mehr darauf – und hatte dann eine Idee. Sie rief Marwin an. Raufgehen wollte sie nicht, weil Nieva bei ihm war und vielleicht störte sie die beiden Verliebten.

Aber Marwin war zu ihrer Erleichterung nach dem ersten Klingeln in der Leitung. »Hi Judith, wie geht es dir?«

»So eigentlich ganz gut.«

»Was meinst du mit so eigentlich?«

»Na ja ..., wie fange ich jetzt an? Thema Frank ...« Sie berichtete Marwin von Franks Art und Weise.

Er stöhnte auf. »Ich habe es mir fast gedacht, nachdem er dich gestern nicht verlassen wollte.«

»Und was mach ich nun? Ich will das nicht! Weißt du, dass ich richtig Muffe vor so einem Menschen habe? Steht der in Zukunft hinter der nächsten Ecke? Du verstehst, wie ich das meine.« Das klang panischer, als Judith es ausdrücken wollte.

»Angst brauchst du nicht haben. Frank kann einfach nur lästig wie eine Klette sein. Es liegt bloß daran, dass er unbedingt eine Freundin möchte, weil im Prinzip alle bei uns feste Partner haben. Er merkt nicht ansatzweise, dass er übers Ziel hinausschießt.«

»Ah, und jetzt bin ich sein ... Opfer?«

Marwin lachte auf. »Na ja, Opfer ist vielleicht ein bisschen krass ausgedrückt. Er hat sich halt in dich verliebt und versucht nun sein Bestes.«

»Also brauche ich keine Sorgen haben, dass er ein kleiner Psychopath ist?«

»Nein, keinesfalls! Aber du kannst etwas tun. Sag ihm schlichtweg knallhart vor den Kopf, du willst nichts von ihm. Er versteht das nur, wenn du absolut deutlich mit ihm redest.«

»Gut, dann mache ich das. Der lauert mir demnach nirgendwo auf?«

»Wirklich nicht.«

Nach dem Gespräch mit Marwin ging es Judith besser. Die Beklemmung war verschwunden.

Fast empfand sie Mitleid mit Frank, der sich verzweifelt um eine Freundin bemühte. Nur sie war es leider nicht.

Deshalb entschloss sie sich auch, es ihm direkt zu mitzuteilen, damit sie das Problem und somit ihn los war.

Frank, ich muss es dir einfach schreiben, mit uns, das wird nichts. Meine Gefühle für dich reichen leider nicht für eine Beziehung.

Die Antwort ließ nicht lange auf sich warten.

Oh schade! Du bist so verdammt süß. Okay, dann melde ich mich nicht mehr. Aber Freunde können wir doch bleiben, oder?

Auf diesen unverbindlichen Zug sprang Judith gerne auf.

Freunde sein geht immer.

Er schickte ihr noch einen Daumen hoch, danach war Ruhe und Judith erleichtert. Sie schlief infolgedessen gut und wurde erst wach, als der Wecker sie daran erinnerte, ihrem Brotjob nachzugehen.

Mandy tanzte förmlich durch die Filiale, so beschwingt war sie. Gestern Abend hatte ihr Mann die Unterschrift unter seinen Arbeitsvertrag gesetzt. Ab Januar war die kleine Familie ihre finanziellen Sorgen los.

»Du glaubst gar nicht, was mir das bedeutet! Endlich hat Marius wieder einen Job. Er fühlt sich so gut wie lange nicht. Ich bemerke richtig, wie die Erleichterungsbrocken einzeln von seinen Schultern poltern. So gute Laune hatte er ewig nicht. Und am Samstag schlendern wir mit den Zwillingen über den Weihnachtsmarkt! Ich freue mich unglaublich auf ihre leuchtenden Augen. Und wir können ihnen etwas kaufen, auch wenn es mehr oder weniger Vorschuss ist. Ich bin total happy!«

»Siehste, man muss nur daran glauben. Und du dachtest, die Unterschiedlichkeit der beiden Männer wäre ein Killerkriterium.« Judith fragte sich, ob ihre Fürsprache dazu beigetragen hatte. Mit Sicherheit hatte Herr von Deckert Mandys Mann kritisch beäugt, eventuell mit einer Spur Wohlwollen aufgrund ihrer Bitte. Aber mit absoluter Gewissheit hatte er aus der Sicht eines Unternehmers gehandelt.

Wie auch immer – sie würde es wahrscheinlich

nie erfahren. Marius hatte die Stelle erhalten, das allein zählte.
Mandy hatte ihren Marius und sie hatte – niemanden. John war nicht mehr da. Weg. Keine Chance auf ein einziges Wort, einen einzigen Blick, eine kurze Berührung. Nichts. Gar nichts. Von einem Moment auf den nächsten war das gewohnte, das so selbstverständlich glückliche Leben, all die Hoffnungen an die Zukunft ausgelöscht worden. Ein Albtraum, der in Dauerschleife verharrte. Es blieben nichts als Erinnerungen in Form von Videos, alten Messages und Fotos – und der Schmerz, der das Herz oft zu zerreißen, zusammenzudrücken oder ausbluten ließ.

War es überhaupt gut und richtig, dass sie Weihnachten bei einer fröhlichen Familie verbrachte? Zweifel machten sich breit. Was wäre, wenn sie das vor Ort gar nicht ertragen könnte, ohne das Tränen rollten?

Auf der anderen Seite war der Cousin von Marius ebenfalls eingeladen, den das Schicksal gleich doppelt gebeutelt hatte. Da war ihr Unglück ... ach, Quatsch alles. Jeder hatte sein Päckchen zu tragen und musste sehen, wie er mit dem Schmerz umging. So simpel war das.

Plötzlich hatte sie das Gefühl von Enge. Am liebsten wäre sie unmittelbar rausgelaufen, um die eiskalte Luft in ihre Lungen zu ziehen. Sie fasste einen spontanen Entschluss und bat Mandy zu sich.

»Mir ist nicht wirklich gut. Ich würde gern nach Hause gehen. Ihr schafft die restlichen drei Stunden allein, oder? Damit ich kein allzu schlechtes Gewissen haben muss?«

♥ 28 ♥

Judith erreichte ihr Zuhause mit dem Gefühl, völlig kraftlos zu sein.

»Du siehst total schlecht aus«, hatte Mandy besorgt gesagt.

»Ich habe mir vielleicht ein bisschen zu viel zugemutet«, hatte Judith abgewinkt.

»Vielleicht? Natürlich hast du das! Du hast auf jeden freien Tag verzichtet, meine Liebe, und geschuftet wie sonst was. Das rächt sich jetzt. Schnapp deine Tasche, fahr nach Haus und hau dich hin. Wir schaffen das hier schon. Gute Besserung.«

Hunger hatte Judith, aber keine Lust und Kraft, sich etwas wirklich Nahrhaftes zu machen, so musste eine Dosensuppe herhalten. Während die von selbst in der Mikrowelle heiß wurde, entledigte sie sich ihrer Kleidung und zog sich einfach nur einen Morgenmantel und ihre Kuschelsocken über.

Sie sah aus dem Fenster. Die Dämmerung setzte ein, die Straßenlaternen ließen mit ihrem warmen Licht bereits den Schnee in ihrem Leuchtbereich glitzern. Autos fuhren langsam vorbei, in ihrer Straße wurde schließlich nicht gestreut, und eine Frau auf dem Bürgersteig schleppte in jeder Hand eine schwere Tüte des nahegelegenen Discounters. Sie hinterließ ihre Fußspuren in der frischen Schneedecke.

Mit der Bowle Suppe zog Judith Richtung Couch und aktivierte ihren Fernseher. Zwischendurch immer wieder einen Löffel genießend und ins Programm schnüffelnd, schaltete sie durch.

Als ihr Teller geleert war, erreichte sie einen Musiksender. Was wurde geboten? Natürlich Weihnachtssongs quer Beet. Und unweigerlich kam es, ihr Lied, das Judith mit ihren Gedanken und Gefühlen in die Vergangenheit katapultierte.

Feliz Navidad war *ihr* Song – Judiths und Johns. Bei diesem Weihnachtsklassiker hatten sie sich auf dem Weihnachtsmarkt kennengelernt. Judith war mit ihrer damaligen Freundin Sibylle unterwegs, um nach kleinen Weihnachtspräsenten zu schauen und, wie konnte es anders sein, sich natürlich durchzufuttern.

John hatte Spaß mit seinen Sportkollegen. Die jungen Männer standen bereits am Glühweinstand und feixten, als die beiden Mädels am Nachbarstand Bratwurst mit Brötchen mampften.

Zehn Jahre war das nun her.

Die Zeit rennt unbarmherzig, empfand sie traurig. Trotzdem versetzte sie der Song in eine Gefühlslage, als wäre es gestern gewesen.

Es hatte nicht lange gedauert, da waren sie ins Gespräch gekommen und Judith und Sibylle gesellten sich zu dem Trupp gutgelaunter Männer. Wahrscheinlich aber auch deshalb, weil Sibylle einen von ihnen kannte. Er wohnte mit seiner Familie ein paar Häuser von ihr entfernt.

Da Judith noch zögerte, »Ich weiß nicht, fünf unbekannte Männer ...«, hatte Sibylle ihre Freundin mitgezogen. »Keine Sorge, ich kenne einen von ihnen, er ist Familienvater. Also harmlos, es sind keine Aufreißer.«

Tatsächlich trugen drei von ihnen Eheringe. Über das Jahr hinweg bildeten sie eine Laufgruppe und im Dezember gingen sie traditionell gemeinsam auf den Weihnachtsmarkt. Es hörte sich alles herrlich normal an.

John war der Ruhigste von ihnen. Sie mochte Männer, die allein durch ihre Präsenz wirkten, ohne laut zu sein. Groß, dunkle Haare, das war ihr Typ. Im Gegensatz zu den anderen trug er keine wattierte Jacke, sondern eine dicke Lederjacke und einen Wollschal dazu. Dieser Style gefiel ihr.

Die verheirateten Männer hielten ihre Familien auch gar nicht geheim, wie das so oft der Fall war. Im Gegenteil, sie plauderten freimütig über ihre Kinder, die Weihnachtsgeschenke und den Trubel zu den Weihnachtstagen.

Sibylle lief bei diesem Gespräch zu Höchstform auf, denn sie hatte in dem Jahr geheiratet und war im vierten Monat schwanger.

Als einer der Männer einen Glühwein vor sie stellte, lehnte sie natürlich dankend ab. »Geht nicht, Baby im Bauch«, grinste sie und schob die heiße Tasse ein Stückchen von sich weg. Unkompliziert wurde diese durch eine alkoholfreie Variante ersetzt.

»Kinderpunsch ist schließlich jetzt das Richtige.«

John hatte dafür gesorgt und lächelte Sibylle freundlich an. Judith konnte die Augen nicht mehr von ihm nehmen und bedankte sich, als er sie, schlau geworden durch die Auskunft von Sibylle, fragte: »Der echte Glühwein ist für dich in Ordnung, oder bist du auch ...?«

»Nee, ich nicht«, lachte sie und setzte hinzu, durchaus gezielt, »mangels Mann.«

»Mangels Mann? Echt?«

»Ist so.«

Ab diesem Moment stand John neben ihr. Später hatte er ihr gestanden, dass er sich auf den ersten Blick in sie verliebt, aber gedacht hatte, eine Frau wie sie könne unmöglich Single sein.

Er hatte ihr beim Abschied seine Visitenkarte überreicht und auf einer weiteren ihre Handynummer notiert.

Judith hatte damals gerade ihre Wohnungstür aufgeschlossen, als er bereits anrief. »Ich war neugierig, ob du mir die richtige Nummer gegeben hast.«

Sie lächelte in sich hinein. Keine Nanosekunde hatte sie darüber nachgedacht, ihm eine falsche Telefonnummer zu nennen. Im Gegenteil, auf dem Heimweg hatte sie schon gefiebert, wann er sie wohl anrufen würde!

Sie unterhielten sich noch eine Weile und das Ergebnis der Plauderstunde war ein Date am nächsten Tag.

Als Judith später im Bett lag, versuchte sie, sich sein Gesicht vorzustellen, aber vergeblich. Auf seltsame Art war es durch ihr Herzklopfen für ihn verschleiert.

Das gab es wirklich. Liebe auf den ersten Blick.

Nie hätte sie geglaubt, dass sie einmal von sich sagen könnte, ich habe mich spontan verliebt.

Der kommende Tag stand auf ganzer Linie im Zeichen ihres Treffens. Sie schminkte sich allerdings genauso wie sonst auch. Selbst ihr Outfit bestand nur aus Jeans und ihrem Lieblings-Sweatshirt. Sie wollte sich so geben, wie sie normalerweise war, ohne einen besonderen Glanz. Verliebte er sich dann, fühlte es sich besser an, als wenn sie den Status einer aufgeplusterten Verpackung für die nächsten Treffen aufrechterhalten müsste.

Eingemummelt in ihre dicke Winterjacke mit Schal und Mütze und den wärmenden Winterstiefeln an den Füßen machte sie sich auf zum nahegelegenen Treffpunkt am Tierpark.

Ob er bereits auf sie wartete? Judith hatte es extra so eingerichtet, dass sie pünktlich vor Ort war, keine Minute eher aber auch nicht zu spät. Sie sah ihn schon von Weitem. Er joggte auf der Stelle, ihm war demnach kalt. Das erklärte sich gleich.

Mit einem liebevollen Lächeln hieß er sie willkommen, nahm sie allerdings nur ganz kurz in den Arm.

»Ist dir kalt?«, fragte sie.

»Ich stehe hier seit zwanzig Minuten, irgendwie fräst sich dann die Kälte durch die Kleidung bis unter die Haut.

»So lange? Aber wir hatten doch gesagt ...«

»Alles gut«, stoppte er sie. »Ich wollte nur nicht, dass du auf mich warten musst.«

Sie liefen los, der Schnee knirschte unter ihren Schuhen. Sie erzählten nebenbei, wobei ihre Worte kleine Atemwölkchen bildeten. Die Zweige der Bäume waren weiß, die Wiesen trugen ein Schneekleid. Die Bänke auf dem Weg hatten bisher keine Besucher gehabt, denn die Schneeschicht war unberührt. Wer wollte sich bei diesen Temperaturen auch schon setzen? Bewegung war angesagt.

Der letzte winterliche Sonnenstrahl hatte sich verabschiedet und der Wind frischte auf.

»Was hältst du davon«, schlug John vor, »wenn wir unsere Wanderung abbrechen? Ich bin eigentlich nicht so das Weichei, aber mir ist lausig kalt. Ich kenne ein nettes Café in der Nähe.«

»Oh ja, mir ist ehrlich gesagt auch saukalt. Und weil ich ein Mädel bin, wahrscheinlich noch deutlich mehr als dir.«

»Ich denke, heute fällt weiterer Schnee. Somit bekommen wir weiße Weihnachten.«

»Das wäre echt ein Traum. Ich liebe Weihnachten, und wenn es dazu Schnee gibt, finde ich es genial.«

»Du liebst Weihnachten? Echt? Krass. Ich auch. Leider habe ich oft diese Weihnachtsmiesmacher um mich herum mit ihren, wie sie meinen, coolen Sprüchen. *Alles nur Kommerz, ich schenke an anderen Tagen, ich lasse mir doch kein spezielles Essen aufzwingen* ... und so weiter. Schlimm finde ich das. Weißt du, ich hatte eine sehr schöne Kindheit, meine Eltern pflegen noch heute die Traditionen, sei es das Schmücken des Christbaums oder das Vorbereiten des Menüs. Auf Weihnachten freuen wir uns – für wenige Stunden ist die Welt um uns heile, weil wir das so möchten.«

Geflasht blieb Judith stehen. »Das hört sich so gut an. Leider war meine Kindheit nicht so rosig ...« Sie berichtete von ihren Eltern, die eigentlich lieber einen Jungen gehabt hätten, den unsäglichen Schwierigkeiten, die sie immer noch hatte und deshalb ungern zu ihnen fuhr beziehungsweise es mittlerweile ganz vermied.

John hatte betroffen zugehört. Danach nahm er sie einfach in den Arm und Judith lehnte sich gar nicht schüchtern an ihn.

Auf dem Rest des Weges ließ er seinen Arm um ihre Schulter. Judith genoss seine Nähe und diese Umarmung.

Sie verbrachten eine gute Stunde in dem Café bei warmem Apfelstrudel mit Sahne und Vanilleeis.

Als John gezahlt hatte, überraschte er sie. »Ich könnte uns heute Abend etwas Schönes kochen, kommst du mit zu mir?«

♥ 29 ♥

»Ja«, hatte Judith geantwortet und genau das getan, was sie sonst mit den Worten »Wie dämlich ist die Alte denn und wen wundert's, wenn es die kalt erwischt« verurteilt hätte. Sie war ihm in seine Wohnung gefolgt, obwohl sie ihn nur wenige Stunden kannte.

Ab diesem Tag waren sie ein Paar. Zwischen ihnen war alles so easy, so normal. In vielen Dingen teilten sie die gleiche Einstellung und beide konnten auch differente Meinungen akzeptieren.

Sicherlich, irgendwann kam der allererste große Streit und somit die Tränen, aber die Versöhnung war umso schöner.

Das zweite Weihnachtsfest als Pärchen nahte und sie erschufen ihre eigene Weihnachtswelt, die sie an einem Tag mit seinen Eltern teilten.

Schon im ersten gemeinsamen Jahr hatte ihr Christbaum ein neues Kleid erhalten. Judith kaufte begeistert die prächtigsten Kugeln, derer sie habhaft werden konnte. Überall auf den Fensterbänken standen Kerzen, kleine Porzellanrentiere und Rehe, ihre Fenster schmückte sie mit winterlichen Folienbildern.

Zwar musste Judith selbst an Heiligabend noch bis Mittag arbeiten, aber das war für sie völlig belanglos. John wartete vor dem Geschäft auf sie und ab diesem Moment war ihr persönliches, wunderbares Weihnachten da!

Unter dem Christbaum hatte er ihr den Heiratsantrag gemacht und im Juni des kommenden Jahres feierten sie eine rauschende Hochzeit.

Die ersten Ehejahre waren vergangen und sie sehnten sich nach einem Kind. Auch das besprachen sie an einem Weihnachtsabend. Leider hatte die sofortige Wunschumsetzung keinen Erfolg, aber der Arzt hatte sie beruhigt, sie waren beide gesund. »Das wird. Fleißig weiter üben!«, hatte er ihnen Mut zugesprochen.

Doch fleißig weiter üben hatte ihnen das Leben nicht mehr vergönnt. John starb eine Woche nach der beruhigenden Untersuchung.

Hatte sie schlechte Tage, wollte sie einfach nicht verstehen, warum es daheim so ruhig war, er nicht gleich um die Ecke kam, obwohl sie ihn nahezu in der Wohnung laufen hören konnte. Die Psyche spielte so hundsgemeine Streiche! Dann wurde der Schmerz derart übermächtig, dass heiße Tränen flossen und sie sich manchmal in Embryohaltung auf die Couch legte, weil es nicht anders zu ertragen war. Oh John, wo bist du?

Als sie bei diesen traurigen, schmerzhaften Gedanken angelangt war, verklangen auch die letzten Töne von *Feliz Navidad*. Eine einzige Träne rollte über ihre Wange.

Jedoch schien der Schmerz diesmal nicht so einschneidend und bohrend. Dieses Jahr verbrachte sie den Heiligabend nicht allein.

War sie ehrlich, hätte sie kein Weihnachtsfest einsam verbringen müssen. Von Johns Eltern war sie jährlich herzlich eingeladen worden. Aber das brachte sie nicht übers Herz. Hatte sie doch mit ihrem geliebten John dort glücklich gesessen – und dann ohne ihn? Sie hätte wahrscheinlich nur geheult. So fuhr sie zu anderen Zeiten zu ihren Schwiegereltern – zum Beispiel an deren Hochzeitstag im Juli. Sie saßen meist bei schönem Sonnenwetter draußen im Garten. Das war leichter zu ertragen, für sie und für die beiden, die schwer unter dem Verlust ihres einzigen Sohnes litten. Sie liebte die älteren Herrschaften, sie waren ihr Ersatz für die Eltern, die sie sich so gewünscht, aber nie gehabt hatte. Zwischendurch telefonierten sie und es war stets ein aufbauendes Gespräch.

Wie hatte Johns Mutter gesagt, als sie sich zu dritt zur Beerdigung fest an der Hand hielten?

»Bitte bleibe uns als Tochter erhalten. Wir möchten dich nicht auch noch verlieren.«

Das war Balsam für Judiths Seele gewesen, hatte sie sich doch so allein zurückgelassen und unendlich verloren gefühlt.

Judith hörte ein Geräusch an der Tür. Was war das? Ein Klopfen? Sie lauschte angestrengt. Oh ja, es war ein Klopfen! Merkwürdig.

Sie lief auf Zehenspitzen zur Tür. Als es erneut klopfte, öffnete sie beherzt die Tür, allerdings nur einen Spalt mit dem festen Plan, sie sofort zuzuknallen, sollte Frank davorstehen.

Zu ihrer Überraschung war es Nieva, sie trug eine Schale.

»Hi Judith«, sie hatte wirklich ein süßes Lächeln. »Darf ich zu dir reinkommen?«

Judith zog die Tür weit auf. »Natürlich«, und machte eine einladende Handbewegung.

Die kleine Nieva schlüpfte hinein. »Ich habe Reiskuchen gebacken, den gibt es bei uns auf den Philippinen in Christmaszeit. Marwin meinte, du würdest gerne schmecken.«

Och nee, wie süß sie sich ausdrückte! Obwohl, in der Grammatik war sie eigentlich erstaunlich sicher.

»Das ist ja nett! Reiskuchen kenne ich noch nicht. Wie lieb von dir!«

Judith bot Nieva einen Platz an und, gar nicht schüchtern, setzte sie sich auch gleich.

»Gibt es diesen Kuchen traditionell bei euch?« Judith war neugierig geworden. »Und feiert ihr Weihnachten genau wie wir? Ich nehme an, Marwin hat dir schon viel erzählt über unsere deutschen Traditionen und Bräuche.«

»Bei uns ist es etwas anders. Zu dieser Jahreszeit ist bei uns Hochsommer.« Sie überlegte einen Augenblick. »Weihnachten läuft auf den Philippinen, zumindest bei meiner Familie, von September bis zu das Heilig Drei König.« Sie stutzte. »Nein, so sagt man nicht. Wie ist das richtig, Judith?«

»Bis zu den Heiligen Drei Königen, meinst du.«

Sie wiederholte es. »Bis zu den Heiligen Drei Königen, also vier Monate. Funny, isn't it? Bei meiner Cousine, die Christmas total liebt, stehen auf der Veranda ein geschmückter Christbaum, Weihnachtssterne aus Plastik, große Nikolausmützen und andere Christmas Dekorationen.«

»Wow«, staunte Judith. »Bei uns geht es so richtig los mit dem ersten Advent. Und das Wetter ist kalt und frostig. Weihnachten und Kälte gehören für uns Deutsche zusammen.« Dann jedoch musste sie daran denken, dass es teilweise Ende August schon Lebkuchen und Co zu kaufen gab. Schlimm.

Nieva strich sich eine Strähne ihres glänzenden, glatten Haares hinter das Ohr. »In der Vorweihnachtszeit sind die *Carolers* wichtig. Das sind Kinder oder auch ältere Leute, die singend von Haus zu Haus ziehen. Oft haben sie selbstgemachte Instrumente aus Müll, leeren Flaschen und Dosen. Für ihre Performance erhalten sie etwas Geld.«

»Bei uns gibt es Adventssingen.« Aber hier bemerkte sie, dass Nieva es nicht verstand. »Das wird dir Marwin zeigen.«

Nieva lächelte. Wie sie überhaupt viel lächelte. Sie war so eine liebenswürdige Person. Kein Wunder, dass Marwin sein Herz an diese zarte junge Frau verloren hatte.

Judith erfuhr viele weitere interessante Einzelheiten, so stand zum Beispiel bei Nievas Cousine Mayari auf der Bucket List: Einmal einen Schneemann bauen. Noch nie Schnee gesehen zu haben, war für Judith gar nicht nachvollziehbar. Auch die Vorstellung, möglichst viel Spaß beim Karaoke zu haben, passte so gar nicht in die besinnliche Zeit der deutschen Weihnacht. Aber selbst hier widerlegten ihre eigenen Gedanken die Besinnlichkeit, dachte sie an die Hektik, die vorher immer überall zu spüren war.

»Wir wünschen uns übrigens erst am 25. Dezember um Mitternacht ein frohes Fest. Es wird gelacht, geküsst und gefeiert. Lechón, das ist Spanferkel, kommt dann als Highlight auf den Tisch, denn man kann es sich sonst gar nicht leisten. Also ein richtiges Christmas meal, dazu Reis und Reiskuchen, Frühlingsrollen. Das sind so die typischen Gerichte, die jeder gern mag. Ah, und natürlich special Süßspeisen zu Weihnachten: Puto Bumbong, das ist ein lilafarbener Klebereis und Bibingka, ein Kuchen aus süßem Reis, aber den gibt es auch mit salzigem Ei und cheese. Cheese?«

»Du meinst Käse«, half ihr Judith.

»Genau. Ein lustiges Wort. Käse.«

Judith verglich es mit dem deutschen Weihnachtsessen, auf das sie, bis John starb, immer das ganze Jahr hingefiebert hatte. Gänsebraten mit Knödel und Rotkohl. Sie berichtete Nieva davon und die war bereits neugierig auf dieses Gericht. »Ja, das kochen Marwins Eltern auch. Dort sind wir eingeladen und ich bin gespannt, wie schmeckt mir. Es ist wie bei uns, die Familie kommt zusammen.« Nievas Augen glänzten.

Der letzte Satz tat Judith richtig weh. Sie hatte keine Familie mehr, die sich traf. Gleichzeitig freute sie sich plötzlich sehr auf den Heiligabend mit Mandy – und ein wunderbares Weihnachtsessen, was sie sonst alleine nicht haben würde. »Ja, die Familie ist das Wichtigste«, sagte sie langsam und bedächtig.

»Oh, ehe ich es vergesse«, ergänzte Nieva, »Es *gehört* sich, den älteren Familienmitgliedern Respekt zu erweisen, daher nehmen die Jüngeren die Hand von Oma, Opa, Tante oder – mir fällt das Wort nicht ein – nicht so wichtig – und halten sich deren Handrücken an die Stirn. Dafür gibt es dann ihren Segen und Bargeld. Oma und Opa bei uns heißen Lola und Lolo.«

»Och, das hört sich aber auch lieb an.« Judith spürte den Schmerz, sie hatte keine Großeltern mehr. Vielleicht wäre vieles anders gelaufen, hätten sie länger gelebt. »Ich habe leider weder Oma noch Opa mehr.«

»Keine Lola und keinen Lolo?« Nieva schaute sie entsetzt an und Judith schüttelte den Kopf. »Du Arme!« Nieva empfand echtes Mitleid.

»Ich kenne es ja nicht, deshalb fehlen sie mir auch nicht. Nur manchmal, in der Kindheit, habe ich sie vermisst. Dann, wenn andere von der Schule von ihrer Oma oder Opa abgeholt wurden oder sie die Ferien bei ihnen verbrachten und nachher davon erzählten.« Trotzdem hatte sie Nieva gerne zugehört. »Das war ein sehr schöner Einblick in philippinische Weihnachtsbräuche.« Nieva hatte ihr die Schwermut, die sie vor ihrem Besuch empfunden hatte, genommen. »Magst du ein Glas Eierpunsch?«

»Eierpunsch? Was ist das?«

»Ich würde sagen, du probierst ihn. Es ist typisch Deutsch, du bekommst es auf Weihnachtsmärkten und auch in Flaschen für daheim.«

»So wie Glühwein?«, fragte Nieva, den sie ja bereits kennengelernt hatte.

»Ähnlich.«

»Ja, ich probiere.«

Nieva folgte Judith in den Küchenbereich und schaute zu, wie sie Sahne schlug, den Eierpunsch erwärmte und damit dekorierte. Obenauf stäubte sie etwas Zimt.

»Mmh, riecht gut!«, Nieva wedelte sich den Duft mit der Hand zu.

»Und schmeckt super«, griente Judith.

Sie nahmen wieder Platz auf der Couch und tranken genüsslich.

»Das ist fein«, verkündete Nieva und nahm für den Rest in der Tasse den Zeigefinger, damit nichts verloren ging.

»Möchtest du noch einen?«

Nieva bejahte freudig. So verleibten sich beide den zweiten Eierpunsch ein.

Nebenbei erzählte Nieva von ihrer Familie in Santa Cruz Laguna, von ihrer Oma und zeigte Judith sogar ein Bild von ihr auf ihrem Handy. Sie war genau das, was man sich unter einer liebenswerten Großmutter vorstellte.

Die kleine Frau hatte weißes Haar und trug hübsche Perlenohrringe. Das lange farbenfrohe, bunte Kleid stand ihr gut. Sie stützte sich zwar auf einen Stock und wirkte gebrechlich, aber lächelte genauso liebenswert wie ihre Enkeltochter.

»Sie sieht richtig lieb aus.« Judith betrachtete das Foto ausgiebig.

»Das ist sie. Ich liebe sie sehr.«

Der zweite Eierpunsch war getrunken und beide wussten später nicht mehr, wie es dazu kam, dass der dritte Punsch im Glas landete.

Irgendwann klingelte es.

♥ 30 ♥

Judith fand ihren Weg zur Tür auf leicht unsicheren Füßen. »Hohoho! Der Marwin!«

Der sah sie irritiert an. »Nieva ist doch bei dir?«, versicherte er sich.

»Joah, komm rein,« ihre Stimme nahm einen kleinen Singsang an, »komm reiheiiin!« Sie machte den Weg mit einem kleinen Knicks frei, ein breites Grinsen im Gesicht.

Marwin ging durch ins Wohnzimmer, Judith folgte ihm trippelnd. Er schaute von einer zur anderen. »Nee, ne? Das glaub ich jetzt nicht! Ihr seid ja angeschickert! Mit was habt ihr zwei euch denn die Kante gegeben?«

»Eiapnsch«, quietschte Nieva ausgelassen und Judith gackerte albern. »Möchtest du auch einen?«, bot sie an. »Ich habe nämlich eine ganze Kiste gekauft. Sechs Flaschen. Vier sind noch da und ein Dröppelrest. Also, was ist, Eure Exzellenz, Soßenkönig Marwin.«

»Lass mal lieber«, schmunzelte Marwin. »Meine

Freundin hat genug getankt.« Er hakte seine Nieva unter und zog sie die Treppen hoch nach oben, während Nievas Plappermäulchen nicht stillhielt.

Judith widmete sich dem noch verbliebenen Rest in der zweiten Flasche. Sie machte es wie Nieva, den Bodensatz schleckte sie mit dem Finger raus. »Das war lecker, was, Judith?«, sprach sie vergnügt mit sich selbst.

Jetzt hatte sie genau die richtige Bettschwere. Sie schaffte es gerade noch, sich aus den Klamotten zu schälen, die Reste ihres Make-ups runterzukratzen und die Zähne etwas ungelenk zu putzen, dann fiel sie geschafft aber zufrieden in ihr Bett und war sofort eingeschlafen.

Der kommende Tag zeigte die Folgen der Eierpunsch-Orgie. Sie hatte rasende Kopfschmerzen und stand stöhnend auf. Auch die heiße Dusche erlöste sie nicht davon, so schmiss sie sich eine starke Kopfschmerztablette ein und machte sie sich auf den Weg zur Arbeit, jeden Schritt und jeden Hubbel auf der Straße im Auto als schmerzenden Schlag ans Gehirn spürend.

Mandy erzählte sie nichts von ihrer Zweier-Punschparty, sondern tat nur schreckliches Kopfweh kund.

»Ich hab dir gesagt, du sollst zu Hause bleiben und dich auskurieren, Judith!« Mandy stemmte die Hände in die Hüften. »Wir haben drei Tage vor Weihnachten. Willst du Heiligabend im Bett liegen, anstatt die Gans mit uns zu vertilgen? Schwirr ab und komm erst zurück, wenn du besser aussiehst und nicht so kariert guckst!«

Bis zum Mittag hielt Judith es tapfer aus, dann

nahm sie höllisch dankbar den Rausschmiss an, nur leicht protestierend, und verließ das Geschäft wieder.

Eine Currywurst kam ihr in den Sinn, die könnte ihrem dröhnenden Kopf guttun. Ab auf den nahegelegenen Weihnachtsmarkt. Der Stand befand sich günstigerweise am Beginn des Marktes und es war sogar ein Stehtisch frei.

Gerade hatte sie den ersten Bissen im Mund, als sie von hinten angesprochen wurde.

»Darf ich mich zu Ihnen gesellen?«

Neugierig drehte sich Judith um und sah in das freundliche Gesicht von Bejo von Deckert, der ebenfalls eine Schale Currywurst in der Hand hielt.

»Natürlich.« Auch der noch. Musste das jetzt sein? Immerhin schaffte sie ein nettes Lächeln.

Dieser Mann sah wieder aus wie aus dem Ei gepellt. Den Wintermantel trug er offen, leger einen Schal darüber. Man sah seinen eleganten Anzug und die kostbare Krawatte in verschiedenen Blautönen. Wie konnte man nur so makellos aussehen? Der feine, überhaupt nicht aufdringliche, frisch-herbe Duft nach einem Herrenparfüm umgab ihn wie immer, jedes, aber auch jedes einzelne Härchen lag an seinem Platz.

So was führt ja wie von selbst zu Minderwertigkeitskomplexen, rauschte ihr durch den Kopf. Und wie sah sie aus? Mitgenommen, genauer gesagt guckte sie kariert, so jedenfalls hatte Mandy es ausgedrückt.

»Haben Sie Mittagpause?«, startete er die Konversation.

»Nein, ich habe heute Nachmittag frei, es ist noch einiges für Weihnachten zu erledigen. Die Zeit möchte ich nutzen, deshalb gibt es nur schnell eine Wurst auf die Hand, damit ich alles schaffe, was ich mir vorgenommen habe.« Judith wollte mit dem Hinweis auf ihren fest eingeteilten Zeitplan eine weitere Einladung von ihm vermeiden. Aber die kam auch nicht. Stattdessen gestand er ihr, dass er oft ein Last-Minute-Käufer war. »Wenn ich unter Druck stehe, finde ich meist die schönsten Geschenke, so lustig das klingt.«

Sie kämpfte mit sich, sollte sie ihn wegen Marius Veigel fragen oder lieber doch nicht?

Sie hatte sich noch nicht entschieden, als Herrn von Deckert ein Missgeschick passierte.

Ihm rutschte ein Stück Currywurst von der kleinen Holzgabel, rollte – wie ein Wagenrad den Berg – auf seiner Krawatte hinunter und schmiegte sich wieder in die Schale zu den restlichen Wurststückchen, dabei einen Spritzer auf den Stehtisch schickend.

Beide hatten dem Schauspiel wie elektrisiert zugesehen, als erlebten sie eine Filmszene in Zeitlupe. Während der elegante Immobilienmakler noch ungläubig in das erneut aufgefüllte Schälchen schaute, brach Judith in schallendes Gelächter aus. Dann hielt sie sich vor Schreck die Hand vor den Mund, denn Herr von Deckert sah sie entgeistert an.

»Oh Entschuldigung, aber ... aber ...« Judith gluckste, »es war so ... witzig!« Sie fühlte, wie sie knallrot anlief.

Jetzt lächelte auch das Currywurst-Opfer. »Schade, dass ich mich heute Morgen gegen die Krawatte mit den Rottönen entschieden habe.«

Kurzentschlossen nahm er sie ab. »Der nächste Termin geht eben ohne.« Er steckte sich die befleckte Krawatte in die Manteltasche. »Darf ich uns noch einen Kaffee oder Kakao oder was auch immer Heißes holen?«

Judith lehnte, beide Hände erhoben, ab. »Vielen Dank, nein. Ich muss mich eh beeilen.« Demonstrativ sah sie auf die Uhr und wollte sich schnellstens verabschieden. Bloß weg!

Da legte Bejo von Deckert seine Hand auf ihre und sah sie aus lächelnden, man konnte auch sagen amüsierten, Augen an. »Frau Jacobi, ich habe schon eher als heute verstanden, dass Sie sich nicht mir treffen möchten. Das ist für mich sehr schade, aber völlig in Ordnung und hat keinen Einfluss auf mein Verhalten gegenüber Ihnen.«

Erneut schoss Judith die Röte wie ein Warnsignal ins Gesicht.

Bejo von Deckert lachte. »Alles gut, wirklich. Und ehe es während Ihrer Shopping Tour unangenehm nagt: Herr Veigel hat auf voller Linie überzeugt. Er hat es also selbst geschafft.«

Judith nickte etwas verlegen.

Doch als sie im Auto saß, musste sie lachen. Irgendwie hatte es sie beide erwischt. Gerade ihm, dem erfolgreichen Immobilienmakler, der stets so perfekt aussah, verschaffte ein Currywurststückchen sein Waterloo vor einem Termin. Letztendlich jedoch hatte er souverän reagiert.

Und sie hatte es genauso abbekommen. Der nette Herr von Deckert hatte ein gutes Gespür und ihre Gedankengänge erraten, nicht nur ihre Einstellung zu ihm, auch die Neugier wegen Marius Veigel. Tja, an ihrem Schauspieltalent musste sie wohl noch etwas feilen.

Für ein paar Momente hatte sie die Kopfschmerzen verdrängt, jetzt allerdings waren sie mit aller Heftigkeit zurück. Sie war froh, als sie in die Tiefgarage fahren konnte und stöhnte innerlich beim Treppensteigen zur Wohnung auf.

Es gab Geräusche im Flur und siehe da, Marwin und Nieva kamen ihr ausgehfertig entgegen. Die Philippinin hatte beste Laune. »Wir gehen auf den Weihnachtsmarkt, Glühwein trinken«, freute sie sich. »Magst du mitkommen?«

Allein das Wort Glühwein löste bei Judith schon einen Würgereiz aus und sie musste ziemlich mitgenommen geschaut haben, denn ohne Antwort von ihr stellte Nieva mit besorgtem Blick fest: »Oh, du siehst nicht gut aus.«

»Es ist nichts weiter, leichte Kopfschmerzen. Hab ich öfter bei Wetteränderung«, winkte sie ab.

Marwin jedoch grinste belustigt, er wusste genau, was Sache war.

»Dann wünsche ich euch viel Spaß auf dem Weihnachtsmarkt.« Judith versuchte ein Lächeln, aber so richtig gelang es nicht.

Wieso hatte Nieva keinerlei Ausfallerscheinungen? Sie war viel kleiner und zierlicher als sie selbst, da musste der Alkoholgehalt doch noch deutlicher gewütet haben? Tatsächlich war sie ihr gerade wie das blühende Leben entgegengekommen. Tja, ein Rätsel mehr auf dieser Welt, das sie nicht lösen konnte ...

Sie schloss ihre Wohnung auf und war erleichtert, die Schuhe von den Füßen kicken zu können und sich der warmen Outdoorbekleidung zu entledigen. Als Erstes tappte sie in die Küche und warf sich eine weitere Tablette ein. Dann fiel sie geschafft auf die Couch, wo sie auch den ganzen Nachmittag herumlungerte.

Sie war fast eingenickt, da klingelte ihr Handy. »Jetzt nicht«, grummelte sie und drehte sich herum. Als sie erwachte, linste sie mit einem Auge auf den Anrufer. Frank. Schwein gehabt!

Allerdings versetzte sie ein Anruf eine halbe Stunde später in Aufruhr.

♥ 31 ♥

»Judith, hier ist Emilia.«

Warum rief Johns Mama sie an? Normalerweise hätten sie nun erst zu Weihnachten zusammen gesprochen. Und ihre aufgeregte Stimme verriet nichts Gutes.

»Emilia, welche Überraschung!«

»Ich mache es kurz, weil ich dich nur informieren wollte. Man hat Jack gerade mit einem Schlaganfall«, hier hörte Judith sie nach Luft schnappen und die folgenden Worte kamen schon unter Tränen, »ins Krankenhaus gefahren.«

»Oh, Emilia, das tut mir so leid!« Judith war schwer getroffen, mochte sie den Vater von John doch von Herzen gern.

Ihre Schwiegermutter berichtete ihr, wie ihr Mann im Restaurant zusammengebrochen, aber das Glück in Form eines Arztes vor Ort war. Jetzt lag er auf der Stroke Unit, noch nicht ansprechbar.

Judith entschied vollkommen spontan. »Ich komme.«

»Das kann ich nicht von dir verlangen«, hörte sie, spürte jedoch, dass sie genau das hatte hören wollen.

»Ich setze mich ins Auto und düse los.«

»Wirklich? Ach, das wäre ja doch schön. Wann wirst du dann hier sein?« Die Erleichterung in der Stimme war nicht zu überhören.

Judith sah auf die Armbanduhr. »Ich fahre in einer halben Stunde los, dann könnte ich gegen neun bei dir sein.«

»Wo bist du denn?«, kam die erstaunte Frage.

Na klar, Emilia und Jack hatten keine Ahnung, dass sie nach Hamburg gezogen war.

»Ich lebe jetzt in Hamburg. Das hat sich alles sehr kurzfristig ergeben. Ich erzähle es dir, wenn ich bei dir bin.«

»Das wusste ich ja nicht. Bitte fahr nicht im Dunkeln, Judith! Außerdem ist es glatt draußen. Es kann bis morgen warten. Ich möchte nicht, dass dir etwas passiert.«

»Die Autobahnen sind gestreut. Voraussetzung ist allerdings, dass ich bei dir schlafen kann. Jetzt noch ein Hotel suchen wäre blöd.«

»Welche Frage! Du weißt doch, du bist jederzeit bei uns willkommen.«

Judith telefonierte mit Mandy und teilte ihr das Geschehen mit. »Ich komme morgen nicht. Kannst du bitte Aushilfen bestellen? Ich weiß allerdings noch nicht, wie ich das Herrn Dr. Schiller verklickern soll, sollte er mitbekommen, dass ich zwei Tage vor Weihnachten nicht im Geschäft bin.«

»Ich melde dich weiter krank. Ganz einfach.«

»So wirklich in Ordnung ist das ja nicht.« Judith

plagte das schlechte Gewissen.

»Ist es doch. Es gibt nichts Wichtigeres, als das Leben von den Menschen, die man liebt. Da hat man zur Stelle zu sein, alles andere ist unwichtig.«

»Danke, Mandy, du bist eine echte Freundin.« Sie ahnte nicht, dass Mandy Tränen in den Augen hatte. So einen Satz hatte sie noch nicht gehört. Sie war überglücklich. Judith bezeichnete sie als Freundin!

In aller Eile packte Judith eine Reisetasche und schleppte sie in die Tiefgarage. Ab in den Kofferraum und auf nach Neumünster!

Die Fahrt gestaltete sich anfangs besser als erwartet. Die Autobahn war zwar nicht glatt, da Streuwagen ihren Einsatz fuhren, aber mit jedem Kilometer mehr rückte die Angst näher an sie heran. Schneefall hatte eingesetzt und die nunmehr nassen Flocken trudelten wild vor ihrer Fensterscheibe hin und her. Der immer dichter werdende Schneetanz fühlte sich mittlerweile an wie eine Wand, die es zu durchfahren galt.

Sie sah schlecht, saß angespannt hinter dem Steuer, konzentriert nach draußen starrend, um die Spur zu halten. Zweimal musste sie abrupt bremsen und es jagte jeweils ein Adrenalinstoß wie ein Blitz durch ihren Körper.

Das Wetter forderte seinen Tribut, sie kam nicht gegen neun, sondern mit anderthalbstündiger Verspätung bei Emilia an.

»Du bist ja völlig erschöpft!« Besorgt nahm sie ihre Schwiegermama in den Arm. »Ich habe heißen Tee und eine wärmende Suppe für dich vorbereitet.«

Es war wie früher, sie wurde ein wenig bemuttert. Leider musste sie alleine essen, denn Emilia brachte vor Sorge um ihren Mann keinen Löffel hinunter. Sie trank nur ein paar Schlucke Tee.

Die halbe Nacht erzählten sie, ließen alte Zeiten aufleben und Judith erkannte, wie wichtig die beiden für sie waren. Eltern, die sie nie gehabt hatte. Sie nahm sich vor, sich mehr um sie zu kümmern als nur drei- bis viermal im Jahr.

Natürlich war auch John Thema.

»Es ist schön, dass du uns immer noch besuchst. Du bist wirklich für uns wie eine Tochter, Judith. Sonst wären wir ganz allein.«

»Ich hab euch doch lieb. Das Gefühl vergeht ja nicht, nur weil John ... John nicht mehr bei uns ist.«

»Versprichst du mir etwas?«

»Ja sicher. Was soll ich dir versprechen?«

»Wenn du einen anderen Mann kennenlernst, stellst du ihn uns vor, so wie eine Tochter ihren Eltern ihre neue Liebe vorstellt?«

Judith schaute verlegen. »Es wird euch wehtun. Ich traue mich ja selbst nicht ...«

Da nahm Emilia die Hand ihrer Schwiegertochter und sah sie ernst an. »Judith, du bist so jung. Du musst dein Leben leben und das mit einem Partner, nicht allein. John ist tot und woanders. Er kommt nicht wieder. Doch du lebst! Jetzt musst du dem Leben so viel Schönes wie möglich abtrotzen. Nichts anderes würde sich auch John für dich wünschen, das weiß ich.«

»Emilia, ich ...«

»Pst, lass mich ausreden, Liebes. Der Tod hat für euch beide eine Grenze gesetzt. Es ist vorbei. Behalte John immer in deinem Herzen, aber gib deinem Herz auch die Chance auf eine neue Liebe.«

Judith wollte etwas einwenden, doch Emilia hob den Zeigefinger. »Warte! Ich weiß, was du denkst. Wenn du mit einem anderen Mann bei uns ankommst, tut uns das weh. Natürlich wird das passieren. Sieh es bitte so: Wir haben in dir eine Tochter gefunden und bekommen wir dann noch einen – ich sag mal – Schwiegersohn dazu, ist das nur ein Gewinn.«

Den Kloß in ihrem Hals konnte Judith kaum wegschlucken. Sie nagte an der Unterlippe.

Nun war zu diesem Thema alles gesagt. Beide hatten sich innig und stumm umarmt.

Gegen drei schafften sie es ins Bett und am zeitigen Morgen gab es in beiderseitigem Einvernehmen nur ein Frühstück im Stehen, danach fuhren sie gemeinsam ins Krankenhaus.

Zu ihrer grenzenlosen Erleichterung fanden sie Jack wach und zufrieden vor. Er hieß sie herzlich willkommen und man sah, wie sehr er sich über den Besuch von Judith freute. »Ach, unsere Tochter«, titulierte er sie liebevoll und Judith ging das Herz auf.

Kurz danach betrat ein Arzt das Zimmer und gab Entwarnung. Der Gesundheitszustand sei stabil, aber man müsse ihn noch beobachten. »Sie haben Glück gehabt, Herr Jacobi, dass Sie sofortige Hilfe hatten.«

Sie leisteten ihm ein bisschen Gesellschaft, bis sie bemerkten, wie müde er wurde, so verließen die beiden Frauen erleichtert das Krankenhaus.

»Es tut mir leid, dass ich gestern so in Panik gewesen bin«, entschuldigte sich Emilia. »Hätte ich gewusst, dass es ihm heute so viel besser geht, hätte ich dich nicht belästigt.«

»Was sagst du da?« Judith blieb entrüstet stehen. »Ich wäre ziemlich sauer gewesen, hättest du mich nicht angerufen. Belästigt! Wie kommst du nur auf derart Unsinniges?« Sie nahm ihre Schwiegermutter um die Schulter. »Und jetzt schlendern wir zwei auf den Weihnachtsmarkt und gönnen uns etwas Gutes.«

»Ich mache dir einen anderen Vorschlag. Bei uns im Viertel hat ein neues Café eröffnet. Es hat ein total ansprechendes Ambiente. Lass uns dorthin gehen. Der Zimt-Pflaumenstrudel ist einen Besuch wert.«

»Hört sich gut an.« Eigentlich war Judith ein bisschen enttäuscht, sie hatte gehofft, auf dem Weihnachtsmarkt ein bekanntes Gesicht zu entdecken. Aber gut, heute war Emilia wichtig. Nicht viel später revidierte sie ihr Bedauern. Das Café war ein Knaller – und voll besetzt! Kein Wunder.

Zwei Stunden später rief Judith die Bedienung, um zu zahlen.

Judith fuhr Emilia nach Hause, um dann selbst die Heimreise anzutreten.

»Fahr vorsichtig!«, bekam sie mit auf den Weg, genauso wie eine herzliche Umarmung. »Danke, dass du gekommen bist. Und ruf mich an, wenn du Zuhause bist.«

»Das ist selbstverständlich. Du hältst mich auf dem Laufenden?«

»Natürlich. Versprochen.«

Einen kleinen Schlenker erlaubte sie sich aber noch. Sie fuhr beim Imbiss von Ali vorbei – und traf ihn und Gülcan an, die sich riesig freuten, sie wiederzusehen. Die beiden wollten sie gleich mit türkischen Leckereien zum Mitnehmen verwöhnen, jedoch Judith lehnte mit der Begründung ab, dass sie noch bei ihren ehemaligen Kolleginnen reinschneien müsse, wenn sie schon mal in Neumünster sei. Sie liebäugelte damit, vielleicht doch noch ein paar Minuten auf den Neumünsteraner Weihnachtsmarkt mit Grit zu kommen. An ihrem ehemaligen Arbeitsplatz eingetroffen, reichte es nur für eine kurze Begrüßung, denn in der Filiale steppte der Bär und sie fuhr schon ziemlich enttäuscht quasi sofort weiter.

Auf dem Heimweg rief sie Mandy in der Filiale an.

»Hi du, alles im Griff?«

»Logo, Chefin.«

»Ich bin morgen wieder zurück. Meinem Schwiegervater geht es den Umständen entsprechend gut, es besteht keine Lebensgefahr.«

»Das freut mich für euch.« Mandy holte tief Luft. »Es tut mir leid, Judith, ich muss auflegen. Hier ist heute die Hölle los. Lass uns morgen reden.«

»Okay, bis dann.«

»Tschüss.« Es klackte in der Leitung und das war es. Tz, da würgt die Angestellte ihre Chefin ab, schmunzelte Judith. Sie hätte es genauso gemacht, pflichtbewusst, wie sie selbst auch war.

Und dann klopfte ihr Herz tatsächlich noch einmal schneller.

Sie hielt an einer roten Ampel. Und was kam soeben über die Kreuzung gerauscht?

♥ 32 ♥

Es war die Limousine Dr. Schillers. Sie erkannte Tony Schneeberger am Steuer. Wohin fuhr er seinen Chef? Und wo verbrachte der Chauffeur eigentlich seine Abende? Das hätte sie schon interessiert, aber darauf würde sie wohl nie eine Antwort bekommen.

Wieder zu Hause, bedauerte sie, das leckere Angebot von Ali und Gülcan verschmäht zu haben, denn jetzt meldete sich Hunger. Hallo Tiefkühlschrank, mein, Freund, mach mir mal einen Vorschlag, was könnte ich essen? Große Lust auf Kochen hatte sie keine. Sie lachten die Fischstäbchen an. Super! Die sollten es sein.

Schnell hatte sie die Pfanne auf dem Ofen, griff nach der Ölflasche – und schrie auf. Die Flasche glitt ihr aus der Hand und zerschellte in tausend Scherben auf dem Boden.

Was für ein Déjà-vu! Vor Kurzem war es die Sektflasche gewesen, die unbedingt Selbstmord verüben wollte, und nun diese renitente Ölflasche!

Gut eine Stunde schrubbte sie die Küche, ehe alles Ölige verschwunden war. Da hatte sich die Entfernung des klebrigen Sektes als weniger widerspenstig erwiesen. In ihr tobten die unterschiedlichsten Gefühle. Sie war stinksauer auf sich selbst, wütend auch und hätte am liebsten losgeheult, so hatte sie der Frust im Griff. Die Fischstäbchen waren in der Zwischenzeit aufgetaut, aber Hunger hatte sie keinen mehr. Der Einfachheit halber legte sie die Packung zurück in den Tiefkühler. Würde schon nicht schaden, wenn sie nochmals vor Kälte erstarrten.

Blödes Öl, blödes!

Der 23. Dezember brachte den normalen Kaufwahnsinn der Kunden, der letzte jahreszeitlich gestaltete Karton Wintertee wurde erneut über den Scanner gezogen und sie stellten für die wenigen Stunden vor Weihnachten das Schild noch einmal auf. Mandy hatte sich nämlich seinerzeit gegen einen Verkauf entschieden, obwohl sie das Geld wahrlich hätte gebrauchen können.

Da hatte Judith wieder gestaunt. Sie wertete die Arbeit ihres Mannes höher als ein paar Euro. Und was heißt, ein paar Euro? 50 Euronen hatte man ihr dafür geboten! Einfach, weil es so hübsch aussah!

»Marius hat es gemacht, ich finde es toll und wir behalten es bis zum nächsten Jahr«, war ihr Argument gewesen. »Vielleicht sind wir ja irgendwann wieder *out of tea.*«

Am Heiligabend verließ das gesamte Team pünktlichst das Geschäft, alle umarmten sich und wünschten sich fröhliche Weihnachten. Kurz vorher hatten sie bei Natalie angerufen und ihr ebenfalls ein schönes Weihnachtsfest gewünscht.

»Bis gleich!«, rief Mandy ihrer Chefin enthusiastisch zu. »Ich finde es so klasse, dass du mit uns feierst!«

Judith winkte ihr lächelnd zu. Und tatsächlich sah sie den nächsten Stunden mit Freude entgegen.

Zuhause huschte Judith unter die Dusche, wusch sich ihre Haare und stellte sich überlegend vor den Kleiderschrank. Es sollte etwas Elegantes, aber trotzdem Bequemes sein. Bloß nichts, was sie um den Bauch herum einengte! Es gab schließlich ein leckeres Festessen. So entschied sie sich für ihr jadegrünes Ausbrenner-Blusenkleid mit dem hübschen Volant.

Sie holte die in ihre besonderen Dessertgläser abgefüllte und weihnachtlich mit Zimt und Schokoladenherzen dekorierte Orangen-Mascarpone-Creme aus dem Kühlschrank. Vorsichtig stellte sie die Gläser in einen Karton und betete, dass sie den Transport heil überstanden. Sie warf einen Blick auf das letzte einzupackende Glas. Schöne Erinnerungen an Weihnachten mit ihrem John kamen auf. Traditionell hatten sie aus diesen Gläsern ihr Christmas-Dessert gelöffelt. Jetzt wurden sie endlich wieder von netten Menschen benutzt. Ihre Freude stieg.

Judith machte drei Kreuze vor Erleichterung, als es der Nachtisch unfallfrei zu Mandys Wohnung geschafft hatte.

Marius winkte ihr von oben und kam kurz danach auf den Parkplatz, um ihr tragen zu helfen.

»Ich vertraue dir unser Dessert an. Ganz vorsichtig transportieren bitte, die Gläser sind dünnwandig.«

Mandy erwartete sie strahlend an der Tür. »Wir haben schon auf dich gewartet.«

»Boah, tolle Frisur!«, lobte Judith Mandy.

»Echt?«, Mandys Augen glänzten glücklich.

Judith sah ihre Mitarbeiterin das erste Mal mit offenem Haar. Wie gut ihr das stand! Es wirkte viel ordentlicher als die Frisur mit den Haarsträhnen, die während eines Arbeitstages nach Lust und Laune ihr Erscheinungsbild veränderten. »Du solltest die Haare im Laden öfter offen tragen«, schlug sie ihr vor. »Und das Kleid steht dir.«

Mandy trug tatsächlich auch ein Blusenkleid.

»Ja?« Und leise fügte Mandy hinzu, als Marius mit den Dessert-Karton an ihr vorbeigezogen war, »ich habe mir gedacht, es soll etwas Weites sein, weil es doch so leckeres Essen gibt und ich will zuschlagen.«

Judith zog lachend ihren Mantel aus. Da kapierte es Mandy und stimmte mit ein. »Du also auch.«

»Wer kann schon einem Festessen widerstehen? Dafür ist das Leben zu kurz. Judith sah sich um. »Wo soll ich denn meine Tüte mit den Geschenken abstellen?«

»Einfach da neben den Schirmständer.«

Aus dem Wohnzimmer erklang fröhliches Kindergelächter.

»Da geht es mittlerweile gehörig ab«, kicherte Mandy.

»Ich hör's.«

»Die beiden haben ihren Patenonkel gleich mit Beschlag belegt. Machen sie immer. Hinterher ist der Boden blitzsauber, weil sich drei über die Fliesen schieben.«

»Dann solltest du ihn öfter einladen.«

»Er kommt gern freiwillig hier vorbei. Nicht nur, um mit Marius Zeit zu verbringen, auch wegen Tom und Finn. Einen besseren Onkel konnten die zwei gar nicht bekommen.« Mandy drehte sich um. »Komm schon, was stehen wir eigentlich so lange hier im Flur rum?«

Sie betraten das Wohnzimmer, das gemütlich durch den Christbaum und vielen Lichtern auf den Fensterbänken erhellt wurde.

»Oh! Schön hast du das gemacht!« Hier war sie, die wunderbare Weihnachtsstimmung, die Judith so liebte. »Und es duftet nach Kaffee und weihnachtlichem Gebäck.«

Mandy wurde vor Stolz gleich ein paar Zentimeter größer, so schien es, weil ihre Chefin sie lobte.

Auf dem Boden saß mit dem Rücken zu ihr ein Mann und schob mit den Zwillingen kleine Autos hin und her. Bei jeder Kollision quietschen die zwei vor Vergnügen auf. Ihr fielen die Socken des Mannes auf. Weihnachtliches Grün mit einem applizierten Schneemann an der Seite. Wie lustig!

»Ich stell dich eben vor.« Mandy zog Judith am Ärmel. Da drehte sich der Onkel der Kiddies um und schaute hoch.

»Frau Jacobi!«, erklang es erstaunt, gleichzeitig starrte Judith ihn ungläubig an, kaum fassend, wer der Pate der Kinder war. »Herr Schneeberger!«, brach es aus ihr heraus.

Und so erklärten sich die nicht alltäglichen Herrensocken! Kampfsocke hatte Marwin Tony seinerzeit genannt. Fan von Kampfsport und ausgefallenen Socken. Ach nee ...

»Ihr kennt euch?« Jetzt war es an Mandy, überrascht zu sein.

»Ich durfte Frau Jacobi fahren«, erläuterte Tony Schneeberger, sich vom Boden erhebend, um Judith die Hand zu geben, was zu einem lautstarken Proteststurm der Zwillinge führte. »Herr Dr. Schiller hat alles getan, um sie hier nach Hamburg zu holen.« Er zwinkerte Judith an.

»Genauso war es«, stimmte sie etwas einfallslos zu.

Wie betäubt setzte sich Judith an den weihnachtlich gedeckten Kaffeetisch. Mandy hatte nicht nur einen hübschen Weihnachtsstern mittig stehen, auch frisches Tannengrün, verziert mit Minikugeln und winzigen Zier-Geschenkpäckchen schmückten den Tisch.

Ein Stollen, essfertig in Scheiben geschnitten, aus dem Judith die Rosinen verführerisch anlachten, stand bereits dort, genauso wie ein Baumkuchen. Aus der Küche balancierte Mandy eine Torte heran und erklärte gleich.

»Dies ist unsere jährliche Walnuss-Sahnetorte. Auf Wunsch von Marius hat sie eine Marzipan-Decke.«

»Die macht meine Mandy traditionell jedes Jahr. Sie backt überhaupt ganz toll«, erzählte Marius voller Stolz. »Und schaut mal, sie hat Kakaosternchen obenauf gestäubt.«

Mandy lachte ihn liebevoll an und gab jedem ein Stückchen auf den Teller.

Judith nahm einen ersten Bissen. Die Torte war herrlich kühl, der Biskuit weich, die Schoko- und Walnuss-Stückchen knackig, die Sahne fluffig und nussig. Ein perfekter Geschmack. »Mmh, wow, sooo lecker!«

»Danke. Mit Liebe für uns gemacht.«

»Das spürt man deutlich«, meldete sich jetzt Tony Schneeberger zu Wort und wandte sich an Judith. »Ich habe diese Torte nahezu schon geschmeckt. Wissen Sie, Frau Jacobi, ich bin zu Weihnachten nicht das erste Mal hier.«

Da mischte sich Mandy ein. »Wir wollen doch hier am Tisch kein Gesieze! Judith, das ist Tony. Tony, das ist Judith. Küsst euch!« Sie lachte auf. »Nein, Scherz! Aber Siezen zu Weihnachten ist doof, oder?«

Die beiden stimmten unisono zu.

Das neue Wir-Gefühl machte die Tischrunde lockerer, das Kaffeetrinken gestaltete sich lustig und die Stimmung stieg, auch angeheizt durch die lebhaften Geschwister, die mit dem Stollen Tisch und Boden vollkrümelten. Mandy sah auf den Boden. »Ich hab vorher gesaugt, ehrlich!«, verteidigte sie sich.

Tony lachte. »Wenn zweijährige Kinder nicht krümeln dürfen, hat unsere Gesellschaft ein Problem. »Er strich Finn, der nun auf seinen Schoss krabbelte, liebevoll über den Kopf.

Judith betrachtete ihn. Er war höllisch attraktiv, ihr Herz schlug schneller. Dass sie ihn hier wiedersah, damit hatte sie nicht gerechnet.

Verzweifelt suchte sie in ihrem Hinterkopf nach der Info, die Mandy ihr gegeben hatte. Er hatte ebenfalls einen – nein, sogar zwei – Schicksalsschläge hinter sich, aber an Einzelheiten erinnerte sie sich nicht detailliert. Vermutlich wirkte er deshalb so ruhig und auch, so hatte sie es bei ihrer ersten Begegnung empfunden, fast unnahbar.

Das berühmte Schutzschild, damit alle weiteren Verletzungen abprallen konnten.

Nach dem Kaffeetrinken gab es die Bescherung für die Zwillinge, die ihr Glück gar nicht fassen konnten. Traktoren, Limousinen, Parkgarage, Bagger, Verkehrsschilder, alles da, was das Herz kleiner Jungen begehrte.

Mit Wonne schoben sie die Autos unter das Sofa und jauchzten, als Tony bäuchlings die Fahrzeuge wieder hervorholte, während sich Finn dabei auf seinen Rücken setzte.

»Da hab ich ja Schwein gehabt«, gluckste Mandy, »dass ich heute auch unter der Couch gesaugt habe.«

Tom schoss ein Auto in den dunkleren Flur und Judith hechtete hinterher. »Hey, kleiner Mann, du hast ja ein Leuchtshirt an!«

Tom grinste und zeigte mit seinem Fingerchen auf die gelb-grünlich leuchtende Schrift *Glow in the Dark* auf seinem T-Shirt.

Mandy war hinter ihnen hergelaufen. »Damit habe ich auch was erlebt! Wir hatten jetzt die Augenarztuntersuchungen für die Zwillinge und ich habe ihnen ohne Nachdenken diese Shirts angezogen. Kaum ging das Licht im Behandlungszimmer aus, leuchteten die zwei wie Mini-Geister. Aber die Ärztin konnte die Untersuchung trotzdem machen. An was man nicht alles denken muss! Wie gut, dass Marius mitgekommen war. Die beiden sind augenblicklich absolut neugierig. Einen für die Kontrolle festhalten und dabei den anderen bändigen geht überhaupt nicht. Da lägen die Nerven blank und man wäre schweißgebadet.«

Eine Intensiv-Spielstunde später, wo auch die Erwachsenen zu Kindern wurden und auf dem Boden die Autos hin und her schoben, parkten und Verkehrsschilder zur Freude der Kiddies umkickten, schlief Tom kurzerhand auf dem Fußboden ein. Sein Bruder knibbelte ständig mit den Augen, kurz zur Seite kippend, sich aber immer wieder tapfer fangend.

»Ich bringe beide eben ins Bett. Hunger können sie ja nicht mehr haben, so viel Kuchen, wie sie gefuttert haben. Heute ist es Gott sein Dank easy. Normalerweise stacheln die sich abends gerne gegenseitig an. Und wenn sie müde sind, werden sie quengelig und dann gibt es Geschrei, weil natürlich der eine in dem Moment das Stofftier haben möchte, mit dem der andere gerade im Bett liegt. Marius, könntest du dich in der Zwischenzeit bitte um die Klöße kümmern?«

»Klar.« Marius wechselte in die Küche, während Mandy die Kinder nacheinander ins Bett brachte.

»Soll ich helfen?«, richtete Judith ihre Frage an Marius.

»Keinesfalls. Gönnt euch eine Auszeit!«, meinte Marius und werkelte los.

»Puh!«, geschafft und mit roter Gesichtsfarbe setzte sich Judith auf die Couch. »Das fordert einen ganz schön, auf dem Boden rumrutschen ist man nicht mehr gewöhnt.«

Tony holte Judiths und sein Wasserglas vom Tisch und gesellte sich zu ihr. »Ich habe gehört, du hast einen schlimmen Schicksalsschlag hinter dir?«

♥ 33 ♥

Judith sah Tony an. Das Wörtchen *auch* fehlte in seinem Satz, denn ihn hatte es ebenfalls und gleich doppelt getroffen.

Sie sah keinen Sinn, in dieser Situation vorsichtig zu sein oder die Worte gestelzt passend zu drehen. Deshalb nickte sie und begann zu erzählen. Dabei konnte sie nicht verhindern, dass ihr die Tränen in den Augen standen, die sie aber tapfer und erfolgreich zurückkämpfte.

Ganz kurz legte er teilnahmsvoll seine Hand auf ihre.

»Ich verstehe dich sehr, sehr gut. Auch mir hat man zwei Schicksalsschläge ins Kontor gehauen.« Er berichtete von dem Tod seiner Freundin, sie war überfahren worden. »Die Leute fahren Autorennen, ihnen ist es egal, wer da an einer Ampel oder am Straßenrand steht, sie machen sich keinerlei Gedanken und nehmen den Tod eines Menschen billigend in Kauf. Und das Schlimmste, es hat kaum Folgen. Ermittelt wurde nur wegen des Verdachts eines illegalen Autorennens. Das macht so wütend, doch man ist letztendlich ohnmächtig gegen so ein Urteil. Ich hatte das Glück, nach meiner persönlichen Trauerzeit eine wunderbare Frau kennenzulernen, wir haben drei Jahre später geheiratet, aber sie«, er schluckte, »erkrankte an Krebs. Es war ein Zufallsbefund bei einer Routineuntersuchung. Alles ging so unglaublich schnell.« Tony sah zu Boden. Dann jedoch sah er Judith mit einem Lächeln in die Augen. »Das ist Vergangenheit. Heute feiern wir ein schönes Familienfest und haben das Glück, hier eingeladen zu sein. Deshalb ...«

In diesem Augenblick schoss Mandy um die Ecke. »Okay, die beiden Racker sind versorgt. Jetzt gönnen wir uns erst einmal ein Sektchen, was?« Sie holte Gläser aus dem Schrank und rief Marius zu: »Öffnest du bitte die Flasche Sekt?«

Marius hob die Hände. »Ich rolle gerade die Klöße, geht momentan nicht.«

Tony bot sich an und stand auf. Fast bedauerte es Judith, dass die kurze, von Vertrauen geprägte Zeit mit dem Erscheinen von Mandy zu Ende gegangen war.

Die Klöße garten nun vor sich hin, der Sekt war eingeschenkt und die vier prosteten sich zu. Judith nahm nur einen winzigen Schluck. »Schmeckt er dir nicht?«, hakte Mandy sofort mit großen Augen nach.

»Doch, aber ich muss ja noch fahren.«

»Was hältst du davon, wenn wir uns gemeinsam ein Taxi nehmen?«, schlug Tony vor. »Denn zu der hervorragenden Gans sollte man schon einen leckeren Rotwein genießen.«

»Den du mitgebracht hast«, kicherte Mandy.

»Das spielt ja keine Rolle. Die knusprige Gans braucht schließlich einen köstlichen Begleiter.«

»Wo du gerade knusprig sagst«, schnell spurtete Mandy in die Küche und schaute in den Ofen, »das kontrolliere ich jetzt.«

Sie öffnete das Gerät und ein wunderbarer Duft strömte vom Küchenbereich in das Wohnzimmer. Sofort standen die drei bei ihr, sahen und hörten es brutzeln.

»Hach, wie appetitlich die Gans aussieht!«, Mandy war ganz beseelt. »Ich mache fix ein Foto.« Sie griff zum Handy und schoss Bilder in den Ofen hinein. »Und schön, dass ihr hier bei uns seid.« Herzlich umarmte sie erst Judith, dann Tony, welcher noch zusätzlich ein Küsschen auf die Wange erhielt.

Judith kam auf Tonys Angebot zurück und stimmte einer gemeinsamen Taxifahrt zu. Ihren Wagen würde sie morgen oder übermorgen holen. Hatte ja keine Eile. Er parkte, wo es nichts kostete.

Das gemeinsame Essen war genau das, was Judiths Herz und Seele streichelte.

Leise Weihnachtsmusik spielte im Hintergrund, das Besteck klapperte, sie aß ein köstliches, saftiges Stück Gans, der Rotkohl war wundervoll abgeschmeckt, die Knödel fluffig weich, die Soße fast so intensiv wie ein Jus und der Rotwein rundete das festliche Menü meisterhaft ab.

Judith spürte des Öfteren den Blick von Tony auf sich. Gefiel sie ihm? Überraschend stellte sie fest, dass sie sich genau das wünschte.

Beide hatten sich, obwohl sie sich schließlich nur flüchtig kannten, gegenseitig ihr immer noch schmerzendes Herz ausgeschüttet. Sie hatte das Gefühl, als hätten sie dadurch gemeinsam ein unsichtbares Band geknüpft.

»Habt ihr noch Platz für das Dessert?«, fragte Mandy, allerdings nur pro forma, in die Runde.

»Welche Frage!« Marius tippte mit der Hand auf seinen Bauch. »Ich kann es kaum erwarten, Judiths Nachspeise zu probieren.«

Mandy brachte die Orangen-Mascarpone-Creme an den Tisch und alle löffelten los.

»Wow! Was für ein Geschmack! Wie hast du die denn gezaubert? Das ist bestimmt total aufwendig herzustellen, nicht?« Mandy schleckte an ihrem Löffel.

»Das ist echt easy«, wehrte Judith das Lob ab. »Du filetierst einfach acht Orangen und legst die Filets mit dem aufgefangenen Saft, einer Zimtstange, einer Vanilleschote und einem Sternanis über Nacht in eine verschlossene Kunststoffdose. Am anderen Tag vermischt du 250 Gramm Mascarpone mit 250 Gramm Crème fraîche. 50 Gramm Zucker, dem aufgefangenen Saft und zwei Esslöffeln Eierlikör. Die Filets gibst du in Gläser, füllst die Creme auf und dekorierst sie nach Gusto. Entweder mit ein paar zurückbehaltenen Filets oder weihnachtlicher Schoko-Deko, was auch immer. Dann braucht sie bis zum Verzehr nur den Aufenthalt im Kühlschrank. Das ist das ganze Geheimnis.«

»Hört sich nicht schwer an. Schreibst du mir die Mengen auf? Die kann ich nicht im Kopf behalten.«

»Gern.«

Nach dem köstlichen Essen gab es für die Erwachsenen die Bescherung. Mandy quietschte beim Anblick ihrer neuen Handschuhe. »Die sind ja hübsch! Mit diesem kleinen Lederschleifchen dran! Dankeschön, Judith!«

Marius freute sich über sein Geschenk und bei Tony hatte sie mit dem Wein ins Schwarze getroffen. Er betrachtete das Etikett mit Interesse und lobte ihre Auswahl. »Das ist ein wirklich guter Tropfen. Vielen Dank.«

Auch Judith wurde mit Weihnachtspräsenten bedacht. Von Mandy und Marius bekam sie Creolen und von Tony erhielt sie eine Schachtel exquisiter Trüffelpralinen.

Mandy hob stolz einen Kasten hoch, den sie von Marius bekommen hatte. »Oh Gott, schaut her«, rief sie, »endlich habe ich ihn, den Vibrator mit Handy-App-Steuerung.«

Judith und Tony sahen mit einer Mischung aus Entsetzen und Überraschung auf.

Mandy krümmte sich vor Lachen. »Scherz natürlich. Es ist mein geliebtes Parfüm, gleich mit Körperlotion!« Sie hielt ihnen glucksend den Karton hin, damit kein Irrtum möglich war.

Den anschließenden Abend empfand Judith als einfach nur schön. Erst saßen sie noch bei Tisch, danach machten sie es sich auf der Couch bequem. Mandy schaute nochmals nach ihren schlafenden Kindern, während Marius die nächste Flasche Wein öffnete.

Der Christbaum stand mitten im Geschehen, genau zwischen Esstisch und Wohnzimmertisch, sodass er, egal wo man Platz nahm, stimmungsvoll präsent war. Erstaunlicherweise hatten die Zwillinge ihn auch in Ruhe gelassen, ihre konzentrierte

Aufmerksamkeit hatte den neuen Autos gegolten.

»Die Kugeln sind total schön!«, empfand Judith.

»Ja, nicht? Ich habe sie im Geschäft gesehen, wie sie beleuchtet wurden – da *musste* ich sie haben.«

»Jaja ...«, Marius verdrehte gespielt die Augen. »Wenn sie etwas Weihnachtliches sieht, dass ihr Herzchen glühen lässt, muss es mit in den Veigelschen Haushalt. Frauen ...«

»Und was ist daran falsch?«, wehrte sich Mandy. »Du hast doch jetzt ein superschönes Zuhause.«

Anstelle einer Antwort gab Marius ihr einen Kuss auf die Wange. Sei besser ruhig, dachte er sich, Hauptsache, sie ist glücklich.

Obwohl Judith ja erst gezögert hatte, war sie nun mehr als froh darüber, mit Familie Veigel feiern zu können. War es Schicksal, dass sie den Mann hier wiedersah, der das allererste Mal nach John Herzklopfen bei ihr verursacht hatte?

Sie berichtete vom Krankenhausaufenthalt ihres Schwiegervaters, der allerdings am heutigen Heiligabend entlassen worden war. »Die beiden sind für mich wie die liebenden Eltern, die ich nie hatte. Ich bin voller Dankbarkeit für ihre Zuneigung zu mir, ich könnte sie niemals ganz verlassen. Sie gehören auch zu meinem zukünftigen Leben.«

Tony stimmte ihr überraschend zu. »Ich habe zwar keinen Kontakt mehr zu den Eltern meiner ersten Freundin, aber zu denen meiner Ehefrau ist die Verbindung immer noch da. Nicht so intensiv wie bei dir, doch zu den Geburtstagen rufen wir uns an. Und unregelmäßig fahre ich bei ihnen vorbei. Ich finde das wichtig. Ich habe schon meine Frau verloren, ich muss nicht zusätzlich meine Schwiegereltern verlieren. Es sind schließlich Menschen, die ich schätzen gelernt habe.«

»Ich sehe es genauso.« Judith Judith freute sich über eine weitere Übereinstimmung zwischen ihnen. Wie schön! Sie sah in seine haselnussbraunen Augen. Und jetzt bemerkte sie, dass er etwas verändert war – die Haare lagen anders. Nicht akkurat nach hinten, sondern sie fielen lockerer. Es stand ihm gut.

Überhaupt wirkte er auf sie von Minute von Minute attraktiver, wenn man das so sagen konnte, denn das war er bereits vom ersten Augenblick an gewesen, als sie ihn als Chauffeur kennengelernt hatte. Sie betrachtete seine Hände. Wie es sich wohl anfühlte, von ihnen gestreichelt oder gehalten zu werden?

»Hey, was ist los?« Mandy, die neben ihr saß, knuffte sie. »Bist du müde oder ist dir nicht gut?«

Judith schreckte auf. »Alles bestens. Ich habe mich gerade nochmals über eure Creolen gefreut. Reflexhaft fasste sie sich mit einer Hand ans Ohr und lächelte. Sie konnte schließlich unmöglich kundtun, dass sie soeben mit erotischen Impulsen zu Tony unterwegs gewesen war.

»Was machst du denn in deiner Freizeit?« Die warme Klangfarbe von Tonys Stimme hüllte sie angenehm ein, obwohl es eine stinknormale Frage war.

»Ehrlich gesagt, habe ich in der kurzen Zeit hier in Hamburg noch keine großen Aktivitäten in Angriff genommen. Ich bin einmal mit Marwin, einem Hausbewohner, und seinen Freunden zum Eislaufen gewesen. Und ich war auf dem Weihnachtsmarkt. Das ist alles.« Sie spürte, der Name Marwin warf nun Fragen auf, so ergänzte sie ihre Informationen. »Marwin hat mir am ersten Tag geholfen, als mir die Tür ins Schloss gefallen war. Ich habe mich mit seiner Freundin Nieva angefreundet.« Sie berichtete von der netten Philippinin und hatte den Eindruck von Erleichterung bei Tony, aber vielleicht war ihr Gefühl hier auch falsch oder sie wollte es einfach nur so sehen.

Oh Mensch! Es prickelte intensiv. Mit einem Lächeln griff sie ihr Glas.

Ich werde den Rest des heutigen Heiligabends in vollen Zügen genießen, nahm sie sich vor. Schöner hätte sie es sich nicht erträumen können.

Bis weit nach Mitternacht saßen die vier zusammen.

Judith bemerkte, wie müde Mandy wurde. Kein Wunder, sie hatte einen Arbeitstag hinter sich, hatte für das Essen gesorgt und ganz nebenbei die Kinder bespaßt. Auch wenn sie von Marius unterstützt wurde, das Kochen und Backen oblag ihr.

»Ich glaube, es wird Zeit«, wagte Judith einen Vorstoß.

»Da bin ich deiner Meinung«, pflichtete Tony ihr bei. »Ich rufe uns ein Taxi, ja?«

Sie packten ihre Geschenke zusammen, und Judith griff ihre Dessert-Gläser.

»Ich spüle die erst«, protestierte Mandy, »du nimmst nichts schmutzig mit nach Hause!«

»Doch. Keine Widerrede. Das mache ich selbst. Und wir zwei«, sie drehte sich zu Tony, um seine Zustimmung zu erhalten, »gehen jetzt nach unten, damit der Taxifahrer nicht schellt und die Kinder aufweckt.«

Sie traten gerade aus der Haustür, als das Taxi

vorfuhr. Tony öffnete ihr die Autotür und ließ sie einsteigen.

»Oh danke!«

»Beruf ist Beruf«, griente Tony und setzte sich nah neben sie. Das erzeugte ein sehr angenehmes Gefühl.

Der Taxifahrer drehte sich zu ihnen herum. »Wo geht's hin?«

»Los! Deine Adresse, Judith«, ermunterte sie Tony und zwinkerte ihr zu, denn er kannte schließlich ihren Wohnort.

Sie gab ihre Straße und Hausnummer an und der Wagen setzte sich in Bewegung.

Einen Moment lang war es still, dann fragte Tony: »Wollen wir die Flasche Wein und die Trüffel gemeinsam vernichten? Morgen vielleicht?«

♥ 34 ♥

Judith hatte sich eine Einladung von Tony über den Abend immer drängender gewünscht – und nun war sie da! Was für ein großartiges Gefühl! Sie hätte sich wahrscheinlich nicht getraut zu fragen, ob sie sich wiedersehen würden.

»Gerne«, flüsterte sie mit Aufregung in der Stimme.

»Ich hole dich morgen gegen zwei ab, damit wir, du als auch ich«, hier grinste er, »ausschlafen können. Dann gehen wir irgendwo schön Kaffeetrinken, machen einen Spaziergang und verbringen den Abend bei mir. Ich kann sogar mit einem Christbaum angeben.«

»Aha. Mit dem kann ich nicht punkten. Aber mit einem Adventskranz.«

»Den werde ich in jedem Fall begutachten.«

Judiths Herz klopfte bis in den Hals – vor lauter Freude.

Leider war ihr Haus bereits erreicht, das Taxi hielt, Tony stieg mit aus und umarmte sie kurz. »Ich freue mich auf morgen.«

»Ich mich auch«, hauchte sie und ging zum Hauseingang. Dort drehte sie sich nochmals um und winkte ihm. Erst dann setzte er sich zurück ins Taxi.

Judith spurtete das Treppenhaus hoch, schloss ihre Wohnungstür auf, machte Festbeleuchtung in ihrer Wohnung an und tanzte ins Wohnzimmer. Sie konnte es nicht fassen! Sie hatte sich tatsächlich verliebt! Hatte sie doch vor wenigen Tagen noch gedacht, das würde nie wieder funktionieren. Sie schlang berauscht die Arme um sich, als wolle sie sich selbst umarmen.

Da fiel ihr Blick auf das gerahmte Foto von John. Es war eins, wo er ernst getroffen war, aber sie mochte es sehr. Für einen Moment stockte ihr Herz – er schien ganz leicht zu lächeln.

Schlagartig wusste sie, dass sie kein schlechtes Gewissen mehr haben brauchte. Sie blieb stehen, starrte auf Johns Bild und brach in Tränen aus.

All das fühlte sich an wie eine Reinigung. Zärtlich strich sie mit dem Zeigefinger über sein Gesicht. »Ich liebe dich«, flüsterte sie, »und ich werde dich nie vergessen. Aber ich muss meine Erdenzeit vollmachen, und das möchte ich nicht allein. Du gönnst mir das, ja?«

Eine Antwort bekam sie naturgemäß nicht, sie wusste und spürte allerdings intuitiv, es war okay.

Am kommenden Morgen wachte sie erst um zehn Uhr auf. War es ein Traum gewesen? Nein! Sie hatte tatsächlich ein Date mit Tony Schneeberger! Was für ein Zufall, das Wiedersehen bei Mandy!

Und da war sie wieder, die Frage. Gibt es Zufall überhaupt oder ist es Schicksal, Fügung, die Sache mit dem richtigen Zeitpunkt?

Egal. Sie stand mit bester Laune auf, kochte Kaffee und der schmeckte so gut wie schon lange nicht mehr.

Mit der heißen Tasse stellte sie sich ans Fenster zum Balkon hin und schaute gedankenversunken hinaus. Leider hatte es nicht weiter geschneit, trotzdem trugen die Bäume und Tannen hinter dem Haus ein weißes Kleid. Und auf ihrem Balkon herrschte reger Betrieb an ihrem neuen Vogelhäuschen. Auf dem Boden des Balkons sah sie viele Vogelspuren, die sich kreuzten. Waren die kleinen Piepmätze doch hin- und hergehüpft, um die einen oder anderen Erdnuss- und Sonnenblumenkerne, die aus dem Häuschen gepurzelt waren, aufzupicken.

Kurz vor zwei, Judith überprüfte ständig ihr Make-up und den Sitz ihrer Haare, tigerte sie vor dem Küchenfenster hin und her. Welchen Wagen fuhr Tony privat? Und wo würde er parken? Auf der Straße war jede einzelne Parkbucht belegt.

Es klingelte. Nanu? Sie hatte niemanden kommen sehen. Oder hatte sie da vor dem Spiegel gestanden? Jedenfalls klopfte nun ihr Herz wild.

Schnellen Schrittes kam jemand die Treppe hinauf, sie strich sich noch einmal eine Haarsträhne aus dem Gesicht und lächelte. Genau dieses Lächeln fror in dem Moment ein, als sie Frank erkannte. Sicherheitshalber schob sie die Tür ein bisschen zu.

»Heiho, Judith. Entschuldige, dass ich bei dir geklingelt habe. Ich wollte zu Marwin hoch. Ich hoffe, du hast schöne Weihnachten?«

»Hab ich. Fröhliche Weihnachten auch dir.« In höllischer Erleichterung schloss sie die Tür, als es bereits wieder klingelte. Und diesmal war es Tony.

Er strahlte sie an und sie zurück. Irgendwie stimmte die Chemie von der ersten Sekunde an. »Was hältst du von ein paar Meter Alsterwanderweg? Die verschneite Natur ist echt mehrere Blicke wert.«

»Gerne. Ich bin da bisher nicht gelaufen.«

Sie waren schon aus der Tür, als Judith etwas einfiel. Sie schlug sich die Hand vor die Stirn. »Warte! Ich habe die Trüffelchen vergessen.«

Die landeten wenige Minuten später auf dem Rücksitz seines Privatwagens. Der war einige Nummern kleiner als die Limousine seines Chefs, aber immer noch ein Auto der oberen Mittelklasse. Judith merkte sich vor lauter Aufregung den Weg nicht, sie hatte nur Augen für Tony. Wie souverän er den Wagen durch den winterlichen Verkehr lenkte. Gut, kein Wunder, berufsbedingt. Trotzdem. Sie fühlte sich sicher bei ihm.

Auf dem Parkplatz zog sie sich den Schal enger um den Hals. »Steinkalt.«

»Wir laufen uns ein Stückchen warm und dann geht es ab ins Restaurant. Ich habe mir gedacht, Kaffeetrinken fällt aus. Wir gönnen uns ein schönes Menü. Es ist schließlich der erste Weihnachtstag.«

»Noch besser.«

Sie liefen los. Tony hatte den Blick für die Landschaft, erklärte ihr den Alsterwanderweg von der Quelle an, berichtete von der Poppenbütteler Schleuse, der kanalisierten Alster bis hin zum wilden Oberlauf, vom Alstertal und den Villen, den Alsterarkaden, dem Winterhuder Fährhaus. Er erzählte von dem Weg am Westufer entlang der Außenalster, wo man unter der Kennedy- und Lombardsbrücke hindurchlaufen oder auch im Sommer herrlich mit dem Fahrrad touren konnte. »Das ist doch wohl toll hier bei uns in Hamburg, nicht?«

»Ja, das ist es.« Mehr konnte sie nicht antworten, denn alle seine Informationen schwirrten völlig unkoordiniert durch ihren Kopf. Schleusen und Brücken waren ihr im Augenblick so ziemlich egal. Sie hatte nur Augen für ihn gehabt, wie er mit Enthusiasmus berichtete, lächelte, seinen Blick über die Winterlandschaft gleiten ließ, dabei den Kragen seiner Jacke noch näher an den Hals ziehend. Er war einfach ein toller Mann.

Just in diesem Augenblick trudelten die ersten Flocken zur Erde. Die weiße Landschaft, nur sie beide, es hatte einen gewissen Zauber – den Tony aber mit einem Satz zerstörte.

»Ich glaube, wir sollten hier abbrechen«, meinte er mit einem Kennerblick in den Himmel. Es wird bestimmt stürmisch.«

Na ja, dachte Judith, so sanft, wie die Flocken fallen, brauchen wir uns keine großen Sorgen machen. Aber Tony hatte recht. Nur zwei Minuten später pustete der Wind wie aus dem Nichts heftiger.

Plötzlich fühlte sie seine Hand. Ganz vorsichtig nahm er ihre, so als böte er ihr noch Gelegenheit, sie wegzuziehen.

Aber Judith ergriff und drückte sie. Er blieb stehen und lächelte sie an. »Es tut gut, deine Hand zu fühlen.«

Ihr fehlten die Worte. Sie nickte nur und Tony strich ihr sanft über die Wange. Nach dieser Art der Zärtlichkeit hatte sie sich gesehnt.

Eine Windböe wirbelte den Schnee um sie herum auf. »Siehst du, wir sollten etwas fixer unterwegs sein.«

Der Wagen war erreicht und Tony fuhr sie zu seinem favorisierten Restaurant. Obwohl der Parkplatz nahe bei war, mussten sie sich die weiße Pracht von den Jacken klopfen, bevor sie eintraten, denn der Wind trieb die Flocken mit aller Energie bereits schräg.

Der Gastraum empfing sie mit angenehmer Wärme.

Da Tony heute früh noch reserviert hatte und er öfter hier aß, bekamen sie einen Tisch am Fenster, sodass sie den Mini-Schneesturm gut beobachten konnten. Das alles wusste Judith jedoch nicht und Tony behielt es für sich, weil sie so aus dem Häuschen war. »Ui, ein Platz zum Rausschauen. So ein Glück! Und wie wunderschön hier geschmückt worden ist!«

Jeder Tisch hatte eine individuelle Weihnachtsdekoration bekommen, auf ihrem standen drei kleine Holzrentiere, die Hufe in frischem Tannengrün sowie eine Kerze, die sofort für sie angezündet wurde. Etwas weiter entfernt, trotzdem für alle Tische gut sichtbar, leuchtete ein mit roten Kugeln behängter Christbaum. An den Fenstern reflektierten goldene Sternchen.

Besonders angepriesen wurden natürlich Gänsekeule und -brust, aber auch hier waren sie sich einig.

»Gans möchte ich nicht, die von gestern ist nicht zu schlagen«, räumte Tony ein.

»Stimmt. Wie wäre es mit Wild? Hier gibt es Hirschkeule mit Püree, Rosenkohl und Birne gefüllt mit Preiselbeeren.« Dafür entschieden sich beide.

Sie verbrachten drei wohltuende Stunden in dem Restaurant, erzählten sich gegenseitig mit leisen Stimmen von ihren Wünschen und Träumen. Irgendwann hatte Tony sanft seine Hand auf ihre gelegt.

»Wir zwei wollen dasselbe, nicht? Eine glückliche, respektvolle Partnerschaft, ein gemütliches Zuhause, Kinder, Hund und Katz, ist es nicht so?«, fasste Tony zusammen.

»Ein Kind wäre schon schön, aber meinen Job liebe ich auch«, gestand Judith ehrlich.

»Ich weiß, sonst wärest du nicht hier für diese Herausforderung nach Hamburg gekommen.«

»Weißt du, was ich in diesem Jahr richtig klasse finde?«, wechselte Judith das Thema und gab die Antwort unmittelbar selbst. »Dass wir in diesem Jahr weiße Weihnachten haben.« Verträumt schaute sie aus dem Fenster.

Die Fahrt zu Tonys Wohnung wurde ruhiger. Er konzentrierte sich auf den Verkehr, der aufgrund des dichten Schneefalls wieder langsamer und zähflüssiger wurde.

Die Räumfahrzeuge waren zwar im Einsatz, trotzdem rutschte der eine oder andere Wagen beim Anfahren an den Ampeln leicht zur Seite.

Judith hing ihren Gedanken nach. Es war wie ein Traum. Ihre Entscheidung, Hamburg als Herausforderung anzunehmen, hatte ihr das pure Glück gebracht.

Manchmal ist es nicht verkehrt, wenn man mehr oder weniger dazu gezwungen wird, sein Leben radikal zu verändern. Es öffnet unerwartete Möglichkeiten, bietet frische, andersartige Perspektiven, nie geahnte Chancen. Mitunter ebnet es auch den Weg zu neuem Glück.

Tonys Wohnung empfand sie augenblicklich als gemütlich und sie fühlte sich wohl. Er hatte es geschafft, die weihnachtliche Atmosphäre mit wenigen Dingen einzufangen. Er hatte ihr ja gestanden, dass er die Weihnachtszeit liebte – genau wie sie selbst.

Tony führte sie durch die Wohnung und sie entdeckte zwei Fotos von seinen beiden vergangenen Lieben. »Ich hoffe, sie stö ...«

»Pst!« Judith legte ihm schnell ihren Zeigefinger auf die Lippen. »Sag jetzt bitte nicht stören. Sie gehören zu deinem Leben und haben Platz in deinem Herzen wie John unauslöschlich zu meinem Leben gehört. Ich habe auch ein Foto von John bei mir stehen. Und ich denke, wir beide können das gegenseitig gut akzeptieren, oder?«

»Würdest du mal mit zu meinen Schwiegereltern kommen? Du brauchst keine Angst haben, sie empfangen dich mit offenen Armen.« Tony sah sie ernst an.

»Ja, natürlich, und ich möchte dich ebenfalls gerne zu Meinen mitnehmen.«

Da zog Tony sie zu sich heran. Vorsichtig näherte sich sein Mund dem ihren.

Wenn du wüsstest, dachte Judith, wie sehr ich mich schon letzte Nacht nach einem Kuss gesehnt habe!

Jetzt berührten seine Lippen zart die ihren. Der erste Kuss! Endlich. Judith wünschte sich, er würde nie enden.

Mit einem tiefen Brummen umarmte Tony sie fester. »Als ich dich das erste Mal gesehen habe, war ich bereits ein bisschen in dich verliebt«, raunte er liebevoll in ihr Ohr. »Ich habe dich nicht vergessen, ich musste immer wieder an dich denken.«

Judit genoss seine Worte, die eine angenehme Gänsehaut über ihren Körper schickte. Vertraut lehnte sie ihren Kopf an seine Schulter. »Mir ist es nicht anders ergangen«, gestand Judith. »Aber ich habe nicht geglaubt, nie gedacht, nie erwartet, dass du und ich ...«

Tony verschloss ihr mit einem Kuss den Mund und beide fühlten das seit langer, langer Zeit verschüttete Glücksgefühl, einen geliebten Partner in den Armen zu halten.

»Versuchen wir es zusammen, du und ich?«, fragte Tony mit seinem warmen Timbre, dass ihr schon vom ersten Augenblick ihres Kennenlernens gefallen hatte. »Wollen wir gemeinsam in das neue Jahr gehen und schauen, was es uns Gutes bringt?«

Judith spürte seinen Herzschlag und eine Welle überschäumendes Glück erfüllte sie. Dieses Gefühl, dass lange verschüttet war, aber das sie so sehr herbeigesehnt hatte. Endlich nicht mehr allein sein!

»Ja«, flüsterte sie, »das wünsche ich mir.« Judith schmiegte sich eng an ihn, schloss die Augen und schickte ein aus tiefstem Herzen kommendes Danke in den Himmel.

Ihr Mut zur Veränderung, Hamburg und der Winter hatten ihr Freundschaft und Liebe gebracht.

♥♥♥

DANKSAGUNG

Ein dickes Dankeschön an unsere
Freundin Nicole Sindelar,
die uns einen Einblick in die Traditionen
und Gepflogenheiten ihrer
philippinischen Familie gegeben hat.

Und hier noch ein original philippinisches Rezept von Nicoles Familie.

Reiskuchen (Puto)

50 g Butter
½ Tasse Zucker
2 Eigelb
2 Tassen Reismehl
1 ½ Tassen Milch
½ Packung Backpulver
1 Päckchen Vanillezucker

Butter schmelzen und alle Zutaten miteinander verrühren. Zwischenzeitlich Wasser im Dampfgarer erhitzen.
Die Teigmischung in kleine Förmchen geben (Nicole nimmt die Silikonförmchen für Muffins).
Circa 25 Minuten dampfgaren. ¾ der Zeit auf höchster Stufe, danach mittlere Hitze.

Es ist wirklich toll und spannend,
in andere Weihnachtsbräuche einzutauchen.
So geht Leben.

♥

Vielleicht hast Du ja Lust, zwischendurch exklusive Infos zur Entstehung des jeweiligen neuen Romans zu erhalten: Es gibt Coverschnipsel, Lesehäppchen oder Fotos von unseren Recherchearbeiten.
Du kannst auch gern kommentieren oder uns Deine Gedanken dazu mitteilen.
Dann melde Dich doch einfach zu unserem Newsletter an unter

www.sylvia-und-sigrid.de

.

Wir sind gespannt und freuen uns darauf!

Weihnachtsglitzern

Dieses Jahr soll das schönste Weihnachtsfest ever werden, denn Magali will ihren Eltern, Großeltern und Bruder Pierre ihre große Liebe Markus vorstellen. Traditionsgemäß verbringt die Unternehmerfamilie Rehwald die Weihnachtstage gemeinsam in ihrem Stadtpalais.
Zu Gast ist außerdem Joe, Pierres Freund aus Kindertagen. Überraschend gesellt sich auch Magalis Studienfreundin Annett dazu, da sie frisch getrennt und allein ist.
Die Rehwalds verdienen ihr Geld mit einem speziellen Likör, dessen Zusammensetzung streng geheim gehütet wird. Aber genau diese Rezeptur ist in Gefahr, denn ein Weihnachtsgrinch lauert ganz nah …

Himmelpastellhellblaues Winterglück

»Oh nee«, kiekste Mona begeistert, »das ist ja Zucker!« Mit glänzenden Augen stand sie vor einem himmelblauen Porzellan-Häschen.

»Was ist das denn? Ein Hase? Zur Weihnachtszeit? Na, der hat definitiv Glück gehabt! Wenn er aus Schokolade wäre, hätte man ihn längst eingeschmolzen.« Bea kicherte los.

Die erfolgreiche Antiquitätenhändlerin Marie lernt an einem schneereichen Abend, schon in Gedanken beim jährlichen Weihnachtsurlaub mit ihrem Lebensgefährten in der Schweiz, den neunjährigen Finn und seine Großmutter kennen.
Die beiden wirbeln ihr Leben mächtig durcheinander. Für Verwirrung sorgt zudem Streifenpolizist Marvin.
Marie besinnt sich wieder auf die traditionellen Werte des Weihnachtsfestes, und so trifft sie eine folgenreiche Entscheidung.

Unsere Happy Days Reihe

Wir begleiten vier Freundinnen auf dem Weg ins Glück.
Den Anfang macht Fenja, die ihren Valentin heiraten wird. Ihre Vorstellung von den Hochzeitsvorbereitungen sind rosarot. Allerdings wird ihre Freude schnell getrübt, weil Mama und Schwiegermutter in spe ordentlich mitmischen möchten. Wie gut, dass ihre Freundinnen Yasmin, Melly und Paula ins Chaos eingreifen und auch für eine prächtige Bridal Shower sorgen.
Natürlich möchten jede der Single-Mädels den Brautstrauß schnappen. Wer kann ihn ergattern?

»Komm besser sofort. Ich gehe heute noch von Bord«, hatte ihr Vater, Kreuzfahrtkapitän Jens Jakobsen, am Telefon gesagt.
In Sorge um ihren erkrankten Großvater und mit schlechtem Gewissen, den Weg fast zwei Jahre lang nicht mehr zurück in ihre Heimatstadt gefunden zu haben, reist Insa überstürzt nach Cuxhaven. Völlig unerwartet findet sie veränderte Verhältnisse vor.
Im Haus ihres Großvaters lebt eine schwangere junge Frau mit einem großen Hund. Sie lernt den attraktiven Notfallsanitäter Björn sowie den sympathischen Hotelbesitzer Arne kennen. Beide Männer treffen voll Insas Beuteschema, wäre da nicht ihr Freund Martin, der im Rheinland auf sie wartet.
Doch zuerst verschenkt Insa ihr Herz an einen anderen liebenswerten Kerl – Kolumbus, die gelungene Mischung aus Labrador und Golden Retriever.

Es gibt von uns noch weitere
♥-Geschichten
mit viel Gefühl, Liebe und Happy End.

Infos dazu gibt es auf unserer
Homepage

www.sylvia-und-sigrid.de

und bei Amazon